鯨路回潮

龔萬瑩——著

獻給書城和秀英

目次

大曆雨暝

熱天，我們島會下暴雨，好像同時在下兩場。庭院裡，老芒果樹展開枝椏，雨水從縫隙掉落下來，把清水紅磚打得濕透透。潮濕天，特別是雨前，大水蛾多到變成烏帳子，把路燈的光線都關起來。

一開頭我還試圖跟那些長翅膀的水蛾搏鬥，後來就學乖了，牠們是永遠殺不完的。吃飯的時候，菜脯蛋或是地瓜粥裡，往往要掉進一兩隻蛾子。身子倒翻，蜷成一團，許多隻細密的腳向天連綿不斷地蹬。

「夭壽哦！」

這時候阿嬤才會拿畫著金魚的搪瓷紅盆，裝滿水，放在燈下。盆裡的燈顫動著，蛾子一隻隻瘋狂往裡撲，一泡茶的時間，水面是密密麻麻的海難現場。

吃飽閒閒，我就在屋簷下揮舞起那支漸層色彩豔麗的雞毛撣子。這些水蛾的翅膀一碰就掉了，兩片透明的長三角形，在燈下晃晃悠悠地飄撒，噗嚕嚕地掉在地上。我迴旋跳躍，跟著腦中高甲戲情節一起三戰呂布、桃花搭渡*。沒了翅膀的水蛾像是大號螞蟻，被舞步輕易踩扁，吧嗒吧嗒，一腳好幾個。

---

*閩南俗語，均出自高甲戲情節。前者為戰鬥戲，劇情推進快；後者為姑娘桃花為愛搭渡船的情節，對唱間故事推進慢。

晚上吃完飯，表哥會來找我玩。他有個塑膠猩猩，底座帶著個輪子，咕嚕在庭院的地板上一滾，就從嘴裡噴出火來。他喜歡抓一隻蛾子塞進猩猩嘴裡，飛速一滾，燒烤牠。他還拿電蚊香座烤過小螃蟹，他後來長大開餐館的天賦，大約從那時候就顯露了。我和表哥玩得興起，經常忘了把庭院的大木門關上。

「鷺禾，門關好勢！」阿嬤的聲音這時候就會突然兇狠地砸過來。

如果門不關好，遊客就會衝進來探頭探腦。那些講普通話的人，喜歡假裝問路，然後一隻腳就跨進我家庭院。他們似乎總會被我家的大木門和馬鞍形屋頂吸引。在島上，這樣的閩南老宅不多。外地導遊也總愛停在我家門口，說出各種歷史介紹，每次都不一樣，阿嬤在裡頭聽得直撇嘴。遇到外地遊客，她總愛故意講一大串閩南語。

等到老師來家訪的時候，阿嬤又能切換成普通話。每次老師來總會讚嘆一番我們的老房子，阿嬤就會叫我背書似的，介紹我們家房子是「一進三開間帶雙護厝」的傳統老厝，有百年歷史。老師說在他們北方，這叫四合院，可都是有錢人住的。然後阿嬤就會端來一盤芭樂，撒上甘梅粉。真是難得的待遇，我就只能蹭到一塊。

今晚表哥沒來，舅舅倒是來了。他才剛進門，夜空的厚雲層裡，突然爆出一骨朵發硬的雷聲，重重的雨瞬時砸下來。

下雨時老厝就漏水，我們沒錢修也沒想過修。落雨的時陣，我和媽媽第一時間就拿著盆子瓶子到幾個定點去接水。客廳擺三個，客廳左邊爸媽的臥室靠窗擺兩個，右邊阿嬤房間擺一個。然後衝到天井左邊的護厝，在廚房和廁所各擺一個。右邊護厝是雜物間和我的小房間，漏水不嚴重，不用管。阿嬤站在一旁目光灼灼，總能通過紅磚地板上加深的水漬，找到新的漏水點。我以為人人家裡過雨天都這樣，後來才發現有些同學家裡是不漏水的，表哥家也不漏水。

今天很奇怪，媽媽沒去管漏水。爸爸照例去上夜班，只有阿嬤，用木屐輕踢了我的屁股：「鷺禾，緊去擺盆仔！」

我側過身的時候，看到媽媽坐在客廳抹淚，趕緊轉過頭假裝沒看見。舅舅在一旁安慰她，末了，我看到他硬塞給她一個信封才走。應該是錢。

下崗。那天晚上我是第一次聽到這個詞。大概是一個跟「婚飛」一樣難懂的詞。

我抬頭，看見客廳有個新的漏水點，而且，老字畫發黴了。一共兩幅，是用很奇怪的字體寫的，阿嬤說是先人傳下來的。上面的字沒人看得懂，但阿嬤硬要掛。有時候穿堂風大，字畫的卷軸就飄起來，回落的時候，底下的木棒就敲牆，啪啪啪，那一片牆上被敲得坑坑窪窪。

客廳右邊是阿嬤的房間。走進去的時候我差點絆倒，一塊地磚空鼓了起來，我熟練地把它順勢踩碎。阿嬤房間裡，她爸爸穿著西裝的黑白照片掛在正中，下面一個五斗櫃擺著塑膠菊花，淡黃有些褪色。我聽見水滴聲，雨水早就滲進了黑鐵相框，水痕劃過她爸爸的臉，再啪嗒打在花瓶裡。這個人，閩南語裡我該叫他阿祖，但又似乎跟我沒什麼關係，只是阿嬤的爸爸而已，聽她說早年去了呂宋，也就是現在的菲律賓做生意，所以才有錢回來買了這個大厝。那時候，他就住在這間客廳左邊的主人房裡。阿嬤說，她爸爸在呂宋娶了番仔婆，有另一個家。不過，每年的生活費都是按時給，一直到最後他被日本人的飛機炸死。

「下敗！」是阿嬤，聲音穿過大雨，從木窗濕漉漉地飛了進來。

「下敗！我們家的厝，永遠沒可能租給那些死外猴啦！」還是阿嬤。

我僵在阿嬤房間裡不敢出去。不要動，阿嬤用這種音量說話的時候，就原地不要動。有幾隻水蛾還在圍著房裡的燈泡飛。老師說，在潮濕天出現這種密密麻麻的場景，叫作白蟻 Hūn Fēi。

班上每個人都很認真地重複這個詞，但好像都沒懂白蟻後面是哪兩個字。我們說：「紛飛。」「昏灰吧？」「是風輝啦。」

是——「婚」「飛」。老師用力又念了一遍。她說水蛾們一邊飛一邊結婚，然後翅膀就會脫落，雙雙掉在地上，鑽進黑嚕嚕的地下，再也不出來。

想著想著，不知道什麼時候我就睡著了。阿嬤房間裡濃濃的樟腦丸味，總讓我昏昏欲睡。

「伊給我罵……」我走出門的時候，媽媽跟舅舅正在庭院裡低聲說話。爸爸上夜班，在睡覺，這個時段誰都不准發出大聲音。我被結結實實用藍白拖揍過幾次的。

「園子的工作也不錯的。」舅舅給媽媽泡了鐵觀音，招手也讓我去喝一杯。

傻表哥拿著一瓶樂百氏在喝，舅舅瞪了他兩眼，他才從褲兜裡甩給我另一瓶。這可是了不起的東西，好喝得要命，我用吸管輕輕嘬了一口，餘下的倒在小碟子裡放速凍。凍成硬塊後一次舔幾口就很滿足，可以吃很久。

「一瓶樂百氏，鷺禾可以喝兩禮拜。」媽媽縮在客廳的角落裡，好像在誇我。

下過雨後，天氣越發熱了。天井裡的芒果樹，是外曾祖父種下的，已經一百多年了，結出黃翅魚那麼大的芒果。常要小心，果子砸到頭很痛。掉到地上的時候，就是一攤香氣酸甜的黃泥，裡面爬滿了果蠅幼蟲，看得我渾身發癢。夏天老厝的房檐翹角、海浪型屋頂、天井紅磚地面都鋪滿芒果的香氣、黏糊糊的果泥，還有按照節奏蠕動的胖白蟲。

舅舅家在巷子對面不遠處，開起了食雜店，表哥有喝不完的樂百氏了。玻璃櫃裡面擺著蘿蔔絲、烤魚串、旺旺仙貝、沙嗲牛肉乾，炒黃豆很香很好吃。還有一種帶著亮塑膠尾巴的彈力球，往地上一扔，嗖地飛上天。

媽媽在家裡兩個月了，每天跟黏在地板上的芒果作戰，要不就是催我寫暑假作業。我也很希望，阿嬤趕快給她找到那座海邊花園的工作。應該沒問題的吧？那個園子，別人都要買三塊錢的票才能進去，阿嬤總是拉著我徑直往裡走，看門的人都是熟人，也都沒攔。偶爾有新來的，叫阿嬤去買票，阿嬤就用赤趴趴的眼神給他瞪過去：「恁阿嬤的，這裡是我家親戚捐的，需要什麼門票？」旁邊就會有人衝出來不停道歉把新來的拉到一邊，說著：「阿麗姨，歹勢歹勢歹勢……」免得要被阿嬤在門口高聲問候三十分鐘。阿嬤上嘴唇中間長了一顆大痣，鄰人都說她嘴唇一粒珠，講話不認輸。阿嬤自己說，那些少年仔都要怕她，他們懂什麼？他們的阿公年輕時，都肖想追我呢！她當年可是水噹噹的島嶼一枝花。

阿嬤出門後，舅舅帶著表哥來我家。

我倆在庭院玩亡命追追追，媽媽說他們在聊正事，小孩不要吵，所以我們就只好去雜物間玩探險。雜物間的鎖早就爛了，一敲就開，只是裡面有股老味，平常我都不愛進去。

但實在無聊的時候，就跟表哥去裡面翻翻。其實房間挺大的，但是裡面擠滿了窗框、門扇板，還有各種桌椅交錯疊在一起。爸爸也說過這些都是垃圾，早該清掉了。可是他一說這話，阿嬤就會馬上生氣。房間又不是不夠住！這些東西誰也不許動！然後就一直留了下來。我跟表哥最喜歡去雜物間深處，那裡有一只發黃的浴缸。表哥說你那個曾祖父還挺洋派，學番仔搞什麼浴缸。現在那個大浴缸裡放著一隻破掉的洋燈，鵝黃燈罩外面有深橘色流蘇。還有生了銅銹的破鐘，據阿嬤說新買的時候，鐘裡的小人還會走來走去。還有三隻碎石雕，好像是壽桃什麼的，但是一碰就掉碎屑。再往下探索，就是幾個木箱。雜物間裡所有的東西我們都摸過了，就剩這幾個箱子從來沒打開過，今天難得阿嬤不在，媽媽又不管我們，乾脆就來玩一下。

第一箱，舊衣服。第二箱，字畫。沒趣。第三箱，亂七八糟的文件。我隨便翻開其中一本相冊，看到裡面有一個跟我年紀差不多的女孩，穿著連衣裙，燙了卷頭毛，眼睛跟龍眼核一樣大而發亮。照片下面寫著「愛女阿麗」。阿麗，這是阿嬤小時候？我看著她，突然感到非常吃驚，原來阿嬤也不是一直那麼老。另外還有一張，在這老厝庭院裡，盤髻的長衫女人抱著那小女孩，旁邊站著穿西裝的男人。哦，是阿嬤跟她的爸爸媽媽。那時候芒果樹還沒長多高呢。

表哥在旁邊把能翻的都翻了，也沒什麼新玩意兒。不好玩！他大叫。算了，吃點東西。他從褲兜掏出一小包瓜子，分給我三顆。我仔細吃完以後，再伸手，他就不給了。要吃自己去買，他說。竟然還給我在那裡叉腰，很得意的樣子。我跟他說我家有更高級的東西，是他整個食雜店都找不到的。他不信。我說是南洋的親戚寄過來的。他說那種苦得要命的巧克力有什麼好吃。我說不是，是一整鐵盒的曲奇餅。

曲奇餅。嘖嘖嘖，曲奇餅。

我在那天阿嬤拆包裹的時候，就看見了。那個鐵盒表面是白底藍框，畫成瓷器一樣的花紋，裡面辦著歐洲人的舞會。我最喜歡右下角黃卷毛的漂亮公主，三層裙擺超大的。家裡面一年大約能收到一盒，花紋都不一樣，從來都輪不上我吃，阿嬤總收在五斗櫃最高的抽屜，然後過幾天就當作禮物捧給爸爸工廠裡的領導。這次這盒放了三個月，都還在那裡。我上次去小宇家做客，她家住在輪渡邊的紅磚別墅裡，茶几上擺了類似的一盒。打開，裡面是十個小格子，裝著不同形狀的曲奇餅，每個格子五塊。我挑了一塊上面有葡萄乾的，吃了很久，沒好意思再要第二塊。但如果把阿嬤的餅盒打開，平均一格吃掉一塊的話，就沒有人會發現吧。

表哥聽了就把瓜子全塞給我，求我讓他入夥。我當然也需要他這傻大個，不然搆不著那個抽屜。我探了頭偵察情況，爸爸還在睡，媽媽跟舅舅在院子裡聊得起勁。安全。我就帶著表哥，偷偷溜過去。這個憨呆，還被客廳地板新翹起來的磚頭絆了一跤，幸好他皮粗肉厚，咬著牙沒唉哼。

計畫很順利，我們摸進房間，從阿嬤一堆的內衣和大號三角褲裡面翻，迅速找到了鐵盒。只是沒想到，周邊還纏著幾圈透明膠帶。但我跟表哥口水都已經噴出來了，就小心地揭開透明膠帶，拿出餅乾然後再平整地把膠帶貼回去。全程，曾祖父都從牆上黑框裡盯著我們，讓我心裡微微有點不踏實，但也管不了那麼多了。我們瓜分了十個餅乾，我六他四。帶葡萄乾、椰蓉和砂糖的那幾塊都是我的。他當場就吃完了，我忍不住也吃了兩塊，放在嘴裡牙齒自動嚼得唠啦唠啦的，舌頭在口水海裡拼命攪，不知怎麼的就吞下去了，感覺都來不及感受那種香味。剩下的四塊我趕緊用紙包好放進自己的筆盒裡，存一點，這樣還可以有好幾天的快樂。

那兩天心情都超好，因為我儲備了很好吃的東西，但選擇不吃。想吃了就用門牙磨下來一點嘗嘗，或是舔掉一點上面的砂糖。

第二天下午我精神抖擻地想寫作業，但最終還是被房門口那一群排成長隊的螞蟻吸引了注意力。我順便把我房間、庭院和客廳的地磚都踩了一遍，又多了三塊空鼓的。我撿起碎磚，輕輕敲客廳那幾根樑柱，空空空作響，還有些沙子掉下來，矇我的眼睛。這些柱子，阿嬤說以前上面是濃烈的彩繪，跟外牆上的瓷雕一樣，畫著先祖的故事，不過後來都被砸碎、鏟掉了。我想像柱子裡面住著一群小人，日夜不停地在木頭裡面建造城市，我試圖用敲擊來給他們傳遞信號——開門開門，開門！我腦門上突然挨了一巴掌。死囝仔！跟你說過別敲！哎，被阿嬤抓到了。

「媽，這厝也是有夠古了。陳老闆說可以幫忙修的。」媽媽走過來說。

阿嬤的臉瞬時垂墜，深淺皺紋好像細流全都向下走。我感覺她身上有一層要發射龜派氣功的結界。我默默閃開，免得掃到颱風尾。

「蔡，鷺，禾！別走！」

阿嬤叫我全名的時候，事情就大條了，一定要跑！但她先一步把我攔腰抓住。雞爪一樣的手，怎麼力氣還那麼大。

「啊這什麼？」阿嬤掏出紙包。

我不敢說話。

「這什麼？在那裡生螞蟻。」阿嬤看了我媽一眼，又問我。我也看我媽，感覺她是不打算插手了。我爸，還在睡覺。好吧我完了。阿嬤從茶几上拿出一根不求人，竹子做的，除了用來抓背，也用來打我。打起來超痛的，比塑膠晾衣架更痛，阿嬤買一根，我就偷偷藏一根。這根是新買的，還沒來得及讓它消失。

「啊啊啊啊啊啊！」阿嬤第一下甩下來，我就大哭大叫。身上起了一道紅印，從肉裡慢慢浮起來。

「擱不講？」阿嬤的不求人揮舞在半空。

「是表哥拿的！我跟他說家裡有餅乾，他就去偷拿給我的！」我說。

「騙瘋子！」阿嬤說這盒餅乾是要給我媽走動門路用的，然後又啪啪抽了我兩下。我迅速嗷嗷哭成個淚人，往我媽身後縮。

「唉，媽，海邊花園那條路不通啦，我聽說吼……」媽媽把阿嬤攔住，「阿禾愛吃就給她吃吧，伊已經很乖了。」

「啊你們在做什麼啦？」我爸眼鏡都沒戴，頭髮亂七八糟地走出來。我們全都閉了嘴。阿嬤說沒事，你回去再睡一下。

後來連續幾天，我都在喊腰痠，也不知道為什麼，感覺從尾椎骨一直痠上來。傍晚的時候阿嬤突然說要帶我去海邊花園玩一下。經過體育場的時候，她給我買了一支牛奶冰，問我那天不求人是不是抽到我尾骨了。我說好像沒有，應該是前天不小心被門檻絆倒，我一屁股坐在地上才瘦的。然後我說再買一支綠豆冰，阿嬤說想都別想。我很失望地說，蛤，幹嘛這樣……阿嬤說，蛤蛤蛤，豬屎吃一籃。阿嬤總是有很多這種閩南俏皮話，我忍不住大笑起來，打算以後用這句話去對付學校裡的同學。

到了花園，正要往裡面走，才發現門口安了檢票機，有三根會轉動的大鋼條圍著，要往裡面扔一枚鐵幣才會動一下，放進去一個人。阿嬤叫門口的給她開，他們說一定要去窗口買那個幣，機器才會動，他們自己沒有。阿嬤要帶我直接鑽過去，有人把她逮住了，我覺得很丟臉。那個人講普通話，一聽就不是本島的，大概是個北仔。再仔細看下，現在門口檢票的三個人，都不是本島的。是不是島上的人，我們一眼就能認出。我阿嬤更厲害，以前她帶我去對岸吃飯，她掃了一眼隔壁就說出他家裡上面三代人是幹什麼的，我們島還真的是很小，本地人都認識的。

「買票。沒票別來。」那個人很高大威猛，手上都有長毛的那種威猛。我拉著阿嬤走，實在太丟臉了，而且周圍還有戴著黃帽子的遊客，更不想引起他們注意。可阿嬤滿嘴問候他們祖宗十八代，順便也罵了我幾句，好像要不是我攔著，她早就闖進去了似的。

結果就是我們倆在公園旁的海灘，找了棵松樹坐了兩小時。白綿綿的雲朵很立體，好幾團，碗糕一樣。底下是灰冷鋼鐵大輪船。正在漲潮，海水嘩啦，嘩——啦，把白沫和一些淡金旋轉貝殼推上沙灘。我就這樣看著，倒也覺得滿足。阿嬤說，你阿祖也這樣帶我來過，天上的雲那時候也長這樣。我跟阿嬤說，雲的碎渣會融化在海水裡，然後被拍上岸，變成那些發亮的沙子。然後我說每朵雲我都認識，那個叫作大鼻頭先生，今年一共來天上三次。他旁邊那個暗色狗熊叫作浩呆，只要有桃子形狀的雲它就會追過來。每次它們樣子會稍微變一點點，但我都認得出。阿嬤看著雲說，唉，你媽的工作應該是安排不成了，那裡的人都換了。我說那我可以吃那盒餅乾了沒有。阿嬤說吃什麼吃就知道吃。然後她就不說話，我也不敢再說免得被打。灼熱的陽光慢慢拉長變得黏稠，像麥芽糖一樣透明，焦黃的雲朵被烘烤出一種鬆脆香氣。阿嬤站起來拍拍屁股，跟我說，要起颱風了緊走。

阿嬤說得沒錯，颱風來了。一個晚上都在島上橫衝直撞，到處牽拖花盆和樹枝，搞出很大的聲音。低矮的桂樹被澆得全身發亮，紅花檵木和黃金榕擠在它身邊發抖，青苔浸泡在泥水裡。大芒果樹的果子幾乎全被風搖光了，雨水自動沖刷地板，算是一條龍服務到位。海浪般起伏的馬鞍屋頂也叫了整晚，蛇灰的粼粼瓦片被打出啪啪嗒嗒的聲音，屋內滴漏連連，所有的臉盆花瓶都用上了，包括我的美少女戰士漱口杯。

就這樣，這颱風在我們這裡連續逛了兩天，爸爸因此連續兩天不用上夜班。我問他，這幾天老芒果樹搖得那麼用力，會不會倒。爸爸說，樹頭徛予在，毋驚樹尾做風颱。我說，啥咪？他說，意思是，你看只要樹根還穩穩在，樹枝搖再兇都不用怕。我說老爸你好有文化。他說這個是你阿嬤教的。

我們倆蹲在天井裡看雨的時候，屋裡的聲音越來越大。

「媽，現在很多人都這樣賺！不然老厝已經這樣了，我們都沒能力修理！」

「下敗，下敗！開門做外猴生意，給祖先沒面子！」

我轉過頭看了我爸一眼，他縮緊了脖子，估計也不能不聽見。早些時候，阿嬤把冒雨來看房的陳老闆夫婦硬是攆了出去。爸爸拉著我進了屋。

「我沒想讓阿禾，一瓶樂百氏喝兩禮拜，吃塊餅乾還要靠偷拿！」媽媽指了指我。

「只要我在，就別想！」阿嬤把手裡的蒲扇扔到地上。我趕緊去撿起來，放進她手裡。爸爸過去在媽媽耳邊說話，試圖把她拉回房間。

「沒把老厝顧好，才是下敗！」媽媽對著爸爸又喊了一句。

「好啦，別說了！」爸爸趕緊把她拖走。

阿嬤叉著手站在原地，頭昂著，帶著勝利者的神情。我哇地用力哭了，阿嬤和媽媽第一次這樣吵架，果然還是因為我吃了餅乾。夜深的時候，雨更猛了，用力伸手抽大地的耳光，然後開始打雷，炸得我寒毛直立，感覺怪獸就快出場了。我不敢回自己房間睡覺，就硬窩在阿嬤床上。她緊緊蜷成一團，像個乾癟的句號。看著她的背，呼，吸，呼，吸，起伏著，我偷偷伸出一隻手輕輕搭在她身體邊緣，自己就這樣安寧下來，陷入迷糊中。

微光中，我看見外曾祖父的照片變得凹凸不平。他在牆上跟我說，這裡太熱了，應該裝空調。我說，講真的，阿嬤怎麼一下就發現我拿了餅乾。他說，懷疑我是很沒道理，你自己招來那麼多螞蟻。我說都怪你那時候種芒果樹，現在生了好多蟲！螞蟻、白蟻、果蠅還有蟑螂！他說我知道，我也後悔，經常有蟲子從我相框邊爬過去。我說那還算好的了，我那天洗澡，一隻超大的白斑蟑螂飛到我背上，甩都甩不掉！他說阿麗小時候膽子比你大，抓起蟑螂就撕成兩半。我說阿祖，阿嬤現在更猛，一扇子下去可以直接打死五隻。他看著床上的阿嬤說，阿麗長大了。水把你的臉弄濕了，我說。

後來尿把我憋醒，都怪睡前打雷，害我不敢去廁所。我掙扎著起身，發現雨已經停了。世界一片安靜。我輕輕下床，赤腳走過客廳，拐到左護厝的廁所。我把熱乎乎的尿排空，然後噗嚕地放了一個水屁。

然後「嘭」！然後「唰」……然後黃色的煙霧彌漫過來。

我衝出廁所，在月光裡，看見對面冒出黃煙。右護厝全塌了，雜物間和我的房間灌滿了黃土。

「阿禾阿禾！」媽媽在大聲叫我，看到我後把我緊緊抱住。爸爸和阿嬤也赤腳站在天井裡。

我聽見潮水的聲音，然後客廳的屋頂也塌了下來。我記得有密密麻麻的蛾子，像一股黑色的厲風，旋進了老厝，振翅的聲音嗶嗶剝剝，如同濃焰。銀冶的月亮下面，牠們像一支來自未來的精密部隊，在倒塌的塵土裡興風作浪。可爸爸媽媽後來都說，那天雨後沒看見蛾子。

有些鄰人也驚慌地衝過來敲門，爸爸把木門打開，他們看見我們全家都在，才放心下來。

「人沒代誌就好。」每個人都這麼說。

阿嬤，她站在芒果樹和桂樹的中間，老水缸在她身後蓄滿了雨水。人們哄哄鬧鬧。安怎颱風天沒倒，雨停了才倒？這厝真正大，我每次路過都沒進來過。哎喲全家都這樣赤腳站著，不要冷到了！這裡先不要住了，修好再搬進來，不然出人命啊！這個厝很多年了，剛建起來的時候真正好看，現在竟然這樣。修理也是一大筆錢！先聯繫那些北仔拖板車的，起碼要十車！別擱說了，也不是你家，不要假會！出什麼事情了？人怎樣？哎喲你才剛過來，我給你講啊……

阿嬤突然摔倒在地上，我和媽媽尖叫著衝過去，全家人把她抱起來。

——

過了不久，家裡開起了店。

陳老闆幫我們重修老厝。老厝被分成兩個部分，右邊三分之一留給我們一家住，左邊三分之二開起了乾果店，賣龍眼乾、魚乾和魷魚乾。天井裡的芒果樹，依然長滿果蠅，打藥都除不完，後來就被砍掉了。雨天的蛾子，於是漸漸少了許多。沒有樹遮擋的天井，每天在陽光裡曬著海貨，香滾滾。遊客可以進來參觀，順便買點東西走。媽媽在店裡幫忙，生意很好。她每個月都給我五塊錢零花，我經常到表哥面前擺闊。阿嬤在床上躺了兩個月，說是颱風天冷到了，還受了驚。那個雨夜之後，她似乎被泡腫了一些。

不過很快，阿嬤就又精神抖擻地過起日子。有一天她帶我坐輪船，還坐了公車，去了一個很遠的地方，我暈車暈得想吐。下車後又跟著她爬到半山，她喜氣洋洋地叫我看。暈頭轉向的我，才發現這裡是個墓園。她給我看的是一小塊花崗岩墓碑。

她的名字和爺爺的名字在墓碑中間。我心一驚，眼睛開始掉水。阿嬤很兇地呵斥我，在咱閩南，提前買好墓地是好代誌，阿禾你不要這樣。等我百年，可以把你阿公的骨灰甕跟我擱作夥。我還哭，她就拿手打我屁股，疼得要死，我就沒敢哭了。我們坐在台階上，阿嬤把塑膠袋打開，給我吃裡面那幾塊麻粩、帶葡萄乾的曲奇餅，還有菲律賓芒果乾。她輕輕地把一小塊麻粩含在嘴裡，吃得那樣慢，好像在等食物在嘴裡自動融化。我的乳牙掉了三顆，但依然呼哧呼哧地吃得很歡，偶爾又記起來停一停，盯著食物，假模假式地問阿嬤吃不吃，但我知道她一定會說都給我。我低頭專注地吃著，沒有意識到我會一次又一次地夢到這段畫面，並且在未來非常後悔地發現，我一直沒有抬頭。我或許是不敢吧。不敢在這個時刻，認認真真地看阿嬤一眼。

吃完後，阿嬤讓我把新買的隨身聽放在她的墓碑上，開始播放讚美詩的磁帶，然後她說你看這裡多好，以後你們來，看到的風景是這樣的。我跟她一起望向遠處。整個墓園裡只有我們兩個人。天是寬闊高遠，滿山塔柏在微風裡震顫，蒸騰著清香。阿嬤輕輕捏著我的手，跟我一起迎風面對四圍凌亂的墓碑，好像我倆都只有五歲，好像世上只剩下我們這兩個用盡了力氣的人。

想來，阿嬤住進那裡面已經十六年了。

浮夢芒果樹

1……

人身上也會長蟲子嗎？它問。

小女孩穿著彩色蛤蟆一樣的游泳衣，打起一勺井水。涼！嘩啦。

會的，我有牙蟲。女孩在心裡先回答了，但又奇怪地說，呃？誰在問我？

第二勺涼水，她在樹底仰起頭，枝頭開著香噴噴的小碎花。芒果樹伸展開身體，讓陽光從枝葉的縫隙裡流落下去，澆進她眼裡。嘩啦！

「哎喲鷺禾變得這麼封建，已經不好意思脫光光洗澡了！」阿麗嬤老早換好衣服，進廚房炸韭菜盒，燉菜鴨母。

「不能脫褲爛！」鷺禾大聲說。

「鷺禾！女孩子不要講這種粗話！」阿麗嬤的聲音從廚房傳出來。

「脫褲爛！脫褲爛！脫褲爛嘿脫褲爛！」女孩有節奏地扭，一邊搓著泡沫。

「好了好了別擱說了！」阿麗嬤走出廚房面露兇光。

鷺禾心裡念叨，啊明明就跟你學的。之前你明明就笑嗨嗨。媽媽還會跟你一起笑。哈哈。好笑的。芒果樹點頭舞動樹葉，搖動起庭院裡幼綿綿的風，蠶繭般包裹了她。

女孩鷺禾抱住芒果樹，原來是你跟我說話，你是我的朋友。

2……………

「大塊呆，炒韭菜，燒燒一碗來，冷冷我不愛……」鷺禾在唱學校剛教的歌謠。媽媽還沒回家，鷺禾傷心起來。爸爸也沒回家。舅舅昨天問她想不想媽媽。她認真地回答，想的，晚上等阿嬤睡著了，就會想媽媽想到哭。周圍的大人們眼神都軟了。今天舅舅給她買了個布娃娃。阿嬤還帶她去游泳。大人們對她很好。鷺禾的想法咕嘟咕嘟從樹下冒出，一丸丸磨砂的氣泡。

盛夏的氣息漲溢這地。鷺禾沖完澡，裹著大浴巾蜷縮在樹旁。我知道你在笑哦，她用腳趾輕輕地摳著樹皮青苔，就要撓你癢癢！

阿禾，猴囝仔。老芒果樹的影子很薄，蓋在她身上。

樹知道，阿禾跟阿麗（那時候阿麗還不是阿禾的阿嬤，只是一個額頭很大的小女孩），她們都會繞著樹睡下。她們都可以聽到土壤以下，根系的聲音。霧煞煞。耳朵生根鑽入一百米的地下，大地球像顆橘子，柔軟皺褶的表皮，植物根系如同橘絡盤布，進到汁水豐沛的內在。然後又在爬起來的一瞬間忘記。這些庭院裡飄浮的氣息和夢境，最終都掛在樹上，容易招惹潮氣，慢慢長成青苔。六十三年的青苔，濃厚得像隻趴在樹上的綠獸。

「來來來，看看看。緊來緊看！晚來少看一半！」門外的街上，有人吆喝。鷺禾爬了起來，換上衣服，頂著滿頭濕漉漉的卷頭毛就想出去看。

「阿禾！阿嬤要去送菜鴨母湯給你媽，你餓了自己吃韭菜盒。知未？」阿麗嬤喊著。

「好啦。」鷺禾關上了門。從樹上往下望，一顆濕漉漉的小黑點從門裡遊動到了街邊，定在木棉樹下。去年這個時候，阿禾就在那棵木棉樹下，跟媽媽說過一個包子的故事。包子遇到意外，被撞破了肚子，它捂住自己說，原來……原來我是豆沙包哦。那天的風打著旋，把笑話也捲進院子裡邊。豆沙包。哈哈好笑。耍白癡。又有點殘忍。笑話的主角要是樹的話，撞破肚子，就會看到自己的年輪吧。不像人們有日曆計數，樹很難搞清自己度過多少年日。樹想。

芒果樹看見阿禾抬起手，發出啊一聲，大約是打了個呵欠。柏油馬路被曬化了一點。

「目睭看金金！」此時樹下已經圍了一大群人，裡面那個面皮黑黑的男人又吆喝起來。口音不像是島上的人。他隨機叫人上來，坐在那只木凳上，然後從褲頭拔出兩根筷子，上下翻飛地從耳朵、眼睛抓蟲。有時候是小蟲子，有時候是大一點的毛蟲。每個人都像是一棵樹，孔洞裡拔出柔軟的蟲。男人說抓完蟲，就不會破病。近視蟲、肝病蟲、愛睏蟲。連癌蟲都能抓。

他上次來的時候，鷺禾就想跟他學，被他手一揮：「囝仔別來亂！」這次鷺禾可是攢了十五塊錢，捏在手裡，再把手揣在兜裡，找機會用錢說話。

別在這裡擋路，影響我做生意！隔壁乾果店的陳老闆出來趕人。

吵了一陣，戴著深藍色帽子的城管從遠處要走來。

死北仔！管肝又管胗，管那麼寬！那男人很不爽地收攤走了。

幹你老母！陳老闆這句閩南語回得很溜，大家笑起來。

阿禾卻努力從人群中擠向抓蟲男，可惜個子矮，不得方向，在湧動的大腿浪潮裡亂攪。別走哦！別走！阿禾高高舉起手裡的錢。她的聲音在喧嘩中太過細弱。她在人潮裡是個溺水的孩子。

突然有人一把抓住了她的領子。

油蔥伯把她攔下了。油蔥伯是全島上唯一一個打領帶又穿短褲的人，紫色斑點領帶，白色長襪拉到膝蓋，在街心公園那裡開了家雜貨店。阿禾有點怕他。他經常叼著一根菸，穿著奇怪的衣服站在雜貨店門口，不說話的樣子兇巴巴的。

不要花冤枉錢給人騙。其實抓蟲沒什麼大不了的，關鍵是筷子。你多練就可以。說完，油蔥伯不知道從哪裡掏出一副竹筷。

真的哦？阿禾不敢接。

他揮了兩下，隔空從阿禾的頭上方抓出一隻小飛蛾。你看，這個是懷疑蟲，抓完你就相信我了對不對？阿禾說對。他說其實都不用真的碰到你，遠遠就可以抓。

哎喲，免錢的啦。你爸爸經常給我菸抽的。他補了一句，阿禾才敢拿。

憨囝仔，只要多練，你都可以每天隔空抓蟲。抓滿十天，你媽媽就好了、回家了。油蔥伯臨走往阿禾腦袋上敲了一記，浮出小小的紅印。

阿禾舉起筷子，仔細看著。夕光浸泡下，筷子溢出亮光。其實樹從高處看下來，阿禾的周圍都在閃光。街道兩邊，陽台上曬到溫熱的陶盆，磚紅、墨綠和暗藍，鈍的顏色，鈍的光。紅磚樓的圍牆頂上，鑲嵌著晶綠色的碎玻璃片，在光線裡偽裝成玉石般。柏油馬路融化的部分，純黑裡隱藏著光。油蔥伯的硬皮鞋，打著鞋油，又亮又硬地走遠。所有的光粒都圍繞著阿禾。

唓啦，唓。阿禾試著揮舞這雙筷子，風起了，背後的葡萄藤開始尖叫，藤蔓互相撞擊，有些發焦。葉子飛動著，唓，啦，唓啦，掉地上。吧唧，被一腳踩扁。阿禾走回了家。

她很怕蟲子的。但是她開始壯著膽，貼著樹練著。芒果樹知道自己已經空心，樹幹內裡的蟲子，滿滿的一家白蟻。葉子的部分，夏天會貼上帶白粉的臭蟲。臭蟲卵是一整串的，密密麻麻的小顆粒。樹結出來的芒果，裡面是滿滿的果蠅幼蟲。白色的，蠕動起來，一下一下一下地扭。樹想，自己每個器官都有蟲子，就像是，人身上的癌。阿禾想到蟲子就皮皮挫，但她不管，還是硬練。

3 …………

如今每天晚上，庭院的人都比之前多了些。阿麗嬤啊，人們眼神沉鬱，總是欲言又止的樣子，嘆口氣，看到鷺禾拿兩支筷子在樹上亂比，就說，「孩子還小，不知影苦。」但阿禾不管，還是練。

阿禾繼續練習隔空抓蟲，累的時候，就獨自看《封神榜》，現在爸媽也沒空管她看太久眼睛會壞掉。她一直看。空心，空心菜，空心的人就要死掉。看累了，她又蜷縮在樹下。阿禾舔了舔月光下的樹蔭。樹的影子是清涼的。青苔澀澀的，帶點豆子的味道。新掉的葉子沒味，但被日頭烤乾了後又有。

空心的樹呢，會死嗎？它問。

又是誰跟我說話？阿禾搖搖頭，自己跟自己玩。這個軟乎乎的小人兒，影子就像是她的尾巴，被她追著跑。

阿禾你不知道，我們樹也有軟乎乎的時候。芒果樹小時候就是一顆種子，蜷縮在甜蜜柔軟的果肉裡。被封在果實裡面，懸浮在半空的厚船。內裡的水流從根底向上，一路輸送到果子體內，那核就越長越大。隨後整顆芒果從高空墜下，被人拾取。再見到光，就是冒芽的時候了，好像也沒過去太久。

鷺禾又靠到樹邊，用筷子比畫。我要把媽媽的蟲抓掉，抓掉，全抓掉。已經十幾天沒見到媽媽了。阿禾想起她不久前跟媽媽生氣。媽媽削好蘋果，命令她吃，然後就出門看病了。阿禾不服，就把蘋果甩在地上，一邊用力砸，一邊用力哭，直到把蘋果砸到全部爛掉。結果不小心被媽媽看見，她說這囝仔脾氣好硬。阿禾不理她，就是不停地砸和哭。

阿禾腦袋上積聚了一團灰霧，慢慢上浮掛到了樹上。她覺得累，心也難受，就去鼎裡拿了兩只韭菜盒吃，又喝了點中午剩下的稀飯。大厝分成了兩半，乾果店那邊吵哄哄的，晚上才消停。但這半邊，可太安靜了。只有芒果樹站在她這邊。

4

阿禾就這樣練啊練，真的練到了第九天。

但這天到深夜阿嬤還沒回來，阿禾睡是不敢睡的。她死撐著眼皮，快要睡著的時候，又拼命睜眼。都怪傻表哥帶給她的那兩本書，一本《聊齋志異》，另一本是台灣出的奇異故事，說是有些人睡著了，覺得腳癢，原來是被鬼摸了腳。這故事害她不敢伸腳。可夏天把腳縮進被子裡，又實在太熱了。

有爸爸媽媽阿嬤在的時候，她從來沒有怕過。現在一屋子的安靜讓她怕。

她飛速跳到爸媽房間裡，把那塊軟舊的薄毯拿了過來，蓋在臉上。上面還有媽媽的氣味。

樹和老厝晚上的時候還特別愛出聲。安靜中突然發出「啰嗒」一聲，好像有誰的腳踏在碎地磚上，可以一瞬間讓阿禾的耳根縮起來。哎—呀。哎—呀。那是風在樹上晃的聲音，絕對不是虎姑婆站在外面叫，絕對不是。阿禾想起今天看到報紙中縫裡浮屍的照片，黑白的，泡得鼓脹的頭顱。越是怕，越是想，想到就後背發癢。腳趾頭也跟著有怪怪的感覺。媽媽說過，天黑別害怕，人死了要麼去地獄，要麼去天堂，不會在我們的世界裡亂晃。可是還是害怕。阿禾把家裡燈都打開，背靠著牆，眼睛硬死要睜開的小孩子啊。樹也努力收斂自己，不要發出啪嗒葉片掉落的聲音，不要發出嘎嘎的樹枝聲，不然阿禾可能會乾脆拉開門往醫院跑。

過了一會兒，濃霧稠密地流淌進院子裡，又濕答答地掛在樹上，給樹披上外袍。阿禾從床上坐起，對著窗戶伸出筷子，發現可以夾到霧氣，一種龜苓膏的質感。她走出房門，踏著慢慢凝結成塊的霧氣，竟然坐到了樹上去。老厝環抱著樹。坐在樹的高處，阿禾可以看見老厝的禿頂。密密麻麻的瓦片，零星禿了幾塊。院子另半邊乾果店正在打烊，他們把燈光打得很炫目，也就看不到暗影裡的阿禾。老芒果樹的枝幹，像媽媽的手臂，乾乾的，又很硬實。但是，阿禾坐在樹上屁股一點都不痛。這裡懸掛著一朵一朵的夢境，軟趴趴的棉花墊。阿禾的夢。阿嬤阿麗的夢。媽媽秀珠的夢。爸爸阿城的夢。一瞬間搖曳出枝葉繁茂的喧囂聲。

在棉花般的夢境裡，阿禾看見偷吃年糕的阿麗，不是現在老叩叩的阿嬤，而是小女孩的樣子。阿麗在跟爸爸吵架。阿禾看見，阿麗的爸爸帶走了哥哥去呂宋做生意。選了哥哥，沒選阿麗。阿麗也像白天的阿禾一樣，在樹底下，蜷縮成一隻紅到透明的蝦。後來的夢境裡，還有炸彈、白紙花和哥哥最後寄來的錢。阿禾忍不住跟著阿麗一起喉頭發疼。大概誰都會經歷這種疼，阿麗也是，阿禾也是。

這時候樹趕緊把另外一些夢境遞過來。爸爸阿城坐在紅磚牆上，偷偷看媽媽秀珠從路上走過去，喇叭花劈啪開了兩朵，紫色的。秀珠香香軟軟的夢境，裡面有一隻玻璃天鵝、一碗浮著大牛眼的熱湯和幾張香港買來的唱片。阿禾偷偷跟芒果樹說，原來媽媽小時候，看起來沒有現在那麼兇哦。

5⋯⋯⋯⋯

樹身上的風聲越來越大了。阿禾說。

嗯，是因為風傳的口信越來越多，從一棵樹，傳到另一棵樹。芒果樹說。

阿禾開始念：風緊來，一錢給你買鳳梨。風緊去，一仙給你買空氣。這是媽媽之前教給她的。風好像水流一般彙集在一起。樹是風裡的夜航船。阿禾坐著的芒果樹慢慢升起，她看見吊在樹上的月亮，像個巨大的圓白茉莉花苞，飽滿漲著冷冽的香氣。

阿禾拿著筷子，指揮方向。

我跟你說啊，這個島上，有可以跟樹木說話的孩子、可以飛行的孩子、可以潛入海底的孩子。芒果樹的聲音跟媽媽很像。

我看過水孩子的故事。阿禾嚴肅地點點頭。

對，差不多的意思。

芒果樹帶著阿禾飛起來，他們開始在濃稠的夜裡穿行。島上的樹木都沉浸在夜裡，木棉也好，鳳凰木也好，三角梅、葡萄藤、木瓜樹、棕櫚樹、龍眼樹、玉蘭樹，所有所有的樹，在阿禾他們拂過的時候，一同發出振動羽翼的聲音，嘩……嘩……一層層，風所經過的龐大區域的聲音匯合起來，一陣一陣，波浪的聲音。

阿禾的腦袋扎進風裡，聽見那些氣息，那些低語。門外的木棉說癢啊癢啊。好癢。阿禾騎著芒果樹靠近她。我來給你隔空抓蟲！阿禾大聲說。她爬到芒果樹頂端，對著木棉的方向，真的揪出了三隻蛾子，順手一甩就變成了星塵。她從來沒在這麼高的地方看過這株木棉，原來記得木棉的幾百隻手臂都是向上舉著的，但現在好像有一大半垂了下來。她的身體裂開彎曲的痕跡，扭結出一個個疤痕。她變得黑瘦，好像在灶台被熏過一樣，就像媽媽，還有阿嬤。

原來木棉也在變老。在沒注意到的時候，偷偷地悄悄地變老。阿禾緩慢地摸著木棉，好像在安慰一隻蓬鬆的大狗。

她還沒呢，十年後的颱風才會把她折斷，現在還早。老芒果樹動了一下。樹，你偷聽我心裡的話。討厭。阿禾轉過身，捏住芒果樹的脊背。

這時候街兩旁的圓球路燈發出橘黃的光。好像棒棒糖，阿禾咽口水。

這是木棉的謝禮。你舔舔看。芒果樹懸停在路燈上面。路燈還真的是橘子味道的。酸的口感。阿禾試著咬了一口，很硬。燈周圍蔓延著一圈奶黃光暈，嘗起來是棉花糖的口感。

再往前，是離家不遠的虎巷。路燈照著，阿禾才發現，巷子上空懸浮著一隻老虎。哦，就是那隻媽媽說過的，幾十年前一路游泳到我們島上，然後被打死的倒楣老虎。牠怎麼還在。阿禾非要飛過去，摸摸牠的皮毛。被碰觸到後，牠喵嗚一聲，下墜到地上，變成眼珠子閃閃發光的貓，匍匐在牆角，眼神不太友好。

經過虎巷，往左，是書店和教堂的方向。往右，是醫院和輪渡的方向。

想看媽媽嗎，阿禾？他問。

不想去。阿禾掐著芒果樹上的花。她就去了幾次，總忍不住在走的時候大哭大鬧。她不想讓醫生剖開媽媽的肚子。阿嬤狠狠地兇了她，叫她不要影響媽媽休息。不想去。

往左。

晚上九點鐘，島嶼的路上就完全沒人了。不對，還有個人在路上走，拉著兩個大行李箱，嘎啦嘎啦，嘎啦嘎啦，整個島都被他的聲音充滿。是油蔥伯！

我們過去，哈哈。阿禾抓了一把樹葉，往油蔥腦袋上扔。他肯定覺得很奇怪，大晚上周圍又沒有樹。阿禾就想嚇唬嚇唬他！

「阿禾！」油蔥伯突然抬起了頭，看著她叫道，「別再生你媽媽的氣了！」

阿禾嚇得趕緊掉頭。可是油蔥伯的聲音飛得太快，纏在阿禾的頭髮上，阿禾忍不住跟它們吵架。別再生氣了阿禾。不許管我！別生你媽媽的氣了。可是媽媽怎麼可以生病呢？別生氣了阿禾。這些聲音就像煩人的蚊子，可是阿禾的筷子卻抓不到它們。

飛了一會兒，她和芒果樹還是到了醫院。

阿禾抹一把眼睛，開始對著醫院隔空抓蟲。抓，抓走所有的病和蟲。抓，抓走所有老和死。有一次全家去外地看親戚，媽媽和阿禾睡在一張床上。那是阿禾第一次看到媽媽的手上起了筋。藍色的，蜷曲的。好幾條扭曲的蟲子。媽媽竟然開始老了。以前從來沒想到過。阿禾轉過身去，在床上悄悄地捂嘴哭。可是第二天早上，她又忘了那種感覺，繼續跟媽媽因為早飯的事情吵嘴。不知道為什麼，跟媽媽說話的時候，總是很生氣。如今阿禾站在芒果樹上，用盡全身的力氣，對著醫院的每一個窗戶用力地揮舞。她每日努力練習，就是為了這時刻派上用場。不僅是阿禾媽媽，還有所有別人的阿嬤阿公媽媽爸爸、別人的孩子，阿禾只希望把他們身上的蟲子全都抓光，讓他們全部活蹦亂跳地回家，繼續氣勢十足地活下去，哪怕是跟家人繼續吵吵鬧鬧都可以。

嘩啦。阿禾動作太大，好像島嶼空中的指揮家，全部的風都朝她聚攏，把她抓出來的傷蟲、病蟲、痛痛蟲全都捲走。大功告成！全都捲走吧，媽媽過幾天就能回家！阿禾頭髮被風高高揚起，她希望今晚自己浸透花香和月光的髮絲可以飄到媽媽身邊。

大風裡，芒果樹碰到了另一棵樹。醫院的小坡上，站著一棵紫荊。每天上學，鷺禾都會走到紫荊那裡，按下樹上一個圓形的樹疤，彷彿按下一顆按鈕。好，今天又是假裝自己是普通人的一天！就像漫畫裡的月野兔，卸下水手月亮的外形，去上課。

這次，阿禾又忍不住從飛行的樹枝上，垂下手去按了按樹疤。

嘎啦嘎啦砰砰砰。然後樹枝開始帶著她往回跑，快到屁股冒煙。阿禾回頭，看見木棉和紫荊都對芒果樹晃了晃手，還發出各自的聲音，原來島上的樹都認識呢。他們也看到坐在芒果樹肩頭的阿禾了。

阿禾站起來，對著他們用力地揮手，卻差點滑倒。幸好，她被一把抱住了。

「猴囝仔！整眠都動來動去！」怎麼是阿嬤的聲音。

「睏醒未？緊來吃。」阿嬤又往阿禾屁股上揍了一下。
「出來時小心點，外面在砍樹。」爸爸喊。
「蛤？」阿禾迷迷糊糊的。
「生蟲了，治不好了的。不過心裡有些不捨得啦。」阿嬤說。
「隔壁租客陳老闆願意給咱們預支那麼多租金救急，要好好感謝他。樹確實影響他生意，咱們同意了就別再說了。人家也那麼爽快。」爸爸說。
阿禾趕緊鑽了出去。她大叫：「你們別砍，我可以把它的蟲子都抓乾淨！」可已經來不及了。

6……………

鋸子的聲音，一圈圈一層層地震盪著芒果樹。葉片振翅的聲音。葉子細細碎碎地落下。樹突然在枝頭晃一下這些乾葉，啪一聲把葉片盡數甩出來。好像丟手絹的人。貓在圍牆上用倒刺舌頭舔手。人們走過，灰塵揚起來，發出輕微的鼓脹聲。陽光映照，整座島嶼都在發光。頭頂的溫暖和根部的深寒開始斷裂開。

阿禾感覺到，有從高天降下的一滴淚水。源自清晨的露水，從枝頭凝結，滴落，融入她的眼眸裡。阿禾不敢靠近，但偷偷從地上剪了一根樹枝，打算永遠存起來。她也確實把那根樹枝放進了自己的寶箱裡，搬家的時候也沒有丟掉它，在二十年後回家偶然找出這個箱子，還想了很久，為什麼在一堆點石貼紙、聖誕賀卡和貝殼裡，還放了一根枯枝。

大門打開，有人在門口看砍樹。他們身後，是街對面的木棉，再遠一點的紫荊，那些在深夜裡招手的樹木。它們再過十年，會在正面襲擊這座島嶼的超強颱風中同時被折斷，平躺著被抬走。只有那棵街心公園的老榕樹還一直存在著，或許還會再活一百多年。

這本就空心的芒果樹不需要太多時間，就慢慢斜歪著倒下來。鷺禾也跟著他，慢慢蹲在牆邊。

這時候，油蔥伯從外面走了進來，對著蹲在角落的鷺禾說：「他不怕的。芒果樹不怕刀砍的。」鷺禾過了許久，才慢慢站起來。

樹砍完以後，爸爸和阿嬤又衝去了醫院。鷺禾想看看樹被板車工拖去了哪裡。猶豫了一會兒，最終沒走出去，只是待在家裡，對著盆栽繼續練習抓蟲。她累了，就追著看《花王國的朋友》。從那天開始，她把那幾個不多的頻道翻來覆去，卻怎麼也找不到這個節目了。故事還沒有完，怎麼節目就不見了呢。花王國的朋友們，都消失了。

好無聊哦。她拿出布娃娃，假裝哄娃娃睡。哦哦睏，哦哦睏，一暝大一寸。布娃娃還是睜著眼睛。你怎麼不肯午睡，阿禾嘆了口氣。那我給你念個故事吧，她隨便翻開，讀起《老櫟樹的夢》。

7……

霧氣還是來了又走。

老芒果樹的樹墩，逐漸被濃厚的青苔覆蓋。沒多久，竟發出新芽來了。

第一片葉子，是被阿禾的媽媽發現的。

夜海皇帝魚

1 …………

從在漁村的那天起，我就一直擔心玉兔她媽。

今天，我一邊看畫冊，一邊偷瞄她。她在客廳興致勃勃地嗑瓜子，腦袋上頂著火燒雲一樣的頭髮，持續發出燒焦的味道。畫冊翻了兩頁，我看到亞馬遜女戰士為了方便射箭，會割去一半乳房。嘖嘖，好疼的樣子，我把書扔到一邊，繼續偷看她。

「去擺碗筷！」我被阿嬤掐了手臂，才回過神去幫忙。

阿嬤剛給我們端來一盤魚煮豆油水，盤子邊緣花團纏著葉蔓。今晚，我家招待玉兔、小菲和她們媽媽來家裡吃飯。我媽說她們之前都在島上那家唯一的食品廠工作。玉兔她媽本來是做銷售，後來去開餐館。我媽是質檢部的，下崗潮內退，在乾果店幫忙。小菲的媽媽有殘疾證，能繼續留廠裡。爸爸上夜班，只有阿嬤和我媽在廚房興奮地忙碌，竟然也沒吵架。

「阿麗嬤，為什麼這個叫皇帝魚？」玉兔問。

阿嬤說，就是講皇帝逃難經過我們島，在船上吃魚。這隻魚肥肥，吃一半，皇帝就飽了，可憐牠，就放魚回水裡。魚沾水，馬上活了，游走了。你看這款魚扁扁，就是被皇帝吃剩下那半隻的子孫。配番薯粥，最好吃。

「阿嬤又在講這種騙小孩的故事了啦！」我說。然後就被敲了一下腦門。

玉兔倒是很信，她夾起魚仔細看了看：「真的很扁吶！半隻放進海裡真的會活哦？」

小菲也問：「那阿麗嬤，這個菜叫什麼？」

阿嬤最喜歡被問，嘴巴裡還含著半口飯，就說著：「啊這個，叫作打某（老婆）菜。是說買來一大包，炒炒沒多少，想是老婆偷吃，就拿棍子……」

媽媽沒等阿嬤說完，趕緊嘭地把一大盆剛燙好的苦螺搬上了桌。阿嬤這才反應過來，趕緊轉話頭叫大家緊吃緊吃。小菲媽媽倒是笑笑，沒說話，一顆一顆幫我們挑走苦膽。

「阿麗嬤你繼續講嘛！」玉兔還想聽。我趕緊塞了兩顆苦螺給她，別問了趕快吃啦！之前阿嬤跟媽媽閒話的時候，會偷偷說「一家有一家事」。我在旁邊假玩，聽到不少，但手裡的玩具不能停，要是聽到入神停下來了，就會被發現，然後阿嬤就會叫我去寫作業。她們講到小菲爸爸的時候，阿嬤說「冤仇相欠債」。後來又講到玉兔家的時候，我媽就會說「豬仔貪別人槽」。最後她們會嘆口氣，順便得出結論，還數我爸是古意人，跟我爺爺一樣。

小菲的媽媽，眉眼總是溫和，頭髮順得可以拍廣告。她走路會有些不穩，頭髮跟著左右顫動，有洗髮香波的氣味飄出來。她今天準備了一大盒肉餅給我們，一打開就香噴噴。她進門就誇我讀書好，說我寫的作文她有看到。我講話經常媽媽和阿嬤都懶得聽，只有她會用那帶著清亮光芒的眼睛看著我，認真地聽著、回應著，有時候還會叫我媽過來好好聽。唉，怎麼會有人能對她兇。希望小菲和她媽媽能快點找到合適的新住處。

玉兔媽，就是反義詞了。我覺得她是島上最厲害的女人，連我阿嬤也只能屈居其後。這次她來家裡，我有點不敢看她。三年前，我在街心公園遇到班裡的跳猴，他故意拉我辮子，我追著他打，一定要給他扯回來。終於左手抓住他的書包，右手拉到他的校服，領口拖得好長。跳猴死命掙扎，我們倆都沒注意，就扭打到了玉兔媽媽飯店門口，差點踩到她放青蛙和蛇的塑膠盆。玉兔媽媽出來，把抹布甩在地上，指著我們高聲罵：「死囝兒蓋頭蓋面！你祖嬤給你知死！」基本上第一個字出來的時候，因為那種力加勢，語調加動作，我已經魂飛魄散。聲音超響，整個街心公園所有人都安靜下來往我們這裡看。她大概是我見過全島第一個紋眉的人，眉峰深黑狠厲，頭髮是紅色炸開的。她指著我們，金戒指可以在我腦袋上鑿個洞。我臉頓時紅了，趕緊跟跳猴一起沒命地跑。那時候我跟玉兔不熟，還沒去過她家。

後來跟玉兔變成好朋友，我在她家見過她爸爸幾次，像台商那樣穿著背帶褲，金絲眼鏡窄窄的，經常躲在房間裡玩自己的音響，偶爾也出來陪我們一起看動畫。沒想到他會那樣。她家出事後，玉兔媽媽的海鮮店關了兩周，魚都翻起肚皮，海螺死後還浸泡在渾濁的水箱裡，發出濃厚的腥臭。

今天吃飯的時候，我又偷偷看玉兔媽媽，每盤菜端出來的時候，她都中氣十足地讚好。頭毛是新電過的，頭頂拱起氣勢十足的波浪，跟她那件開滿紅花的連衣裙很速配。她是我見過的所有媽媽裡，高跟鞋最高的。玉兔爸爸要是給她抓到，說不定會被她拿鞋跟打爛鼻子。

2

晚飯後的海沙坡，有人擺了十張白色塑膠躺椅，旁邊都放一個小桌，上面點著煤油燈盞，在海風裡明明滅滅地閃。玉兔是會願意花錢躺在那個上面的。但只要有我阿嬤和我媽在，就休想。憑什麼呀，這片沙灘從來不用錢，外來幾個人擺上椅子就想賺你祖嬤的錢？阿嬤選好靠近海又不會被濺到的地帶，掏出黃底紅方格的厚塑膠布往沙灘上嘎吱一鋪，媽媽把塑膠袋裡的好料都掏出來，浪味仙、旺旺仙貝、雪片糕、魚皮花生、不銹鋼薄碗裝的鹽漬旺來、五顆籃仔栫、小菲媽媽的肉餅、鷺芳橘子汁和菊花茶，堆在塑膠布中心。然後大家跟著她們把鞋子脫下，甩甩沙，一屁股坐到塑膠布上，七個屁股發出窸窸窣窣的聲音，好一會兒才停。

安靜下來，我們反而不知道說些什麼，忍不住望著沙灘左邊，那座夜海裡浮在橋上的花園。白色石橋彎好幾轉，巨大的礁石上面有橘色的射燈，亮光微弱。海風灌進我的衣服裡，暖熱的涼爽的都有。海對岸沒什麼燈火，浮在水上的輪船到夜裡就變成黑色的沉默巨獸，看起來一動不動，但分明有生命。天空裡薄薄鑲一圓扁白的月亮，傾倒在海裡的倒影就鬆散些，亮晃晃地聚了又散。海面數十顆白色浮球圍出一小片海域，有點突兀。外地遊客不知道計算水時，通常我們都在漲潮的時候來游，這樣才不會被波浪越推越遠，而是會被往岸上推。而且光看表面波浪很溫和，其實近岸處難免有些暗流，不注意的話就會被抓住腳踝，慢慢地安靜地沉下去。每年都會有遊客溺水的事情。後來就乾脆往海上排了一大圈浮球，像排球一樣大，劃出來游泳的範圍。這時有小販走過來，身上掛滿螢光圈圈，手上還抓了五支在我們眼前晃，說戴上這個，晚上游水也能看到。

媽媽帶我去換泳衣。

走了一會兒，我忍不住問：玉兔爸爸去哪裡了，不回來了嗎？媽媽緊張地回頭看看，然後跟我說：啊喲三八啦，別亂問啦！走了兩步她自己又繼續說，她爸跟那個汪老師，目一甩我就知，那陣已經有問題。只是沒想到這麼沒良心，把阿霞的錢和首飾都捲去飼女人。聽說是去嘉興開工廠。阿霞跑去那個女的家裡，但又能怎麼樣，剩下的都是可憐人。那個女人的老公孩子也可憐歹啊。我說原來是這樣，我還以為是玉兔媽媽太兇了，把她爸嚇走了。媽媽拍了一下我後背，囝兒人不要亂講，你阿霞姨因為這事，好幾晚攏沒睡。你要多照顧玉兔，知道嗎。我說那當然了我一定會。在玉兔家做客時，我時不時聽見玉兔的媽媽大聲訓斥她爸，她爸爸一句話也沒有的。叫罵聲從樓下能傳到樓上。玉兔有時候都聽不下去，要跑去幫她爸回一嘴。玉兔的爸爸，總讓我想起島上那座國姓爺的石雕像。那巨大的石像已經立在岸邊好多年了，感覺很熟悉，但仔細想想，我總記不清他的表情，到底高興還是不高興。

玉兔家剛出事情的時候，玉兔就跟我和小菲說過。一開始，她媽媽還沒事，就是玉兔一直哭。但等玉兔好點了，她媽媽別說開店了，白天爬起來什麼都不幹，就只是上二樓把窗戶關嚴，用棉被蓋著，在裡面練唱歌，唱的什麼《含淚跳恰恰》啦，《雪中紅》啦，《有影無》啦，而且越唱越高越唱越高，好像整個人要起瘋一樣。連唱了三天。我一直在想著玉兔媽媽避在厝內，兩層樓的紅磚牆裡是她用美聲唱法，大聲高唱著閩南語歌曲的樣子。

玉兔跟我說，她好怕她媽媽會想不開出事情，那她就只有自己一個人了。那時候說完玉兔就又哭起來，我想到如果是我，爸爸媽媽都離開是什麼樣，也一起哭。小菲也想到現在爸媽分開住，之後不知道會怎麼樣，乾脆三個人哭成一團，擦掉了兩包面巾紙。那時候我們還在油蔥伯的店裡，搞得他緊張得半死，給我們一人倒了一杯茶，說是閩南查某厲害得很，別黑白講。

走出店門，玉兔又說，她本來就沒多喜歡她爸。生活裡沒他，也沒差。我覺得怎麼會有人不喜歡自己爸爸呢。就像第一次聽陶喆唱爸爸媽媽沒有愛，我也是很震驚。我沒辦法像小菲一樣附和她說，對呀，就是這樣。但如果這樣想能讓她更好過，那也不錯。

「他敢回來，我才不理他。」玉兔說。她說之前爸媽吵架，還覺得爸爸總是不講話，是被欺負的那個，有時候也幫她爸說兩句。一直到她偶然看到爸爸寄給那女人的信。具體內容她沒說，但每次提起，她總是氣得滿面通紅。她說剛看到的時候，都能聽到心臟在裡面碰碰跳。但她沒找她爸對質，也沒跟她媽說，她只是空掉了，機械地把信折好重新放回原位，脖子僵硬地回到自己的房間。接下來的幾天她都在想合理的解釋。那些字句，在學校的時候可以暫時忘記，一放空就又想起來。這件事就一直緊緊纏住她不放過她。她突然發現爸爸其實一直都是另外一個人。偶爾她會忘記，然後因為我的笑話笑起來。很快又會覺得內疚，都這樣了，她怎麼還能笑。後來爸爸悶聲不吭就走了，她才後悔，是不是早就該跟媽媽說。但也覺得，終於還是發生了。這個她預感自己無力控制，又希望別發生的事情，終於發生了。她也不用再用全身的力氣去憋住這個祕密了。

「買六枝，你送一枝啦！」

「哎喲，你的錢難賺啦！」

從廁所回來的路上，媽媽大約講價了十分鐘，買到七枝霜條，綠豆味和橘子冰都有，喜滋滋拿來分大家。出來玩就是這樣，一輪一輪吃，一輪一輪講。

我自己套上游泳圈坐到沙灘旁邊，把腳丫伸給波浪，手在地上亂摸，有時候會撿到水晶一樣的石頭，今天卻一無所獲。我慢慢站起來，打算在海裡游一會兒。雖然會游泳，但我喜歡套著泳圈，漂在海裡，仰頭看月亮，這樣很省力，不用一直划水。在水裡，有種被整個海抱住的感覺。

我聽見有人踩水的聲音。是玉兔媽媽，紅貢貢的泳衣，一步步走進水裡。我回頭，看見遠處阿嬤和小菲媽媽、小菲在塑膠布上面一邊吃冰一邊下跳棋，連玉兔都開開心心拉著我媽挖沙，都沒人注意看著玉兔媽媽。真是的！

實在來不及了，我趕緊抓緊游泳圈，手臂纏上綠色螢光棒，跟了過去。嘩啦，嘩啦，玉兔媽媽在海裡上下翻騰。我在後面套著游泳圈奮力跟隨。我游泳沒戴眼鏡，而她速度很快，有時候月光被遮蔽，我看不清她，心裡就揪起來，然後又看見她鮮紅的泳衣，就又趕緊跟上。

我倆在浮球劃出的區域邊沿撞在了一起。哎喲，她哈哈笑了起來，一手輕輕搭在浮球上。一粒一粒的白色大球，被藍綠色的麻線連接著，在海波浪裡上下顫動。她說，阿禾，你知道「死人浮」嗎？我驚到，趕緊抓住她的手，說阿霞阿姨，你不要黑白想。月光下我看到她張大嘴笑起來，真是一張血盆大口。憨呆，她說我。然後她向上仰，整個人一動不動，就這樣浮在水面上，像具浮屍。她說，這個就叫死人浮。要等你學會在水裡不掙扎以後，才能學這個。我說這個好厲害，都不用動，竟然就浮得好好的。她說對呀，關鍵是不要慌張，不動反而能浮起來，一慌就不行了。

然後我們往回游。我跟她說，你要是累可以搭住我的游泳圈，她又笑起來說我經常從這邊游到對岸，你阿姨沒那麼弱。但她還是一手扶著我的游泳圈，我感覺不僅有海浪推著我，每一次蹬腿的時候，霞姨也會把我輕輕地往前推，回岸過程很省力。

3

其實那天，我去漁村時看到阿霞姨了。

我阿嬤跟天恩的阿嬤，一個住在島東邊，一個住在島西邊，平常也不怎麼見得上。後來在教會廚房成了好姐妹，一起在周日煮鹹稀飯給會眾吃，兩人關係迅速升溫。阿嬤在自家鼓搗出什麼好吃的，就恨不得讓天恩阿嬤第一個吃到。她們倆姐妹情深，但跑腿的人是我。那天阿嬤派我去送新炸好的韭菜盒。她說還好島嶼很小，東跑到西也就是二十分鐘。她這麼說，不是心疼孫女要來回走，而是怕韭菜盒不酥脆不好吃，影響她廚房扛把子的形象。

我快到天恩家的時候，遠遠看見一個紅色身影。是玉兔她媽。她倚在紅磚圍牆邊，兩隻手用力地搓臉，然後猛地擤一把鼻涕，走到天恩家高聲罵。

說是漁村，其實只有零星幾家打魚人住這兒。大家都很靜，沒人敢探頭看。我有點怕怕的，但十個韭菜盒沒有使命必達，回去會很慘，所以我就窩在一棵蓮霧樹後面偷等。阿霞姨是一座噴發的火山，她的臉有縱橫交錯的痕跡，像一面被吹皺的紅褐旌旗。她響亮地向門內投擲各樣的粗話，有的是三個字的短匕首，有的綿長帶轉彎，像鞭子。雖然知道不是在罵我，但聽到這樣高分貝的尖聲叫罵，心臟都噗噗躍。奇怪，為什麼大老遠跑來天恩的家裡，罵玉兔的爸爸。

門猛地開了，是從裡面踹開的。阿霞姨剛罵到一句很長的髒話，突然被橫空截斷了。她好像被門撞到，往後退了兩步。天恩走出來。

「他們中午就走了。」他說，「我爸頭先也出去了，阿嬤去追他。」

阿霞姨明顯僵了一下，連瀏海都硬得風吹不倒。

「我肚子緊餓。」天恩的臉慢慢皺起來，然後我看到有水急速從他臉上掉下來。

阿霞姨慢慢走過去，把天恩推進家裡，反手把門甩上了。我覺得雖然天恩今年躥到很高了，但也是虛壯，就是個瘦冬瓜，要是跟霞姨對打，還是會被 K 到趴下的。但我又沒有必要仗義到出來一聲吼吧？我跟天恩沒那麼好啊，不值得，我又不是玉兔。

猶豫了半天，我還是偷偷湊到他家窗台上往裡看。要是有什麼暴力事件，我就去鄰居家敲門呼救，同學情誼仁至義盡。天恩的家很小，從窗戶一眼就望到灶台。夕陽變得黏稠，被海風吹進屋子裡，堆在印著以馬內利和葡萄的日曆下面。我看見阿霞姨在那裡煮麵，好像一直伸手找不到抽油煙機的按鈕，滿屋子都是白色蒸汽。天恩蜷在她身邊，背對著我。

我把那十只韭菜盒輕輕放在門口，敲了門，飛奔跑走了。

4

海風是黏的。游完泳，在旁邊沖完水，被海風吹一陣，頭髮又開始變得黏涕涕。我還在想，遠處那座站在黑暗裡的巨大塑像，他到底是什麼表情，他到底有沒有五官。我想了很久，很是懊惱，那麼熟悉的東西，竟然怎麼也想不起來。

我們三個小孩一起蹲在海邊緣挖沙子。小菲說我們一起來掏一座宮殿，等海水漲到這裡的時候，看它可不可以抵住浪頭。

剛才玉兔媽媽下水，你們都沒在看，我邊挖邊抱怨。我老是會想起每年在報紙中縫都會看到的認屍廣告，那些泡腫的臉龐。海裡明明每年都要死人，島上的人卻都不覺得海危險。我舅舅教表哥學游泳，就是直接把他扔進深海裡，撲通到快沒頂的時候，突然就會游水了。不過話說回來，我也不怕水，我更怕山，島上有座九十米的山，我爬上去就腳軟。

有一陣我也擔心我媽。你媽媽白天還唱歌嗎？小菲說。

免驚啦，伊沒事情的。玉兔回過頭，看著在沙灘那邊，吸著菊花茶，跟其他人聊天的媽媽。她說，我爸跑路後，我半夜睡得輕。一日暗暝，聽到有聲。透過門縫，我看到我媽妝得很美，穿上阿姑從香港買給她的西裝套裙，還甩香水。她輕摸到樓下，圓滾滾的門把手，輕輕轉開。怎麼半夜出門？我怕她想不開，就赤腳跟著。你也知，島到晚上很靜，只有夜鳥在絲瓜乾藤上面輕啄兩下，她穿著高跟鞋在路上唠嗒唠嗒地走。跟著幾步，她突然停下來，我趕緊躲。啪一聲，她點菸。然後就掐著這一支菸，好像持一柄宮燈，輕茫茫穿過島嶼。靠近海邊，風很大陣，棕櫚樹在兩旁搖得越來越響。月娘很大顆，照在頭髮上，媽媽閃閃發光。她一腳踩在沙灘上，鞋陷下去，差點站不穩。但她堅持一腳，一腳，往地上扎洞。走到沿海的一塊平穩的石頭上坐下，頭也沒回，拍了拍身邊的空位。她早知我在跟。我乖乖坐過去。

媽。我不知道說什麼。她把手裡菸頭一撣，細小的火光在海波裡迅速泯滅了。她又伸手點了一支，回過頭，問我要不要試一下。我接過來輕輕嘣一嘴，哇真苦！趕緊還她。啵。她嘴唇紅紅。啵，呼——她以前從不在我眼前抽菸。媽，有我跟你作夥。

「我知影。」她慢慢站起來。墊肩的白色外套。藍色的A字裙。內衣，左胸加縫了三片胸墊。她開始一件一件剝掉外面的衣服。那是我第一次瞥到媽媽的身軀。要不是被我有次偷聽到，我都不知道她乳腺癌切掉一粒奶，加厚墊之後根本看不出。天上的雲開始迅速地飄動，把月娘牢牢纏住，有星在邊上旋。

回過神的時候，她已鑽入海裡。我大聲喊她，她說：「免驚！我只是想游水！」我就死死盯著她，過了一會兒，她從海裡走出來，頭毛濕漉漉滴著水，親像一尾閃動的魚。

媽媽穿衫。夏夜晚上大風灌，還是會冷。她哆哆嗦嗦地抽菸。呼——我認真地辨認著煙霧後面的臉，感覺有什麼從她面龐流出來，像是一股氣息。就是大潤發門口的充氣人，癟癟的，卻突然動起來的氣息。

那時候我就有放心。

玉兔說完了，就開始認真地啃一隻青色的籃仔株，嚼起來唝啦啦的，有酸澀的香氣。月光下面，我看到小菲也目睭紅紅。

我和小菲繼續挖著沙堡，連地下室都弄好了。浪潮一點點攀爬上岸，一點點灌進去，再勾回海裡，然後這堡壘就像糖一樣無聲融化了。挖了半天，最愛看的還是沙堡被浪吃掉的瞬間。然後小菲開始帶著我們向海浪扔石頭，撲通撲通，暗色的石頭沉進黑色的浪裡，發出沼澤地的聲音。扔了一會兒，小菲突然停下來，說，我們這樣會不會砸到魚，如果砸到臉會很痛，至少要痛三天。皇帝魚說不定就是這樣被砸扁的，眼睛都歪掉了。玉兔拉著她的手說，那我們不扔了。我說皇帝魚會住進新的宮殿裡，別的魚都擠不進去，就只有牠們能住的那種扁扁的宮殿。沒有石頭能砸到牠們，沒有人可以打擾牠們。牠們很安全。

我們頭靠頭躺在沙灘上。

5……

今日的風真透。

沙灘上只剩下我們。不只沙灘，整座島的人都縮回家裡睡覺了。零食的外殼堆成山，但只要阿嬤媽媽她們還想聊，這個夜晚就沒完。其他時候稍微多吃一點零食都要被碎念，這個時候可以不被罵地大口吃喝，根本沒人管，只要別鬧就行。玉兔和小菲已經靠在她們媽媽的腿上睡著了，小菲發出輕微的鼾聲。我還很精神，但過了一會兒，我還是眾望所歸地閉上眼睛。我偷偷在想長大以後，是不是也要來沙灘聊天，趁孩子睡著後，互相講老公的壞話。

小菲媽說，你那陣憂頭苦臉，人都瘦下去。

玉兔媽說，別不好意思問，島上人都知道了。

然後我媽猶猶豫豫地說，聽人講吼……你一路追去嘉興。（聽得我暗笑，平常她那個八卦勁兒，也就是在玉兔媽面前，才畏畏縮縮。）

玉兔媽說，幹，沒追啦！只去了別處。之前還從來沒離開過本省，最遠只去過泉州。這次把玉兔托給她外婆，自己坐火車，整整兩天，換幾趟車才到。到那裡選了家便宜的招待所。收拾完行李，我想想，他拿著家裡的錢又吃又玩。我全日吃菜脯，留下來的錢給他去開女人。幹！我就直接衝去市中心那高檔餐館吃，菜是夭壽貴哦！選半日，最後點了皇帝魚，在島上同款的錢可以買一籃。幹恁娘，竟然還臭嘎嘎。這魚不新鮮，才會加很多番茄醬。不然直接蒸就很鮮甜。但我還是吃了。走的時陣，把桌上抽紙放包內。

回去旅館，突然欲哭，包掉在地上。這天吃這一餐最不值。他蒸的魚就真正好吃。他還是有本事的。想去拿抽紙，塑膠皮竟脫了，散一地。風給伊吹得亂七八糟。幹，他算什麼本事啊。自頭到尾，不敢來我面前。哪怕跟我說一聲要走，我又不會不放！結果他到人家丈夫面前擺闊，貓變虎！我低頭撿紙。那些紙巾散落一地、黏在腳上。用力踢，踢不開。

我就說，幹恁老母誒！堵爛，整包紙都扔垃圾桶，出門去。

早聽客人說過這地方好看，特別是一處竹林中的山谷。我都沒看過山，看完這才知咱島上那個不叫山，就是塊石頭而已。站在山上，風吹來，也不知冷。覺得自己跳下去算了。我本來都覺得那個婊孩要在外面玩，我敲鑼敲鼓送他去。哪知道他真幹得出來。那天他走，竟然還是把衣服洗完了、夾上夾子晾好了，跟過去的每日一樣。我常在猜，他那天到底是怎麼想的。

爬山的時候，我全日都在想，為什麼留下來、沒面子的人是我？我怕被人看沒。孩子沒老爸，我兩人以後要怎樣？我往山下看了一眼，就看見自己跌落去，血稠稠滴，玉兔啊在我身邊號，說伊沒死，是睡了，吩咐伊起來！那幻象灌進頭殼內。還是怕死。就不動，還站著。我就辯，說我這狼狽，他對我生吃不夠，還要曬乾。

阿嬤突然插嘴，阿霞啊，免管別人七嘴八屁股。各人把各人日子過得好。小菲媽嘆口氣，說，女人苦命，眼淚吞腹內。

玉兔媽說，你們聽我說。有人慢慢啊走來，看我是外地人，嘴還在那裡碎碎念，估計以為我頭殼壞了。這人生得黑乾瘦，不過都說歹竹出好筍，他那個小女兒倒是白泡泡幼綿綿，走路曠曠顛，過來就抱著我的腳，對我笑。我抱起他女兒，沒話找話問他山那邊怎麼有個豁口。他說前幾日山上得火燒，火從林子裡一下躥起來。風呼呼吹，火跟個箭頭一樣沖。那天他正帶著女兒上山，離那裡不遠，跑是跑不過火的。我一聽，本來要抽菸，嚇得都不敢拿出來。我就問啊怎麼辦。他說這裡的人，遇山火要隔點距離，對著火再放一把火，把新火趕過去，讓火跟火對沖。兩瓣火撞在一起，漸漸就滅了。他跟女兒都沒事，身上一點傷也沒有。那個豁口是燒得黑碌碌，但仔細看底下也開始冒出一些綠。

山頂那驚險！還是咱這海邊好……阿嬤聽了半天就說了這結論。

然後呢然後呢，我媽問。

玉兔媽過了一會兒，才說，風從山頂上吹進頭殼裡，我慢慢走下山，突然想到，他拿走的錢，正好是他家留下來的房子價錢一半。他竟然會算那麼精，我也竟然會算那麼準。我沒想過他會是這樣的，我不認識似的。心內那酸揪揪的感覺，也不是恨。一半，一半。

阿嬤說，沒緣的人，就讓他去吧。玉兔媽說，講真實的，那市裡有那款酒店，我都想進去找兩個白面皮男的來開一開。後來想想，還是不要讓他們賺到。說到這裡，玉兔媽帶頭笑起來。笑完大家又安靜了。

不管怎麼說，我都還多賺個玉兔。咱做事情，要顧錢顧孩，哪有人家那瀟灑。那就是我那杯，該吞忍，我認了。帳算完，回家！我就不是那種愛亂花錢的人。我還有海鮮飯店要管啊！你娘的，我就回來了。

我媽說對啊對啊，就要這樣想。玉兔媽大聲喊，他這款男人，給我擱腳都嫌占地方！阿嬤說，以前有人這樣，手指頭給伊剁下來。玉兔媽氣勢越來越足，她說剁手指有什麼用，要剁就剁那裡！我媽說，對，亂槍打鳥！小菲媽說，哎喲小孩子都在呢！阿嬤笑罵，講正經，別三八！

我聽她們笑成那樣，也不是真的很介意我們在嘛。

6

海浪還在不遠處拍打，風一層一層地鋪在臉上。

我也不知道自己是什麼時候睡著的，只記得逐漸看到兩座挺立的山峰。雲層與山巒晦暗不明地交纏。潮濕的、微涼的山風，從綿軟的雲霧而來，把泉水的清甜和小筍的香氣撒到耳邊。陽光像是耀目的金屬切片，映射出左邊破損的山體。山林裡，有隱祕的鳥和蟲在叫。有的聲音是一串串，有的是一顆顆。大馬蜂聲音旋啊旋，像蚊香。山腰站著玉兔媽媽，傳來午後長長的一聲哈欠，化作一隻巨型皇帝魚，把山撥出了皺褶。這破掉的山峰逐漸被毛茸茸的竹林和鮮脆亮麗的鳥鳴填滿。小菲第二天說，她躺在沙灘上也做了夢，夢見她媽媽被海裡的鯨魚吞下，三天後又吐了出來，滿面紅光強強滾。她大概是把主日學看到的故事，混到夢裡去了。

玉兔說她沒做夢，我想她根本就沒睡著。

濃霧戲台

天恩今天想送花。

那一枝深紫色噴香的花，在等他。

他手裡攥著三塊錢，到避風街菜市場，穿過滷料攤，避開那一排發著微光的滷鴨。三塊錢一個的鴨胗，要忍住，也不能買。大顆芒果、西番蓮、釋迦和蓮霧擠在一起碎碎念，熟了、酸了、才沒有嘞我超甜的。表皮壓出汁液，引來翠綠頭蒼蠅嗡嗡叫，水果是嘈雜的。蜜色夕陽塗在它們身上，色澤勾人。再多走兩步就到了。

「恩啊，放學了吼？」有不少認識他的攤主問。他們總是眼觀八方，可以同時跟客人笑臉招呼，又跟老婆斷斷續續吵架。他每天早上跟阿爸一起來送貨，跟大家都認識。

「嘿啊。」他紅著臉，低頭一路說。

水果攤和一家專門賣深海魚的攤子中間，擠著一家芬芳的花鋪。最中央的那枝淡紫睡蓮，看到他來了，才放下心，大方地把花瓣鋪展開。拳頭大的花，鵝黃的花蕊是毛茸茸的眼眸，招展出一股若有若無的甜香。每次放學後經過花攤，天恩都被它香到。

這睡蓮有一顆嬌弱好奇的心。它相信有人類能很好地懂得植物。那時候，花店老闆的女兒在它身邊捧著讀那個故事，《小意達的花兒》。因此它借光讀過安徒生，認識了那位黑白插圖上看起來沉靜陰鬱的男人。它對著空氣發出自己細細的嗓音，有人捕捉到了，就說真香。它不知道，在自己開得最美的時候，會在誰的手上。

天恩帶走了這枝花。海邊的霧氣，一爪拍到了菜市場，碎裂成兩百隻白貓樣的活物，四處趴趴走，被人一碰就變成一團濕氣，讓鼻子發癢。天恩躲藏在霧氣裡，手掌珍惜地環住花朵，食指和中指夾著花莖，靠住大腿——他可不想讓人問為什麼買花。那花感受到男孩掌心的溫度，變得像支著火的權杖，烤得天恩臉紅，直到夜風穿過巷子，拂在他的大耳朵上，燒燙燙的臉才稍微涼下來。花朵聽見男孩的脈搏，開始閱讀他的心事。向前吧，把我當作風帆吧，它在男孩手中細聲喊，然後漸漸睡去。

天恩今天沒去林老師那裡補課。

玉兔和天恩，班裡的倒數一二名，林老師每周讓他倆到家裡補英語，不收錢。他還給他們倒鐵觀音，冰過，加了蜂蜜。他說是他老婆提前準備好的，涼絲絲的甜茶。師母似乎很忙，天恩只見過她在家一次。進去廚房的時候，正好撞見她坐著在喝湯，一隻腳蹺在竹凳上，另一隻垂下來穿著藍白拖。他沒好意思抬頭細看，目光只觸到那雙藍白拖，最長的大拇指，甲蓋竟蜷縮發黑。

天恩今天不去補課，他說家裡臨時有事。

「白玉兔和黑煤炭，兩個湊一擔。」從上周就有人這樣說。他們看見天恩和玉兔一起走。天恩從來沒覺得自己膚色有什麼問題，家裡人都在漁船上曬得黑亮。直到上了小學，才發現身邊的孩子都很白。

「新娘子，新娘子，天恩的新娘子。」他們圍著天恩和玉兔，發出怪叫。

天恩急得滿臉通紅，可總是說不出話來，只擺出一張臭臉。他更生氣的是，白癡玉兔也根本不辯解，竟然還能笑出來，繼續跟著天恩一路走，速度再快都甩不掉。很多人都說，玉兔是傻子，她媽走關係才沒讓她讀開智學校。玉兔要是摸了別人的書和筆盒，那人總要尖叫一聲，拿濕紙巾來擦。天恩才不願意與她被放在一處，她是仇人的女兒。

林老師補課的時候，玉兔總發出哧哧的笑聲，臉憋得像一枝粉桃。天恩不愛做題，只愛盯著老師的書櫃，怎麼有那麼多夫人，《達洛維夫人》、《包法利夫人》什麼的，姓氏奇怪。

「老師你為什麼結婚？」天恩有一次突然問。林老師竟然呆住了，是他自己說，有什麼問題都可以問的。林老師喝了口冰茶，才說話。

「我們同個大學。她學藝術的，本島人，我就隨她搬到這裡。」

大人從不直接回答問題。爸媽你們為什麼結婚？她是我鄰居。叔嬸你們為什麼結婚？那時候單位要分房子。爸爸，同學打我。你要在學校好好讀書，要考上大學不然還是要討海。媽媽你為什麼要走？媽媽不做漁民，要去嘉興開工廠。媽媽可不可以別走？媽媽偏過頭不再回答。

翠雲不是這樣，翠雲總是有什麼說什麼。

「你敢罵人我敢打……我就不信你多歹，今日給你來教乖！」這是天恩最愛看的歌仔戲片段，紅衣丫鬟來挑釁辱罵，貼身婢女翠雲直接衝上去，甩動白袖子抽她一耳光。

天恩也想掄出一個大耳光。那個帶走媽媽的男人來家裡的時候，天恩就想衝上去，用力地打他，撕咬他的手臂，把他的鼻子打落，把他的血都咬出來。可天恩終究只是縮在角落裡，那男人摸了他的頭，他一句話不說。那男人給了爸爸一筆錢。爸爸收下了那筆錢。媽媽走了。那男人正是玉兔的爸爸。

無人的路段，天恩偷偷把花舉到眼前，仔細端詳。花朵開始感覺到脫水的滋味，它的生命倒計時加快了。這朵花出生時就明白，人類喜歡拿它們來示愛，它是植物示愛最招搖的部分。當它剛出生，對陽光仰出面龐的時候，它看見千萬張與它相似的臉，以相同的角度和間距活著。它甘心接受被切斷、運輸，又被取出、插在清水裡，棄絕了自己為繁衍而存在的理由。花好奇自己這一生的終點。它沒有感傷，多少花在無人之地出現，然後墜入土裡，落入水中，都是無聲間發生的事。而它，卻得以穿山越嶺，到達一座島嶼，成為這一時刻這男孩手中特別的花，它已然滿足了。如今它明白，自己到生命的最後一刻，就是要陪伴眼前的男孩走段路。

現在，翠雲正在台上呢。

天恩想到就忍不住加緊跑，靠輪渡越發近了。歌仔戲研習社每周三在輪渡邊上搭戲台，《五女拜壽》每個月會演兩次，翠雲就在那裡。另外兩次演的是《莫愁女》，要挖眼珠子當藥引，天恩才不敢看。

蘋婆樹被風搖動，落下粉色花粒。天恩手裡是一枝芬芳的睡蓮。戲台燈照得亮堂堂，三五個人坐在白色塑膠椅上，有的還在剝花生。

「山野茫茫尋無路……」流落的翠雲唱起尖調子，擺動柔柔的袖，在背景布繪出的雪地裡轉。藍紫色戲服，白雪裡的夜蓮。天恩從沒親眼見過雪，在這座亞熱帶的小島上。雪該是什麼樣的，大約是山楂片那麼大的白色圓形，軟乎乎地從天上慢慢地落下來，貼到額上，手心裡，化在舌尖。如果躲藏在島上的雲霧足夠濃，溫度突然跌下來，會不會變成一堆雪？

總之，翠雲此刻正在雪地裡，也在海邊迷濛霧氣的中心。她從台子的這裡走到那裡，他們唱起嘉興、杭州，卻從沒說起過天恩所在的島嶼。

臉中心畫了一團白油彩的家丁，蹲在舞台外的樓梯上抽菸。還有一個人穿著隆重的官服，跟演潑辣二女兒的紅衣女人輕輕聊著天，笑得搖晃腦袋。一會兒等他們上台的時候，他們就立刻擺開架勢，在舞台上變成另外一群人。

台上的翠雲說，不論你去哪裡我都會跟著。老太太怎麼趕，她都不走，死生不離。

阿嬤也跟天恩念過，類似的東西。她說是《路得記》，裡面寫著：「你往哪裡去，我也往哪裡去……除非死能使你我相離……」阿嬤每天晚上，都非要拉著天恩念那本厚厚的大書，閩南白話版。她說人的愛都靠不住，只有那書裡的愛不變。她真的很煩人，做的飯沒有媽媽做的好吃，還經常在椅子上突然睡去，好像死了一樣。再後來天恩看到了《五女拜壽》，原來在大書裡叫路得的女人，在這裡叫翠雲。

「有湯先端二老飲，有衫先給二老穿……」翠雲的頭髮好長好黑，盤成髻，上面綁著絲帶在風裡飛。老婦人老爺落難，好幾個女兒都把他們倆拒之門外，只有翠雲跟著他們。

玉兔也在辮子上綁絲帶，可她那根辮子又粗又硬，一甩頭常抽在天恩臉上。同學都說玉兔媽媽會掙錢，白癡玉兔讀書不好，也沒關係，以後買得一個外國人身分，想去哪裡讀書都可以。天恩知道，自己才是班級的最後一名，自己剛出生的時候就定了。媽媽走後，更是定了。玉兔也是輕易就要離開這座島嶼的人。她們都是如此，隨時就會變成另一個人。

天恩確定，從今天開始，玉兔不會再跟他說話了。今天放學時，有三個同班同學走過來，天恩狠狠地甩開了玉兔。可她偏偏追著天恩，大喊大叫地跟他鬧，那幾個同學的眼神和笑意，擊中天恩的腦門。

「別跟著我。」天恩感到憤怒，回身猛地推了她一把。剛好推到肩膀，玉兔滑了一腳，坐到地上，白褲子蘸泥。她身上的肉，是軟熱的。天恩看到她兩顆眼珠逐漸發亮發紅，這是他第一次看見玉兔眼睛發紅，像隻泥地裡的兔子。玉兔慢慢爬起來，抓起泥地裡石頭向他扔過來，卻還是扔偏了。天恩趕緊轉頭走。那時候就決定了，今天不去上課，今天去買花。玉兔不是自己的朋友，她也是要離開的，怎麼跟翠雲比。

男孩掌心的花，閱讀到這段心事，猛然睜眼。它發覺這高大的人類男孩其實還只是幼小的花苗，脆弱鮮嫩，依然執著於人世的安定。它越發乾渴，突然有些懷念自己的根系，那些真正扎入水土之中的部分，也是曾經緊緊拽住自己的部分。很難有人看見綿延黑暗的根系，畢竟沒有花朵的面龐耀眼。或許有些人像是根系，總是將自己穩穩扎入土裡，隨著年歲更加穩定深入。可有些人，就像花自己，渴望著被運輸到未知的遠方，哪怕燃盡最後的生命。花一路感受男孩溫熱的手心，急切的心跳還有他雜亂不知所措的思緒，或許這就是人類的愛情。花在想，如果午夜之前天恩給它一個吻，它或許會變成一個女孩。

「夭壽，後台停電了。」慌亂的腳步差點撞到天恩。舞台上倒是不受影響，就快結束了，又一場熱熱鬧鬧的壽宴，離棄的人都被懲罰，念親情的都被嘉獎。翠雲因為對二老的幫助，從丫鬟變成了五小姐，穿上繡著金線的軟袍，頭上插著發光的簪子。她輕快地在舞台上移動，投下黃色的紫色的光影。

天恩偷偷繞到舞台後面。這裡靠著海，綿延的霧氣從海上來。他望著海的遠方，想著到底嘉興在哪個方向。他嘴上說著恨媽媽，每天卻在睡夢裡，乘著眠床乘風破浪去那個有媽媽的遠方。天恩抬頭看月亮，霧氣裡的朦朧光點像花蕊，天空是紫色的。

男孩的心跳變快了。快了，花知道自己快要被送出去了。雖然花已經被男孩握得發暖，但花瓣和花莖都還很硬挺。男孩把那朵花捧在自己的胸前，怦怦、怦怦的心跳聲，讓因為溫暖陷入萎靡的花再度振作，它的花莖像一根綠吸管，吮吸空氣裡彌散的大霧還有男孩手心的汗液。

花跟著天恩走到台子後面，臨時搭建的更衣室裡暗摸摸，停電。三個男演員在外面的空地上，支起簡單的桌子，放上八張紅塑膠椅，桌子中間放著一盞電燈，沒有燈罩，就是一個璀璨的大燈泡。那些演員退場回到這裡，頭頂的發飾搖曳著，他們是長了腳的花。

藍的紅的黃的外袍都除去，所有人都穿著白色的內衫，對著各自的小鏡子，拆卸身上的珠翠，抹去臉上的妝。天恩慢慢走過去，他認得的，翠雲背對著他，髮髻用絲帶綁成花朵形狀，插著金簪子，兩邊各有一顆藍色寶石。鏡子裡那雙透亮的眼睛，瞪得很大，手裡拿著濕紙巾用力地擦著半邊臉。

「花……送……」天恩站在她身邊，緊咬的牙齒縫飄出一絲聲音，可手卻還是背在後面，花被他掐得無法呼吸。海邊的霧越發濃重，他和她，都在霧氣的中心。第一次這麼靠近她。他想伸手摸一摸那長長的黑亮的頭髮。

翠雲沒有聽到，她握住自己的頭。

突然一下，她把整個頭髮連根拔起。

「哇，熱死了。」她說。

她看著鏡子，好像看見了身後的男孩，正目瞪口呆地站著，手中的紫色睡蓮微微傾頹，像昏昏欲睡的眼睛。

她轉過身子，又隨手拆掉左右兩邊的鬢角發片。

「你……」她盯著天恩，半邊臉胭紅嬌豔，像枝頭的桃金娘。半邊臉還有些殘存的油彩，眼睛晦暗不明。

天恩低下頭去，看到一雙藍白拖。大腳趾最長，甲蓋蜷曲發黑。

男孩轉身，開始拼命奔跑。

鑽進人群裡，他跑。

穿過半拆的戲台，他跑。

夜晚八點的風。月亮的銀光。路燈下的蛾子噗嚕嚕。男孩，跑。手裡是一朵被握到溫暖的花，芬芳的花。逐漸綿軟的花屍。

海邊的霧氣，被男孩的花刺破，開始慢慢消散。

菜市鐘聲

1

過去，這座島嶼是需要鐘聲的。

那時，不是人人有手錶。鐘聲響起，孩子們會認真地數，一共敲幾下。這聲音是眾人的手錶，纏繞在島嶼上空，從不出錯。白天八點開始，晚上八點停止，十二個小時各從其位，切分得整整齊齊。鐘聲響起後，會有報時歌開始唱，女人綿軟的聲音，漲滿了整座島嶼。

鐘樓就在避風街 8 號。這裡本屬於一位眉毛很濃的呂宋富商，新中國成立後捐給了國家。一共兩層半，最底下一層改作菜市場，沒牆，帶十八根大理石柱子，雕刻幾何紋樣的柱頭，四裡通透，擠滿攤子，賣蔬菜和海鮮肉類。最靠近碼頭那一側的柱子上，還鑲嵌著一塊石獅公，似笑非笑咧著嘴。

二層是紅磚砌起來的，每面牆有一扇歐式拱形窗戶，搭配琉璃。這裡隔開了一間間商店，賣各色布匹和生活雜貨，從一根針到一座太師椅都有，甚至還開著一家遊戲廳。再往上，第三層原先只有一個圓塔，塔頂上一只長寬一米的方形鐘，其他地方都是空地，鋪著六角形的閩南紅地磚，顏色燒得脆亮。

有人看上三樓空地，低價承包下來，以小圓塔為中心，鋪上黃白相間的塑膠雨披，掛了鏡面燈球，放上音響和塑膠桌椅，立個招牌叫「鐘樓舞廳」，讓人在這兒跳舞。只是，臨近準點的時候，大家只能停下音樂，走到樓下，放個尿、抽根菸，等準點的鐘聲自動敲完，播完那首報時歌，再上去擰開音樂繼續跳。也是因為這點麻煩，又是在菜場上頭，所以價格特別便宜，來的人也不多。

小玉兔的爸爸說，這棟樓是在一個女人的身軀上建的。那個商人除了明媒正娶的本島太太，在呂宋也有個家，帶回一個皮膚白蒼蒼、眼珠透綠的女人。房子地基本來老塌、建不起來，直到有一日，那女人突然失蹤，房子也迅速建好了。都說是那個女人打碎了太太的簪子，善妒的太太就把她放進地基裡去了。爸爸說完故事，就帶著玉兔進了舞蹈班。

玉兔記得是初春時候，汪水螺老師在鐘樓舞廳辦了那個成人舞蹈培訓班。都說她的手能點石成金。經她指點的阿叔阿姨，還在對岸拿過獎。水螺老師愛穿一雙帶方形金屬扣的亮皮鞋，轉圈時凌厲又肯定，踏出熠熠生輝的步子。她總會說，跳舞一定要放鬆，當作在玩，一步步不要踏那麼重，又不是練武術。步子越快，她跳得越好，似乎天生就適合這樣的玩樂。興致起時，她會突然把鞋子甩開，赤腳跳。

玉兔喜歡看水螺老師輕輕擺動裙子，就像海上撒網，有時突然伸出手來，手指繃緊，在虛空中拉繩索。水螺老師給玉兔買過一瓶芬達。她跟玉兔的爸爸添丁說過，添丁啊，離開這些年，她早不打魚啦，對交誼舞更有興趣，自己攢錢報班，很快練到能教別人。添丁啊，添丁啊，水螺老師叫玉兔他爸的時候，跟舊相識一樣親。

每周末，玉兔的媽媽要忙海鮮飯店的生意，爸爸就帶她來避風街8號。老爸在三樓學跳舞，玉兔有時跟著扭兩步，但堅持不了多久，就覺得無聊，拿錢去樓下跟同學天恩一起打電動。天恩是水螺老師的兒子，仔細辨認，他的眼睛跟他媽媽長得有些像，兩枚幽黑的深潭。天恩也不願跳舞，只是遠遠盯住水螺老師。樓下遊戲廳有整排的拳皇，玉兔喜歡沒命地亂按那些按鈕，意外間也能放出幾個絕招，把對方撂倒。天恩在的時候，總會贏過玉兔。玉兔剩點錢，就捎兩瓶菊花茶上樓。她看見爸爸動作總是太過僵硬，讓人忍不住笑。這時候瘦小的水螺老師，就會伸手捏住爸爸的肩頭，他便像一隻紙折的元寶——有稜有角、熠熠生輝，隨時要被投進火盆裡似的。

春天白霧散盡後，就是暑假。爸爸的舞已跳得很好。舞廳裡，燥熱的陽光被棚子篩去光線，只留滯漲的熱氣，充滿圓形的大廳，像只熱氣球，隨時可能跟著海風失控地起飛。裡面三三兩兩的人，拖著淡金色的影子，跟烤久了的番薯一樣，流淌出帶熱氣的甜蜜汁液。

閩南舞曲搖擺蕩漾，爸爸腳步輕快，變得像少年人一樣。

玉兔願意來舞廳，是希望遇到天恩。有時等不到人，她就拿出草稿本，寫他的名字，但發現自己寫出來那三個字後，心慌得很，甚至不敢看。四下望望，沒人看，卻已臉紅。塗黑、撕掉，重新來，只寫拼音縮寫。再塗黑、撕掉。天恩還真的會在撕掉紙後不久，竄出來，給她一支裹著紅色糖漿的油柑串。好險。你別回頭，你背後有個女人……天恩總要在玉兔開心的時候，補一句嚇唬她的話，讓她差點嗆到。

玉兔被嚇到，好一陣不敢在晚上獨自經過菜市，老覺得背後有雙綠晶晶的眼睛在看自己。天恩看到玉兔害怕，又重新跟她說了那個故事。漁民阿嬤跟他說過，那女人是海上的蚌殼精，被那個老爺撈上來，沒辦法，才跟他走的。富商是個大壞蛋，後來蚌殼精找機會跳進海裡，跑了。只要她還在逃，鐘聲就一直會響。那個富商覺得沒面子，就拿自己太太出來做擋箭牌。玉兔這才覺得好些，不害怕了。

一日放學，玉兔緩慢、稀疏地跟著天恩，走到島嶼西邊。隔著些距離，偷偷地，一腳一腳踩在他影子拖拽過的路途上。路的盡頭像仙境一般發亮。玉兔走近了，看見一棵通體金色的銀杏，掉下的葉子稀稀落落染了一地。嘖，連影子都是閃閃發光的。怪不得今天風有點涼，還湧動著甜味。原來，秋天來了。天恩已經被她跟丟。她隨手撿了一片銀杏葉放進口袋，往回走，感覺今天已經完滿。葉子後來夾在《魔卡少女櫻》*第五冊裡，被忘記了，金色的領域慢慢發出一些棕色的纖維，最終變得暗淡。

熟秋，玉兔發現爸爸逐漸變成另一個人。月亮的清輝降臨在他額頭上，一圓漸漸禿得光亮的額頭。前額禿了，爸爸兩側的頭髮卻留長了，齊肩，像玉兔一樣自然卷。很多時候，玉兔都覺得他像石獅公，像那塊立在街角的花崗岩石像。

天恩說過，花崗岩是又硬又軟的，很奇怪。把膝蓋磕在上面的時候，是硬的，用手輕輕觸摸的時候，是軟的。玉兔回答說，石獅公也是又死又活的，每次看到它，都覺得嘴巴咧出來的幅度不太一樣。她沒說的是，天恩，也是陰晴不定的，被人撞見他和玉兔一起走，天恩就會突然生氣，把玉兔遠遠甩掉。還有一次，玉兔和爸爸走在路上，天恩突然把一條死魚甩到他們面前，爸爸差點滑倒，天恩卻面無表情地走開。

玉兔在遊戲廳等，天恩卻一直沒來。這個月，他不知從哪裡積蓄的怒氣，下課常常握著拳頭，站在操場角落一動不動。有時還看見他捶牆。天恩一直拒絕跟玉兔說話，連在遊戲機廳也是，悶頭打遊戲。男生都很奇怪。玉兔抬頭，看到月亮出現乾燥的裂紋。對哦，

---

*即日本少女漫畫《庫洛魔法使》（カードキャプターさくら）。

才想起爸爸今天跳舞跳到天黑，都沒打算帶她回去做飯吃飯，連菜都沒買。玉兔把換來的遊戲幣都打光了，走到一樓，聞到炸棗的味道，覺得餓。返身找爸爸拿錢，上台階，快到三樓，六點的時鐘「蕩，蕩」地開始敲打，三兩個人往下走，沒有爸爸。六下鐘敲完，是報時歌，唱到「海水鼓起波浪」時，她走到三層，音樂震耳欲聾，淹沒全地。

爸爸貼著舞廳中心的小圓塔站住，有一雙細手捂著他的耳朵，紅色裙子貼住他的身體。爸爸的手也捂在對方耳朵上，汗的痕跡，在他頭上閃閃發亮。燈球的強光掃過來，玉兔閉上眼，覺得爸爸像座裂開的雕像，裡面有暗紅的火光透出來。

報時歌停下，玉兔突然啞了。退了兩步，努力大叫了一聲「爸」。聲音劈叉。有些忙亂、窸窸窣窣的反響，爸爸過來說，哎喲，太專心學跳舞，都沒注意時間。他迅速拉她，到樓下買雞胗和豬耳朵，都是她最喜歡的。剛才的紅裙子，不是媽媽。玉兔從塑膠袋裡拿出雞胗嚼著。爸爸難得親熱地摟住她的腦袋，用期盼的眼睛看住她，好像在求她提點要求，好讓他做點什麼。所以她順從地搖搖頭說，我還要吃夢龍。爸爸快樂地買了一支，撥開皮，遞到她手上。整個菜市都會看見，添丁最疼這個嬌滴滴的女兒。就在那刻，她感覺菜市深處有一雙綠瑩瑩的眼睛在看她，那眼睛的主人長著水螺老師的臉。

霜淇淋在手裡蔓延出一條乳河，冷吱吱，沿著手腕向下探。一邊吃著，玉兔忍不住想，媽媽呢，她是不是還在忙。是不是還餓著。

2…………

玉兔的媽媽，阿霞，算是廠裡最早懂得做生意的。大家都跟添丁說，早看出阿霞不一般。她在剛進廠那陣，白天做會計，下午四點半就旋出來，跑到菜市幫妹妹擺攤。這裡的攤子多，阿霞總會出奇招，比如她聲音清亮，就會放音樂唱起來，招攬客人。菜市裡的人都叫她小攤歌后。那時候阿霞年輕，嗓門已經很大，但閱歷還淺，有人盯著她看時，還會微微臉紅。

添丁最初是在一個潮濕的日子認識阿霞的。那天，雨算是勉強停了，這條街排水不好，路面積水漲溢，浮動著一些被風打下來的朱紅三角梅，像一只只輕盈的紙船。阿霞站在一張嶄新的紅色塑膠椅上，像個漁女，站在波光粼粼的河道上。她眼睛裡噙著水，面龐波光瀲灩，慢慢地唱著《漁光曲》。五分鐘前，她剛跟妹妹吵了一架，她妹說完重話，扭頭就跑進雨裡了。阿霞想哭，又覺得沒面子，還是努力高聲唱起歌來。鼻孔裡積著鼻水，喉頭也發緊，她自己不甚滿意，添丁的耳朵卻聽得發酸。每一根音線，都柔柔鑽過耳膜，盤踞在他腦海裡。

東方現出微明，
星兒藏入天空。
早晨漁船返回程，
迎面吹過來送潮風。

青灰色的雨披滴啦落著水，雀鳥在濕透透的樹枝上發出零星的碎叫，往空氣裡撒了金粉。阿霞像個一無所獲的漁女，眼眸委屈，卻依然釘在原地。頂棚有些漏水，她蓬鬆彎曲的長髮上面停留著水滴，像佩戴著滿頭細小的珍珠。河面映著她，雙倍好看。

添丁心裡被軟軟地推了一把，突然覺得非得走過去買點什麼。走到攤子裡，阿霞跟他說隨便看，他才發現賣的都是女士用的髮繩。阿霞會做生意，別人賣的髮繩都是黑的，她不僅進了不同顏色的，還順便串上一些塑膠珠、貝殼或是鈴鐺，這樣髮繩就能用翻倍的價格賣出去。再搭配那只懸掛在正當中金光璀璨的燈泡，給每個貨品鋪上光彩。要不是落雨天，她的攤上人絕不會少。

「幫我小妹買的。」添丁不知如何就說了這句。那時他還不習慣說謊，鼻頭每一隻毛孔都在冒汗。添丁是獨生子，根本沒妹妹。

唉，第一句話就是謊話。即使是三十年後，阿霞還會遺憾地想。

添丁終歸是順利買下了那只髮繩。不會講價的憨呆，阿霞因此跟他笑了一下。發熱的燈絲亮得像黃金，阿霞濕漉漉的卷髮透出金光，以至於添丁閉上眼睛後，還殘餘光亮的纖維。

添丁的「妹妹」顯然很喜歡阿霞的髮繩，添丁總跑來買。不同顏色買了個遍之後，又開始帶各種吃的——五香條、蒜蓉枝、綠豆糕、青果什……反正他在附近讀技校，總歸要經過這裡的。他來了，也不管阿霞理不理他，就把東西分給大家，吃完，走掉。後來添丁也給阿霞帶自己做的煎薄餅和蛋液甜粿，打開飯盒，會有香味的蘑菇雲飄出來，隔壁攤子都能聞到。在閩南，一個男人願意做飯，還做得那麼好，大家都嘖嘖讚嘆。

除了吃的，添丁還會附贈漁民俱樂部的電影票，說是他朋友辦起來的，要大家鬥熱鬧。東西吃都吃了，阿霞擺出為難的樣子，要拒絕是絕對說不過去的。更何況周圍的人也都吃了，阿霞的妹妹第一個搶著把姐姐推出去，旁邊水果攤菜攤豬肉攤的也說，緊去緊去，你小妹忙不過來我們會湊手腳，別擔心。

添丁忙活了一個月，阿霞還是一副若要不要的樣子，電影已經看過三場，手還沒牽過。阿霞妹妹說，這就對了，這樣反而要成。

如果添丁不是突然消失了，菜市裡的人都覺得這兩人遲早要結婚的。

他們不知道，有個漁家女孩汪水螺，正赤著腳從漁船下來，挑著擔子緩步走上島嶼。或許阿霞還跟她順手買過幾條黃翅魚，卻不會記住她。黑瘦的漁女，戴斗笠，穿寬大及膝的布褲，蹲在那裡小小一丸，根本不起眼。

添丁有個老大，叫老鼠，負責在菜市收保護費。菜市場外面那圈，只要站在路上面做生意就得給錢。還沒有人敢不給。大部分人很自願，起碼可以不停地趕走外地攤販，也就這些少年人有體格能幹這個，拖家帶口的攤販要是位置被占了，也未必打得過新來的外地人。更何況——用水果攤主的話說，外來的人，一來就是一串，占了一個位置，第二天左右的位置也能占走，人家住在一起吃在一起，一幫人拴在一起，沒有老鼠他們，外地人早就幹翻島上的本地攤。

老鼠跟添丁說，當時一眼就看到水螺了。他說新來的，給錢！可老鼠眼前這個矮子女孩竟抬起頭，盯著他，說，這錢我要拿來買鞋。我給你別的來換。老鼠的眼睛被她吸走，就說好，你要給我什麼。

她來了，一切都亂了。

添丁第一次見到水螺，是因為老鼠把她帶來山頂。島上都知道，這是老鼠他們的地盤，臨近夜晚從來不敢踏足。這是專屬於他們的樂園。漁女穿著亮晶晶的藍色塑膠鞋，說自己叫水螺，是討海的，此外一整晚沒說一句話，只是低頭啜著玻璃瓶裡的甜水。這名字適合她，齊耳短髮帶著弧形，還真的像顆螺。其他人撿來山上的枯枝，點了火，一起烤番薯吃。

樹葉枝子燒起來的苦焦味，劈哩啪啦地炸開。夜晚露水降臨，滿山丘的土濕氣。他們點著菸，灰白的氣息彌散著，眾人感覺到有些冷。有人熱鬧鬧地衝進來，帶了酒，「進貢」給老鼠。大家一人一口喝著，這才潤滑熱絡起來。添丁總在晚上偷偷出現，他掏出撲克，老鼠大叫一聲，恁爸今天要讓你知死！就擺開架勢洗起牌來。老鼠的手下們躲在暗處，忙不迭地和女朋友親嘴，牌出得慢且不認真，毫無勝負心。水螺湊近老鼠，手輕輕放在他大腿上，可他卻一動不動，眉頭皺在一起。添丁緊緊盯著牌，所有的頭腦都用在這上面了。三個回合，都是添丁大勝。

你娘的，輸得像國民黨一樣！老鼠說道。他兜裡的票子都沒了。把水螺輕輕一推，他跟添丁說，你們去迷宮玩。添丁臉馬上紅了。老鼠對水螺說，他愛假死，你幫我給他處理一下。其他人怪叫，添丁整個腦門全是汗。水螺不說話。幹，不敢玩？老鼠對著添丁說，眼睛卻看著水螺。起瘋。添丁打算要起身回去，水螺突然揪住他的衣角，往迷宮拖。稍後他拽她手的時候，才覺得這女孩有一雙鐵手，滿是繭子，手臂也緊而硬。迷宮裡有些陰暗，久沒清理，枯枝落葉在地面交疊著，青苔綿密而柔軟地鋪到牆上，有些潮濕角落裡還冒出嫩白色的尖蘑菇，閃著微光。他借著月亮，第一次看見她烏暗的眼睛，那麼寒涼、濕潤，順從又挑釁。他想起深秋季節，家裡古樹上掉下來的黑色果子，那種黏膩香甜的濃烈氣味。他總是想撿起來咬一口，可阿母總說不能吃，就伸手拍落。

水螺嘴唇抿在一起，該是害羞了吧。添丁叼了根菸，細聲說，幹，在這裡避一會兒出去，那群瘋仔。可她突然說了聲，幹。後來的幾分鐘添丁都在眩暈當中度過，腦中被遠處的鐘聲震得嗡嗡作響，水螺走的時候他都反應不過來。只記得她拍了拍腿上的葉子，膝蓋上留下細枝的痕跡。他伸手想拉她，可是力氣都消解了。他後來走出去作出鎮定的樣子，別人笑他那麼快就出來了沒本事，他還能敏捷地罵出一長串不重複的粗話。可是他知道，他的魂已經被融化了，附著在水螺的額頭，變成微酸的汗液。他回家後還沉浸在震驚中，他忍不住去聞自己的雙手，指縫間似乎還有水螺頭髮的味道，帶著海風和鹽味。那滑溜溜的頭髮，曾被他驚慌失措地按住。那晚上他醒了好多次，睡夢中只覺得熱。迷宮。枯枝燒起的火。魚的氣味。他願意為她下跪。後來的數十年，他還會重複地再做這樣隱祕的夢，以至於再無法區分那段記憶的真假了。

水螺。添丁什麼別的事都沒興趣了，打牌沒再贏過。什麼老鼠、阿霞，什麼人都不重要了，什麼都比不上這個瘦小的女孩。從此之後，他可以是她的奴隸。後來他們還去過幾次迷宮，沒能走到迷宮的中心就精疲力竭。

水螺。想起來這個名字，他的心就變成被撞擊的鐘，發重，生疼，但還會笑出來。如今時間像柔軟的潮水一下一下往他臉上拍，他鼻子上的毛孔綻開了，髮際線磨磨蹭蹭地上漲了，眼睛下的肉袋子輕微地鼓出來，垂下去了。那個白面皮的少年人，現在被泡發了，疲倦了，手腳發緊。水螺啊水螺。

3…………

最難的時候，添丁家吃飯都成問題。

老鼠接到風聲，知道會被抓。臨走前跟添丁說，我覺得這次事情大了，估計要關一年兩年才能出來。他們之前小打小鬧，進去出來，不過是三五天的工夫。這群少年仔，平常也就是聚在一起，得意出出風頭。跟商戶是收了錢，但也幫他們把地盤保住，沒讓外地人占去。鬧最大的，是不久前跟那夥外地人打架，誰叫他們欺負水螺的賣魚攤。

老鼠家裡人說，「血債」是絕對沒有的。幾個少年仔聚在一起，有時候拿把刀威風威風，也沒有強搶過什麼人，厝邊都看著呢。有女的就喜歡跟他們一塊兒玩，但怎麼能說是他帶頭作弄呢？對方都是自己願意的。不知道裡面是怎麼說的，老鼠這個憨孩子，其實一點不機靈，把事情全攬了。他是講義氣，但不知道嚴打會有多嚴吧。大家都沒想到貼出來的，是白底帶紅叉叉的告示。遊街那天，大家湧去看。也有人在下面說，人家不是重罪，不至於要死啊。他家人到底是古意人，不知鬧，不敢鬧，還那麼年輕，就槍斃了。

添丁一連幾天，都夢見一顆子彈打穿自己的頭骨。白日行路，總感覺後腦有東西飛來，隨時要擊中他。他跟家人說，自己跟老鼠玩得不多，偶爾打打牌。老鼠沒有說出添丁的名字。老鼠沒提水螺。也沒提手下。老鼠什麼人的名字都沒提。但添丁還是害怕，屁滾尿流地跑去山區避風頭。

八個月後，事情過了。八個月在山上的日子，添丁想好了自己的未來，拿龍眼核和芒果枝子諸般推演、反覆論證。回到島上，才發現許多事改變了。

首先是水螺消失了。添丁一回來就跑去找水螺，發現她不見了。一開始她也被抓了，後來被定性為受侵害的婦女，配合地給了供詞，很快就放出來了。水螺迅速找人結婚，丈夫同是討海人。水螺自此消失，有人說她一直住在船上，也有人說在對面大島有時候會看到她，打扮得頗為妖嬌，讓人認不出。大部分人從未在小島上再看見過她。本來就沒多少人知道她，於是她越發透明，變成一股清淡的影子，被忘記了。

然後添丁發現，阿霞即將是自己的老婆。他回到自己家，一家人跟阿霞在灶台做飯，連狗都圍著阿霞。她在中心叫這個切菜，叫那個遞菜，身上圍著添丁阿母的圍裙。眾人看見添丁進門了，把阿霞簇擁出來。她見到添丁，撥了撥頭髮說：「來啦，坐著等吃。」就又返身進了廚房。

原來就在添丁跑路那陣，阿霞卻精神起來，幾乎每天都提著一籃吃的去添丁家。有時候是菜頭、雞蛋，有時候是北仔餅、蚵仔煎，跟著時令變化。添丁他媽開頭總哭，後來也安靜下來，回贈阿霞自己縫的物件。後來阿霞給女兒玉兔說起這段的時候，眼睛裡分明閃著甘願。她說了幾句，然後又說起亂世佳人。就是在放電影的漁民俱樂部，他倆一起看的第一部電影《亂世佳人》。在黑暗中，阿霞越看越覺得，添丁長得像白瑞德。而且他跟別人風度不一樣，到底是讀書人，說話聲音那麼輕，貼在耳邊細聲細氣說。他談電影的時候，大段說著普通話，字正腔圓的樣子，都沒有自己那樣的地瓜腔。阿霞覺得自己聲音，怎麼那麼響，一不小心就能把空氣炸開一個洞。不管說什麼，普通話聽來就很文雅。就連罵髒話，哪怕說的都是同一個部位，阿霞就覺得普通話的傻逼比閩南話的雞掰溫和很多。她想，自己能做郝思嘉那樣的女人，就算是家裡被炸塌了，她也能扯塊窗簾繼續撐起來。

添丁家裡，早把阿霞當自己人。添丁後來開玩笑似的說，阿霞早就購買了他。一天一籃吃的，不容拒絕地購買了他。家人的明示暗示，都讓他明白，婚姻是必須的道謝。更何況，阿霞準備開的飯店也需要人手。添丁的計畫不再重要，繼續活著才重要。添丁覺得，也行吧，本來就是願意被擺布的人。女兒玉兔在回想起不同時候父親和母親的敘述時，會陷入迷惑，反正那是一個不在場的現場，擁有著過去記憶被現在記憶攪亂的證人。因此那個時空永遠不能被準確地還原了，無法為現在的任何一方辯護。

某個吃完餛飩湯的晚上，添丁帶著阿霞爬上晃岩，島嶼的最高點。他那群朋友曾經在這裡，把白色褂子衫綁在掃帚上，起勁地揮，也不知道在揮個什麼。甚至有一瞬間，添丁說服自己相信了島上的傳言，或許老鼠沒有被處死，他家人作出順服的樣子，其實早已經安排好了，執行的那天帶著他離開了。平常當然知道，生活不會是這樣的兒戲，可只要站在島的頂點，總有不知哪裡來的氣魄灌滿心胸，哪怕是現在漏風的心胸。他莫名地可以去相信一些自己想信的。

添丁裝腔作勢地說，滿天星斗。阿霞感覺普通話裡的這個詞，說的是有一個巨大的斗，裡面灌滿了細碎的星星，好像鑽石的粉末，然後大把大把地往藍黑色的天上撒。他到底是讀書人。她伸手指，你看，那菜市的鐘樓發亮。

添丁抬頭，長瀏海糊到了油臉上，岩石上的風很大陣，從海洋吹來。他皺了皺鼻，最近有赤潮，魚屍很多，蒸騰著一股死鹹的腥味。水螺怎麼樣了，魚肯定不好打。站在最高處看，這個島這麼小。但只要想，兩個人就可以永遠碰不上。他摟住阿霞。嗯，她比水螺更高大些。摟抱早就不夠，他探手進去，阿霞身體更加暖熱了。她「啪」一聲抽疼他的手。

咱倆人什麼時候作夥，添丁湊近阿霞耳邊問。

死鱸鰻！她轉身倚著欄杆，望著鐘樓。

風聲太大了，遙遠的鐘聲都聽不太清楚。阿霞自顧自喃喃，島上人都說鐘樓是呂宋富商蓋的，什麼富商，那時候還是個在街上給人剃頭的窮小子。去呂宋，娶了當地綠眼睛的女人。那個女人，手指像蘆筍，白白嫩，不像咱島上女人的手，魷魚乾一樣，放進嘴裡都嚼不動。他們夫妻倆挑著擔子賣咖啡，賣雜貨，賣蔗糖，就這樣賣成了有錢人。

添丁好像沒在聽，他站在晃岩頂端，可以看見全島紅頂的磚樓在黑暗中變成暗暗的豬血色。樓裡一方一方的小窗戶，框住綿密燈光，一個個懸浮的家。阿霞還在說，說她想清楚了，要結婚。兩個人一起，什麼都能度過，哪怕是最難的時候。

三年後，添丁和阿霞有了女兒玉兔。

就在女兒十五歲那年，添丁跟回來教跳舞的水螺一起，離開了阿霞，離開了這座島嶼。

4

老公添丁和別人跑掉的那段日子，阿霞和女兒玉兔成了最好的朋友。她們倆一起下決心，要過得比之前還要好。玉兔常常去海鮮飯店陪阿霞，阿霞也經常提前下班，帶著玉兔去對岸逛街，順便吃一頓麥當勞或者牛排。但逐漸地，阿霞發現玉兔總窩在她身邊，不跟朋友在一起，就又很生硬地推開她，叫她別老黏著媽媽，別培養出什麼戀母情結，去跟你的同齡人聊天去。去。她推玉兔的背，獨立一點，她說，女孩要從小就學會獨立。

玉兔的成績，本來阿霞都不怎麼看，穩居全班倒數第一。可後來玉兔的日子開始不好過了，因為阿霞緊迫盯人，花時間花錢給你娘往上衝，每一科都不能跌出前十名！能第一是最好！玉兔考完後，發成績的時候肚子會劇烈地疼起來，發完卷子手心就會從冰變成熱乎的。阿霞看到考卷，慢慢地越發有底氣，在媽媽們的茶會上，特別是那些不熟的媽媽也在的時候，阿霞會大談教育經，把玉兔的成績一一報出來，讓所有人都誇讚。那種得意的姿態，玉兔感到厭惡。

「你做什麼都是為了你的面子！」玉兔長大些，不再沉默，對著阿霞吼。「死孩子，敢跟我使個性！」阿霞身高上還是有優勢，用力把手邊的書向玉兔砸過去，但也精準地控制著，沒砸到玉兔身上。玉兔從此跟阿霞開始了幾年的激烈爭吵，最生氣的時候，玉兔會把阿霞的毛巾放到地上用腳踩過再掛回去，阿霞會用力摔破一兩個臉盆然後嗷嗷大哭。

年歲再過些，阿霞突然發現自己的女兒已經很久很久，沒有輕輕依偎在自己身邊，跟自己一起咯咯大笑了。女兒更多是抱著電話，跟朋友沒日沒夜地打，笑容和興奮都在朋友們那裡。玉兔還學會了自己熱飯、自己做家務，獨立得很。這不就是阿霞要求的嗎？玉兔嘗到了甜頭，不再跟媽媽那麼親近了。阿霞開始有些後悔，用自製嘎吱嘎吱的牛奶刨冰、香味酸甜的草莓醬、最新的電腦和幾張五月天演唱會門票籠絡，玉兔也開始柔和下來些。

有一天，阿霞在客廳聽見玉兔在念英語，一個詞一個詞一串一串地蹦，都是阿霞聽不懂的，讀累了就吃兩顆葡萄，還去廚房用烏龍茶加蜂蜜，咕嘟咕嘟喝下去，繼續念。阿霞慢慢覺得放心，玉兔以後長大了哪怕就是自己一個人，哪怕去很遠很遠的城市，也可以過好的吧。阿霞心中舒爽，躺在沙發上睡著了。

其實一直有個軟軟的阿霞，躲在殺氣騰騰的外表下。

那是阿霞第一次在飯店裡殺蛇的時候。那時候還是最初的海鮮飯店，主打生猛海鮮，吸引來了第一批香港客，人家要吃蛇，她也有備貨，可是廚房裡竟然沒一個人敢動手。蛇是冰涼的，無聲地蠕動。是她自己，腳上還穿著高高的皮靴，舉高菜刀，狠狠給它剁下去，蛇的頭，彈到了一邊。

阿霞整了整自己歪掉的皮裙，厲聲訓斥廚子沒路用，以後好好學著點！可當她自己躲進廁所時，軟在地上，委委屈屈地無聲哭起來，叼著的菸都哭掉在地上。這不是男人該幹的嗎，那該死的男人跑了，讓她自己來面對。哭過以後，她就可以面不改色地搞全蛇宴、蛇皮燒烤、蛇肉燉湯、龍虎鬥、雙蛇入海、金蛇出洞，舉刀剁小蛇，徒手抓大蛇，反正沒有她拿不下的。

阿霞自己一個人，也要把生意做得嚇嚇叫。這麼多年來，阿霞改了好幾次生意方向。最開始，來飯店的顧客都是外國人，那就搞點半洋不洋的海鮮西餐。後來是港台人，要吃生猛海鮮，什麼怪來什麼，山裡海裡、長得越歪嘰拽的越好。港台人走，上海人來，別的倒還好，就是超愛講價，一條街比價過去，有的店都被逼急了，往外攆人。那時候阿霞當機立斷，把海鮮飯店改成島上唯一的咖啡館，不用每天在灶台轉，生意反而更好。再後來，高鐵通了，各地的人越來越多，咖啡館不划算了，拖家帶口進來只點一杯咖啡，蛋糕也不點，五台手機還要一起充電，租金也瘋漲。還怎麼做嘛？後來阿霞開過芒果飲品、燒仙草、奶茶店，最後發現都幹不過那夭壽的燒烤攤，小小一方爐子，幾分鐘就可以烤上一百串，客人拿了就走，也不用大場地。阿霞不肯做燒烤，累，也怕熏壞房子，最後幹了民宿，偶爾還忍不住做飯給住客吃，等著大家誇她，頭家娘，人美心又好。

添丁跟水螺逃離島嶼多年後，終於還是獨自回來了。

回來的那天，他竟還有臉去敲原來的家門。家裡一個人都沒有，添丁在對街找了個房子住下。那時陣，玉兔已在上大學，二年級例行體檢後，突然被醫生叫回去。她經過進一步檢查，就直接住院了。阿霞真的五雷轟頂，天天在醫院裡陪床，看著瘦成一把骨頭的玉兔，自己偷偷在樓道裡憋著哭。不知何時，孩子身體裡竟然埋了這個定時炸彈，明明從小到大都把她照顧得小臉紅撲撲。

連阿霞也不能否認，回來後的添丁，終歸還是愛女兒的。玉兔確診後，他忍不住哀哀抽，哭得上氣不接下氣。他還願意去配對，給出內臟。只是醫生說，那腫瘤盤根錯節，實在不能切，只能把它控制住，越久越好，才是最好的方式。

後來在醫院裡，都說添丁是有孝老父——對女兒孝順得很，對阿霞也孝順得很。添丁自得其樂，每天幫著阿霞看民宿，還換著食材給玉兔做飯。他說，民宿和醫院他都能一把罩。有一日，他給玉兔送完自己燉的菜鴨母湯，在仁愛醫院樓下遇到阿霞。醫院的小花園挺侷促的，阿霞靠著那棵歪歪的小紫荊，玫紅色的花瓣，像片薄脆的船，停在她的波浪卷上。她佝緊著。當年一顆多汁的木瓜，怎麼變成了山核桃。添丁過去跟她借火，她輕咳了一口，伸出兩根短手指，從屁兜裡夾出打火機，甩給他。他點上菸，猛吸幾口，忍不住問，你說，玉兔這樣是不是因為我……結果被阿霞打斷。店沒人看吧，阿霞問。沒，添丁說。那你還在這兒抽菸，阿霞說。以後怎麼辦，添丁還想說話。早不想這個了，不然怎麼活到現在，阿霞低頭看了看她那只金燦燦的錶。添丁趕緊把菸掐了，扭身往民宿跑。她不是多愁善感的人，挺好。

添丁回民宿，認真地刷廁所，先用強力洗滌劑刷一遍，再拿消毒液擦，一只又一只晶亮的馬桶，他把它們刷完，阿霞就不用操心這個。他突然覺得很踏實。他明白自己過去一直可以逃跑，是因為總有人給他兜底。他從老鼠身邊逃走，從阿霞身邊逃走，都覺得理所當然。他覺得自己盡心盡力地貢獻了價值，陪老鼠找樂，給阿霞一段日子，依靠他們活著。直到跟水螺在一起那幾年，添丁才搞明白，自己不是做生意的料。他瞧不上的飯館，其實一點也不好做。他認真管理餘下的錢，用股票讓錢生錢，間或賺過幾次，心情大好，但大部分時候跌得一塌糊塗，大概是懲罰。他知道自己活該，再用力抓住的錢，終究也用了個精光。

水螺是願意在一起快活的人，這樣的日子結束了，他倆也就完了。她把話說得很明白，很坦然，就像幾年前面對她的漁民老公一樣。添丁說再等兩個月，我可以賺。水螺說添丁算了吧，別搞得一身債，不值得。然後她就出馬，跟房東把押金全數摳了回來，還給添丁。到那城市第一年，水螺就能說當地話了，跟房東交涉從來都是她去，這最後一次也是如此。水螺收拾好東西搬走時，世界還攏在梅雨季的濕黏裡，風一絲一絲綿延地吹，陽台的衣服發出隱約的臭水味。陶罐裡種的發財樹和蘆薈歪倒，死於爛根。

水螺走的那天晚上，添丁獨自坐在房子裡。他把腳放在茶几上，珍惜地嗑著一包葵花籽，感覺輕鬆。窗台外的玻璃瓶接滿了雨水，在水壺裡咕嘟嘟地煮開，向空氣裡散出更多潮濕的絲絮。那只紫砂壺養得溫潤亮滑，添丁沖了一壺茶，倒掉，再沖，放進小杯子裡，趁著燙嘴小口小口地喝。這裡的人不懂茶，一缸一缸地牛飲。之前想做生意送人一盒珍稀好茶，竟然後來被拿去煮了茶葉蛋，添丁想起來就覺得好笑。好笑，但是心疼，錢越來越少的時候，他開始知道跟水螺的日子也在倒數。但花錢卻越猛了，就像沙漏最後的沙子，總好像走得更快些。那天，他們輕易就買了這只昂貴的紫砂壺。慢慢倒數還不如快點結束。

添丁記得那一天，外面暖濕的風吹進來，他忍不住想，這風經過他的島嶼（那裡有阿霞和玉兔），牽拖了滿滿的水汽，然後被這座城市困住，凝滯在這裡就沒完沒了地下雨沒完沒了地下雨。他突然抬手。噗嗒！熱燙燙的茶壺甩到地上。聲音沉悶，並不脆，茶渣飛濺。晚上雨停了，纖細的月牙帶著毛邊穿透出來，隨即被水汽暈染，又漸漸融化進雲層裡。這樣的安靜，會這樣膨脹，對耳膜施加壓力。她們過得怎麼樣？添丁在客廳角落裡，抽出水螺本來打算大幹一票的產品，據說是數百種細小的籽粒磨成的粉。一小包三十元管一頓，包治百病、長生不老不是夢。添丁自己從沒捨得喝過，泡一杯來嘗。哎，也就是濃稠版芝麻糊。他認真地字字閱讀著產品背面的說明，綠色的黃色的漆黑的晶亮的種子，香氣甜的酸的澀的花朵，森林陰影裡柔軟的黏膩的菇類，最後都成了粉末攪和在一起。他想起有一次玉兔上火，他拿來綠豆用開水燙了綠豆衣水給她喝，再拿綠豆仁用砂鍋燉成糊，在冰箱裡凍成冰棒，小女孩興奮地舔了又舔。還有島上那家花生湯，把花生捶了又捶，打出透明的色澤，再熬成一鍋奶白色花生湯，加入細白糖，香滑，阿霞有時下班後會給他買一碗。還有糯米麻糍，黏糊糊在牙齒間糾纏，一家三口去看完電影後，買上一袋，回家配著茶吃。他肚子咕嘟嘟響起來，手裡那杯粉末什麼都有，但就是不管飽。走進廚房，廚具都落了灰，自己好久沒做飯了。原來做飯不是負擔，是愛好。

就是那刻，添丁決定要回去。哪怕要向島上所有人低頭認錯，也不覺得羞恥。

月亮從南邊的島嶼再度冒出來，是滿月。玉兔坐在醫院裡，剛拿到添丁塞來的鴨湯，不知道他為什麼變了。之前不管不顧，隨便就走的父親，現在又一副把她捧在手心的樣子，很享受慈父的操勞定位。

玉兔總是把湯推給自己的男同學。這個高個子男孩周末經常趁沒人偷偷來看她。有一天，他們一起聽五月天的《憨人》，玉兔問他你聽得懂嗎？在島上這麼多年了，閩南話也只會說兩三句。他會說噓，認真聽啦。然後下一首就播《心中無別人》，還是閩南語。正是午後昏昏欲睡的時候，緬梔子的香氣懸掛在風的尾巴上，窗台上的白貓都舒服得睡出鼻涕泡，男孩腦袋在逆光裡毛茸茸的，跟著音樂搖晃。聽到一半，男孩問玉兔，你聽得懂嗎？玉兔臉就紅了。兩個人沒話，相對坐著怪尷尬，脖子瘦瘦的。

出院第五年，玉兔開始籌備婚禮，還是邀請了添丁。就當個美滿的擺設好了。這些年添丁開始「吃老倒縮」，整個人癟了下去。阿霞讓他搬回了家裡的地下室。添丁常跟人炫耀說自己好命，到哪裡都得人疼。玉兔聽了，發現自己瞧不起他，但也可憐他。

對於自己竟然會準備結婚，玉兔有時候還是不信。不到萬不得已，結婚不是必須。玉兔出院，跟男友在一起後，才明白家裡三個人在一起不開心，不能怪自己。她跟男友在一起的時候就很開心，沒那麼容易生氣。她小心地觀察著男友的父母，不知道他們什麼時候要袒露出真面目。一日他們逛街，吃飯的時候男友父母有些言語上的磕絆，走到飯店外面，他媽卻習慣地伸出雙手，撲住他老爹的一隻胳膊。繼續走。再沒起吵架的話頭。原來，夫妻相處可以這樣。恩愛裝不出，那種內裡透出來纏纏絆絆的熱乎。後來好多日子，男友的父母也有吵鬧，但底子上總不肯互相傷害。嘖，夫妻竟然可以這樣。自己也是有可能，會有不一樣的婚姻吧？

少年時，玉兔也曾偷偷想過結婚。像天恩那種男孩，兩個人在一起，不說話、一起吃飯也很好。可是父親走後，玉兔和天恩之間就永遠變了。誰叫天恩是水螺的兒子。誰叫玉兔是添丁的女兒。兩個人在操場或者走廊面對面遇到時，就能感覺到有一道深厚的海浪永遠地橫在他們之間。一開頭玉兔還沒有覺察，反而用力想抓住天恩，我們都是可憐的孩子，我們一樣。可天恩憤怒地推開了她，把她一把推進泥地裡，好像做錯事情的是她。她也狠狠地抓起泥地裡的石頭，向天恩扔過去。從此他們倆在學校裡再也不說一句話。長大以後，他們都覺得少年時的事情不值一提，也知道那時候的彼此攻擊是一種無地處理的悲傷。都能理解。玉兔很少想起那支紅色的油柑串，到底是小貓愛小狗的情緒，隨意就消失了。

玉兔覺得自己早學會了接受。大約就在醫院裡，在針頭找不到血管那時候開始。護士扎針，血流不出來，於是她們會把針在體內輕輕轉。大概就是從那時候開始，玉兔開始學會了接受。這種品格媽媽身上有，沒辦法先天遺傳，只能後天習得。接受，然後繼續。接受，然後繼續。就接受，如羊被牽往待宰之地那樣接受。本來發現自己得病的時候，她就決定了自己一輩子單身，不拖累任何人。可等到大學畢業回到島上，男友在她面前跪下來的時候，她立刻把手遞過去，讓他用那只偷偷買來的透亮鑽戒套住手指。

如果你非要這樣，我陪你。玉兔不知哪來的豪氣。

5…………

天恩盯著海，覺得波浪是秒針，嘩……嘩的，往復推動著海洋中心的這座島嶼。泡沫牽出絲線，時間的發條亂竄。

島嶼已經變了，開始老化。

附近的避風塢前幾年建了一座矮堤壩，當地人忍不住直罵憨呆，這只會讓淤泥越積越重。果然船塢汙泥漸深，到今年，幾乎無法再停船了。不過，船早也沒有了。阿爸的漁船被收走了。收走就收走吧，天恩的阿爸，也在變化中。他長期浸泡在受難的沉默中，甚至一度變成了某種類似於石蓮的植物，歪倒在牆邊或是沙灘上。家裡的漁船因為有段時間不怎麼使用，生出根芽，每日被海潮和纜繩反覆挑釁，反而有了聲音和動作，變成類似於動物的東西，比如褪色、滑膩的白海豚。他和它都被剝奪了原有的樣子。

天恩現在承包了菜市鐘樓，改成了一家網紅咖啡館。他偶爾還會想起小時候，媽媽跟他說，晚上別亂跑，鐘樓的指標在夜裡是射出來的箭，為的是尋找、瞄準那個綠眼睛的女人。要是被箭誤傷，人就會消失。那女人依然躲在島上，只要一直躲下去，她就不會老也不會死。汪水螺女士，還真會胡編。

天恩今天打算回家最後收拾一下。這老房子終於中了拆遷，開出來的待遇優厚，左鄰右舍都恨不得連夜搬走，生怕政府反悔。天恩和阿爸早就搬去街心公園一帶了，這房子有一段時間沒住了，舊圍牆頂端纏滿了石蓮，看起來像是一朵朵飽滿的蓮花，可卻一點香氣都沒有，呈現薄藍紫色，覆蓋著冷白的霜。門口的蓮霧樹，無人打理，都再也結不出粉紅透亮的蓮霧了，只有些青色細小的果子，還未成熟就全數脫落，掉在地上。

天恩站在海邊仔細端詳這房子，卻沒發現他的媽媽，汪水螺就在不遠處的電線杆下看著他。她終於忍不住，叫了一聲「小恩」。天恩的背突然擰緊了發條，更快地向前走了。從太平洋來的風，用力揉亂他的頭髮。

汪水螺怎麼又來了。這十年來反覆降臨的幽靈。她總是肆意橫行。她每次都突然襲擊。天恩有些迷惑，究竟她是真的存在，還是自己腦子裡的幻象。今年她回來過兩次，一次是回來宣傳神乎其技的氣功課，另一次是要天恩加入她的白茶事業，包治百病。天恩他爸雖然不見她，但總會叫天恩看著給些錢。可她一次也不要，她說她要的不是錢，是要他相信跟著她幹，有前景。天恩沒想通，她怎麼可以這麼理直氣壯。她跟人跑掉的這十年，不知道換過幾個男人，她的名字成了天恩在學校打架的理由，一直到去島外上大專才消停。她從不想這些，在天恩面前就是不停提要求，然後不停地被拒絕，到最後反而似乎是天恩跟她在鬧彆扭。

「你不管我嗎？小恩！」

「有完沒完，又被哪個甩了？」

啪嗒一聲，天恩回頭，才看見他媽坐在淤泥裡。作甚！摔倒了？也可能是新一場表演。只要她想，她就能得到注意力。汪水螺香檳金的紗裙上裹滿了黑色黏膩的泥，那雙皮鞋早就陷進去了。她雙手撐著地，臉也蹭髒了。這些年，天恩第一次這麼湊近她的臉。才發現她的臉上有濃厚的粉，堵塞在細小的紋路上。

「你年紀也大了……」天恩沒有說下去。他看見水螺的眼睛木了一下。天恩突然想起自己小時候，用盡了全力，把玉兔推進泥水裡，她的白褲子也是這樣浸透了泥水。玉兔也是那樣呆呆地盯著自己，更多是害怕，連哭都不敢哭——那時候，如果沒推她就好了。

他拉起眼前那個黑糊糊的女人，回到舊家裡。五年前，玉兔她爸就先回島上了。知道他們過得不好，天恩發現自己竟沒有覺得開心。開頭幾次在島上遇到玉兔她爸，天恩總是在他面前吐口水，可那男人笑笑的，又老又窩囊的樣子。他跟自己長久以來記憶裡的、想像裡的，長得都不一樣。跟在黑暗的夢裡揮拳的，被自己打得頭破血流的那個人，長得不一樣。天恩後來真的給過他幾拳，但他順從地倒下，一言不發。天恩也曾經在他經過的時候，往他腦袋上澆過一整桶拖地髒水。但他連一句回罵都沒有，臉上還帶著滿意的笑容。報復反而讓那老傢伙心安。恨意沒地方發作。島很小，後面老要碰見，天恩於是跟他達成了某種互不干擾的默契。而今天，他發現媽媽也發皺了，說不定，就能被馴化了。

洗髮香波的味道隔著浴室潮濕的霧氣飄出來。要是媽媽沒離開過，現在是不是也就是這樣，跟個孩子似的唱著歌，洗著澡。小時候，媽媽跟天恩玩，說我來給你表演一下。然後就這樣唱著歌，燒開熱鍋，從水盆裡撈起兩隻蹦跳的蝦蛄，在鍋沿按住它們的頭，卻讓它們的身子泡進沸水裡，蝦蛄拼命地掙扎，蹦跳，身體不斷彎曲，像抽動的鞭子，最終被固化下來，熟了。媽媽哈哈大笑，天恩就試著跟著笑，但心裡卻覺得難受，臉也僵著。還是算了，都倒進去吧，他說。媽媽還是樂此不疲地演示了兩遍，直到他忍不住哭了，才一次把剩下的都煮熟。他還哭，媽媽就戳了一下他的腦袋，小恩，其實我真的不該當媽。

她說得對，其實她真的不該當媽。他早知道了媽媽偷偷試過要去診所殺掉他，在他未降生之前。阿嬤說是爸爸發了大火，媽媽才把他留下。

天恩隨手收拾著零星剩餘的東西，這房子再過兩天就要拆了。大部分傢俱都不打算要了，那麼舊也賣不到幾個錢，整理到現在，大概也就裝了兩小袋該帶走的。突然，天恩在翻弄書桌時，掉出來一個包了又包的東西，一層又一層的布，打開後是一層又一層發黃的紙巾，最中心是一枚心形的晶體。像是這些年心臟流出來的液體，所有的憤懣和不快，都凝結在這塊微小的、顫動的淡紫色透明石頭上，被他多次握在手心。可他竟然忘記了它的存在。再度看見，想了一會兒，才想起是什麼。

那是天恩媽媽走的那天早上，玉兔他爸來了，塞了一大袋錢，天恩爸爸不發一言地收下了。反正水螺要走的，收不收錢，都要走，收下來可以養小恩和老母，他爸爸後來是這麼解釋的。小恩，我會回來看你。他記得媽媽跨出門楣的時候，正是中午十二點，島嶼上鐘聲最漫長的時刻，她回過頭來說了這麼一句，笑容天真。隨後腳磕到門檻，涼鞋上掉下來一塊暖紫色的心形塑膠。

少年時的天恩把它緊緊地握在手頭，想的是媽媽媽媽，我最愛媽媽。媽媽，我最恨媽媽。他想起媽媽拈動手指，讓一顆顆細小的砂糖掉進他嘴裡。他想起媽媽推他肩膀，說幹你老母給我走開！他看見鴿群繞著島嶼飛，白的灰的在天空中的影子，黑的銀的在地上的痕跡。繞著，跑著，划動著。海浪推動著。他一年年拔節長高，鬍子穿破下巴，鞋子頂出腳丫，他長大了。

浴室的水聲停了。水螺在轟隆隆地吹頭髮。那台電吹風，已經快壞了，發出拖拉機一樣的巨響，卻吹出細小的風。水螺一邊吹，一邊在虛空中投擲了一句話，小恩你也該談戀愛了！

可這句話卻叮咚墜落在地板上，變成細小的氣泡，碎裂了。因為聽的人不在。天恩早在十分鐘前，就背著工具包衝向鐘樓咖啡館。

水螺走出浴室，聞到這個家有股氣味，是魚在陽光下曬出來的味道，但又混著一股陌生的潮氣。他們父子倆或許早就不在這裡住了。她想起天恩的爸爸，每天早上會到菜市賣魚，話很少，不玩花招，直接給的就是實價，要是還有人講價就一言不發，也不看對方，直到對方假裝要走，走掉，對比了一圈又回來，還是原價掏了錢。他用的是沿繩釣的技法，釣上來的深海魚好得很。老實人，一輩子是老實人。她看這裡海邊已經沒船了，估計他也不再打魚了。

浴室裡連牙刷都沒有，衛生紙上一層灰。這麼多年了，怎麼也沒再娶，憨呆。

「呱呱」，手機傳來新信息，水螺打開，熟練地回覆，請求對方陪她一起去挑泳衣。這次是個KTV裡認識的台灣人，老婆在對岸，自己到處玩，喜歡推拉的遊戲。

6…………

天恩覺得今天就是那天，要做他一直以來想幹的事——拆鐘。

媽媽還在浴室裡洗澡，他背著工具衝向菜市咖啡館。其實那個大鐘早就沒聲了，島上無人在意。現在的人手錶都不戴，哪裡需要一只報時鐘？鐘聲啞掉之後，人們才發現根本不需要它。可是天恩那年聽了鐘樓的故事，就一直在想，那個女人去了哪裡？

那時候，天恩的媽媽水螺還沒走，他就跟媽媽打賭，那個鐘裡肯定有一截樓梯，所有人走到裡面，都會去到自己想去的地方。媽媽卻說，鐘裡面有一片海，那個女人其實就躲在大鐘裡，所以富商和時鐘都抓不到她。

天恩說以後他要把那個鐘買下來，就知道誰是對的。媽媽說小恩要是贏了，你母帶你去台灣玩。天恩從小就想打開那只鐘。島上幾乎每個人，對那只鐘都有著自己的一套故事，但打開它，或許就解開了一切的謎題。

今天咖啡廳幾乎沒客人，玉兔和男友帶著婚慶公司在一旁看場地，規畫著這裡布置個甜品台，舞台做成半圓形，用青蘋果與百合花點綴。天恩蹲在角落裡，擺弄那只鐘。

沒想到你肯在這裡辦婚禮，男友偷偷跟玉兔說。

我在這兒又沒做錯什麼，有什麼好迴避的，玉兔手插兜裡爽快地走著。玉兔站在場地裡，還是會想起當年的舞廳。那時候，水螺老師還不是巫婆，是個漂亮女人。她會穿裙子，她說話輕軟，她不像媽媽阿霞那麼兇神惡煞。不對，她就是個笑面巫婆。玉兔想起水螺有一次趁添丁不在，捧住玉兔的臉，笑盈盈地跟她說，小玉兔你真幸福，小玉兔對不起。那大概是爸爸跟她逃走前幾天。這女人為什麼可以那麼理直氣壯，一點都不覺得自己理虧。

前幾年，玉兔在輪渡遇到過汪水螺。玉兔見她鞋跟掉漆，層疊的蛋糕裙還在努力裝年輕，頭髮已變得稀疏，雖然燙過小卷，還是沒能遮住中心的大片頭皮，隱約露出來。汪水螺沒買票，試著趁驗票員不注意，快速走過收票處。玉兔上前把她往後推，說，老阿婆，讓開點。然後頭也不回地衝上輪船。汪水螺被攔下，沒有跟上船。在船上，玉兔命令自己昂著頭，死死盯住汪水螺，幸好那天自己穿得很精神，看起來很幼齒，而汪水螺，就是個齲齒。她要讓汪水螺看見，她現在過得很好，比她好，自己全家都很好。汪水螺好像認出了她，竟然緩緩地對玉兔笑起來，然後在岸邊對她擺了擺手。檢票員嫌汪水螺礙事，把她推開了。玉兔繃著臉，轉過身上了輪船二層，坐在塑膠椅子上，手指緊緊摳住欄杆，然後才慢慢洩了氣，有點詫異自己究竟在幹什麼，這樣對待汪水螺，自己反而更難過。

差不多安排妥當，玉兔和男友二人坐到天恩身邊，看他擺弄。玉兔向來對機械著迷，特別是鐘錶。她一直感覺，菜市場這只無聲的鐘好像還會發出啰嗒啰嗒的聲音。有人說這聲音是來自建築本身熱脹冷縮，嘎啦嘎啦的。但她經常在這菜市四周轉，也找不到聲音來源。玉兔記得自己在醫院裡的時候，也聽到了這種啰嗒聲，應該是奶奶去世前那兩星期。那時候菜市的鐘就已經啞了，但她覺得腦門裡時不時都能聽到鐘運轉的聲音。她做夢，看見島嶼在旋轉，大潮啰嗒啰嗒地向島嶼撲，來一次，卷走一兩個人。結婚後，她要跟男友綁成一個人了，她也怕自己有病的身體，會提前被卷走，牽拖到愛人。有時間在，有死在，什麼好事的終局都是悲劇，可是人由不得自己。

啪。啪啪。那只鐘好像在微弱地響。

玉兔早就想看看，這鐘裡面到底是什麼樣。一直以來，給島上時間畫範圍的就是這只鐘。受不了天恩在那裡慢吞吞，玉兔讓男友按住外殼，拿起螺絲刀用力攪，天恩合力伸手扒，唠嗒！大鐘冷白色的外殼終於打開一片，裡面有些許的細塵湧出來，被咖啡館透下的陽光曬成了白紗。他們下意識捂著鼻子，一隻綠瑩瑩的蛾子在眼前飛過，翅膀像金屬片一樣閃閃發光。三人湊在一起，等灰塵落定了往裡看，裡面黃銅色的齒輪零件卻異常地新。天恩隨手拿布輕輕一抹，機芯亮晃晃的，竟能映出他們三個的臉。

裡面，也沒什麼嘛。天恩說。

天恩本打算把這只廢鐘拆碎了，一只只零件平鋪擺開，放在咖啡館做裝飾。可惜工具不夠，天恩把鐘復原，說今天就先這樣。他要去買睡衣和吃的再回家。

告別天恩，玉兔和男友圍著菜市場無目的地轉，前後一快一慢地走，就像分針和秒針。玉兔突然停下，靠著男友，感覺著他溫暖的身體和柔軟的帽衫，她的頭髮黏在他身上。下個月就要結婚，玉兔心裡突然湧出愧疚感，爸爸拋棄過媽媽一次，自己如今又要再拋棄她一次。無論如何這些年，是她倆一起過的。玉兔要結婚，要從家裡搬出去，房子在晚上就會空下來。三個人、兩個人的房子會有聲音，一個人的房子就很安靜。她這時候才開始慶幸，爸爸終歸回來了，至少房子裡不會只有媽媽。玉兔想起自己和男友帶著爸媽去吃飯的時候，媽媽總要跟在玉兔身邊，四個人形成兩行奇怪的隊伍，第一梯隊是男友、玉兔、媽媽阿霞，第二梯隊是獨自跟在後面的爸爸添丁。玉兔越是依戀身邊那個溫柔的男孩，媽媽就越顯得突兀。

玉兔明白，要結婚，就要心狠，把什麼愧疚感都咽下去。自己唓嚓一聲，要剪斷阿霞連在自己身上的臍帶，這樣才能有自己的小家。玉兔跟男友最後挑選了島外的房子，不必商量，直接通知了阿霞和添丁。阿霞想反對，玉兔告訴她，已經定了，這就是我們倆要的家。阿霞跟玉兔吵過幾架，爸爸添丁兩頭勸，趁機站在離阿霞更近的地方。幾次冷戰之後，阿霞是敏銳的人，開始慢慢調整自己的位置。雙方家長見面的幾次聚會裡，阿霞都拉住添丁，帶著笑意站在一邊，跟對方家長相談甚歡。接下來，會好的吧，玉兔想。

突然間，玉兔聽到菜市方向有鐘聲響起。玉兔和男友對視了一眼，不是幻覺。剛才他們胡亂鼓搗了一番，難道那大鐘又開始啟動了？男友說，真是怪事，這鐘都停了不知多少年了，我都忘了島上有鐘。玉兔跟男友說，你小時候沒聽過這鐘樓的故事嗎？我們這片海裡，有個綠眼蚌殼精，她一直想逃開海裡的龍母。偶然，她被呂宋回來的富商救起，就嫁給他做太太。龍母上岸找她，富商為了留下女人，就出面跟龍母比賽。龍母說，她擁有的海是最大的，你能有什麼比海更大？商人說，我有。他建了一座小小的鐘樓，鐘樓提醒著時間，時間覆蓋著所有，比海還大。鐘樓在，龍母就退下了。男友揉了揉腦袋，說，哦，蚌怎麼會有眼睛？這傻小子真可愛，玉兔拉起他的手。

鐘聲裡，夕陽有股濕答答的氣味，分泌出柔軟的膏體，抹在玉兔身上，暖的。玉兔好像看到自己穿上長擺尾的白色婚紗，氣勢十足，彷彿奔赴一場葬禮。走入會場的時候，鐘聲也會響起，添丁乖乖坐在阿霞的身邊。有點可怕吧，他們都完成不好的題，現在也要遞到自己手裡。更何況，自己當年，曾經跟爸爸合謀，對他的游離閉口不言。可是玉兔也相信，自己即將會看見，牧師伯身邊男友發亮的眼睛，他肯定忍不住哭。但玉兔不會，她會對他笑，對所有人笑。雖然她走路的時候，老覺得有具不知由來的屍體，躺臥在鮮花和鐘聲的邊緣。但她會踮起腳，跨過去。

對，即將會有一場婚禮，婚禮上爸爸和媽媽坐在一起，自己和丈夫走到一起。故事可以重新寫。婚禮上會有鐘聲，鐘樓裡的女人綠瑩瑩的眼睛會熄滅。那一晚，她的夢裡，看見數年後，花朵如烈焰纏滿鐘樓，延燒到她的身上，於是腹部中間長出細密的疤痕，裡面像一只柳丁樣被剖開，反覆掏出生命。她看見愛人，從光裡走近，背後是連接天空的一層層巨浪，即將撲來，卻不能把他們淹沒。

但願如此。

7

鐘聲突然響起的時候，天恩嚇了一跳。僅僅只是把鐘拆開又合上，它竟然就恢復了轉動？還是那時鐘裡的女人用鏡面躲過了他們三個，再度成功逃開，所以鐘繼續了生命？

此時此刻，他剛剛在木棉照相館樓上的睡衣店裡，買了一套紅色暗格的睡衣和兩雙軟襪。或許這次，媽媽可以留下、睡去。他還打算買點吃的，晚上總不能讓她餓肚子。鐘雖然響起來，時間卻不對。現在是晚上六點半，那鐘卻敲了十二下，旁邊的人聽到都搖著頭笑起來，鐘在起瘋。沒人會相信現在是中午十二點，半個月亮像隻白孔雀停在空中，只有合乎習慣的鐘聲才會被尊重。天恩想，如果鐘真的能給時間套上韁繩就好了。但好像這只鐘反過來，讓時間給馴化了，像個迷糊的老人。天恩本想著要不要回去修理，但島上早就沒有修鐘匠，從對岸請過來也要明天早上了。他索性不管，發了條微信，叫代理店長關店時把門鎖緊，別讓鐘聲吵到居民。繼續走，從菜市二樓走到了一樓。鐘聲停了，報時歌開始唱起來。

天恩太習慣於聽這首歌了，從小到大，每天十幾遍。現在隔許久聽，彷彿是第一次，不僅聽它的旋律，而且第一次認真聽見了歌詞。歌者唱，他站在島嶼晃岩眺望，只見雲海蒼蒼。不對啊，那九十米的小石頭上面，怎麼會有雲海呢？歌者唱，他看著對面的島嶼，遠處的島嶼才是他的家鄉。原來，歌者的心，永遠不在這裡。這首歌雖然是以這座島嶼命名的，可是從頭到尾，懷念的，深愛的，想快快見到的，一直是那遠處的另一座島。天恩第一次發現，這首歌不屬於這座島。

天恩覺得自己有些可笑，這歌詞又有什麼好在意。他想認真聽完，但歌者聲音越來越小。天恩索性站在滷料攤前面停下，細細地聽。他突然發現，唱著報時歌的女人，有著跟媽媽一樣的聲音。或許那個綠眼睛的女人，就是歌者，就是媽媽。

歌聲停了，他提著滷豬舌、五香條和女士睡衣，大步往家裡走。他想跟媽媽說，留下吧，這次別走了。

鐘聲突然響起的時候，添丁還在街心公園找貓。

他近來養了隻一直要跑掉的貓。金色，幼小，布滿閃光絨毛。他剛結婚時，就跟阿霞說過，想養隻貓，叫沙茶，再養一個女兒，叫玉兔。現在終於有了這隻貓，玉兔也會過來摸一摸牠，露出嬌憨的樣子，還像個小孩。這隻貓對添丁脾氣很大，動不動就咬他一口，撓破他的手，也不是第一次這樣跑出來了。

鐘聲敲到第十下就有點走音了。添丁看到那隻小貓，顫巍巍地躲在石凳下。他咕咕唧唧地哄牠過來，把牠輕輕捧在手上。早點回家，不要到處亂走了，他對貓咪說。他今天知道水螺來島上了。準確地說，他聞到她了。現在只要感覺到她的氣息，第一反應就是遠遠避開。他沒想到阿霞會讓他重新有地方住。現在民宿的生意好起來了，自己的女兒也要結婚了。阿霞昨天吃馬蹄酥，還給他留了一份。其實本來也不是給他的，只是下意識地買多了。添丁聽見阿霞叫了一聲「來吃哦」，紅磚樓裡空空沒人應，那語氣也不是在叫他。她還不習慣女兒不在吧。添丁覺得這空曠催逼他，他從房間裡走出來，說了聲「哦好」，就接過來吃了。馬蹄酥的味道，讓他想起他們倆新婚那天。朋友們來鬧洞房，添丁和阿霞準備了糖果，還奢侈地泡了即溶咖啡來招待。隔壁的老人剛剛失去妻子，沒能參加他們的婚禮，也不好意思出來道賀，阿霞走過去，塞給他糖果和雞蛋。客人都走了以後，阿霞和他才發現屋頂漏水，床鋪中心被打濕了一大塊。他們倆乾脆在床上放了一只大紅搪瓷盆，滴答滴答作響。阿霞拉著他，躺在沙發上，忙了一天，兩個人到晚上一口正經飯也沒吃上，又實在懶得去煮，乾脆分吃一大包馬蹄酥。他們同時舒爽地長出了一口氣，笑盈盈地看著對方，接下來是兩個人的日子了。他們倆在落水的屋頂下，聽著臉盆咚咚聲，依偎著沉沉睡去。

鐘聲突然響起的時候，阿霞正在木棉照相館幫女兒取婚紗照。

阿霞聽見鐘聲，想起添丁在晃岩求婚的那天，他倆走到了添丁家準備的新房，在震顫裡一起度過那個夜晚。白天，兩人甜膩地牽手，偶然路過木棉照相館。阿霞只多看了一眼，添丁就心領神會，硬拉她進去。老闆問拍什麼，他說婚紗照。那時候新冒出來的項目，還能穿上那一身白色婚紗。阿霞滿心歡喜，覺得款式跟郝思嘉那身大裙擺一模一樣。老闆娘還給她戴上了兩只沉甸甸的玻璃耳環，讓她捧著一束塑膠玫瑰，阿霞的眼睛閃閃發光。你老婆水噹噹！老闆娘用手肘捅了捅添丁。添丁換上了黑色西服，筆挺地站了過來。

照相館角落裡竟然還擺著當年阿霞和添丁的照片。阿霞許久沒看過這照片，現在才發現那玫瑰歪癱癱的，而且婚紗布料怎麼跟蚊帳似的。烏槍換炮，添丁那時候換上這西裝還真有點人樣。她仔細看，才發現那西裝口袋還插著手絹。裝得挺像。

鐘怎麼突然被修好了呢。鐘聲敲打著阿霞的頭殼，她突然想起另一條手絹的主人。他為什麼不在她結婚之前來，也不在老公跟水螺跑掉之後來，偏偏在那中間出現。那天是包場的全蛇宴，她忙累了走出來，站在海鮮飯店的三角梅花樹下抽菸。這樹很旺，花一股一股冒出來，比葉子還要多，稠密地壓在一起。路燈都穿不透這濃烈的花蓋，阿霞站在枝下陰影裡。那個男人走來遞菸，還幫她點火。飯店裡面是已經酒醉開始喉頭滑膩的人們，他卻很清醒。他倆沒說話，站了一會兒，然後八點鐘的鐘聲響起來。今晚最後一次敲鐘了，他說。八點鐘路上都沒人了，在我們島上算是很晚了，她笑，忍不住把手搭在他肩上。他迎合著，吐出煙霧，慢慢把手放在她的短裙下面，一點一點往上，越抓越緊，幾乎掐痛她。吃酒仙，免在我這兒起瘋！阿霞用力撥開他的手，咚咚咚走到後廚，用力控制呼吸。她悄悄躲到魚缸後面，發現心臟還在怦怦跳。

他總照顧阿霞的生意。你老公呢，怎麼總不在這兒幫忙？這個男人來來回回問過幾次這類問題，眼帶笑意，一直鎖定她。頭家娘，跟我免辛苦，他勸。喝酒面紅紅時，他也試過牽她的手，抓到兩次，不超過三秒。戴翡翠金戒指的男人，阿霞見多了，可他身上有股危險的肅殺之氣壓著，一點不俗。阿霞承認自己的心魂也被他勾去少許，只是最終壓平了，像張手絹一樣薄。

最後的一個夏天，他獨自來，沒帶生意夥伴，點一盤蝦蛄簇，一碗鱟卵炒蛋配酒。他讓阿霞陪吃，吃完了還抽出西裝口袋裡的手帕給阿霞擦嘴。阿霞沒動，許久沒有男人如此憐惜地觸碰她的面頰。可稍後她還是起身，說，我老公和女兒還沒吃飯，我先去送飯，你慢吃。她大概是說了這話，打包一大盒炒螺片和滷麵逃回家。玉兔和添丁都覺得奇怪，她從來不送飯回家，總是說忙都忙死了。手絹，他沒拿回去，但他再不來阿霞的店了。偶爾碰上他到島上招待客人，已經換了別的飯店。他有禮貌地跟阿霞打招呼，善意提醒她，現在客人喜歡去帶ＫＴＶ的歌舞餐廳，阿霞的飯店該重新裝修了。阿霞點頭，回家後，想起自己還留著那條手絹。找出來，下次見面一定還給他。可那之後，他再也不來島上了。對了，那手絹放哪去了？等鐘聲停下的時候，阿霞已經忘了。她嘆口氣，終究還是當了個好女人。好女人就跟腳踩的地一樣，踏實又引人遺忘。她又想起添丁，她被添丁拋下是種不幸，但這種不幸讓她確認了愛的存在。

鐘聲突然響起的時候，水螺穿著半乾的衣服站在航船上。自從有了兒子，水螺的生命就有了度量。離開他，自己的時間好像就可以靜止。回來看他，就會發現時間在他和她身上都建造或者拆毀了些什麼。今天，她看見自己的兒子有些變化，他的手爆出來冷硬的筋絡。洗完澡，她看見桌子上晶晶亮的一顆塑膠心。她輕輕拿起，覺得自己的心好像剛烤好的餡餅，呲啦冒出柔軟的白汽。太危險。她把塑膠心擲回桌上，衝回浴室抓起濕答答的衣服，用吹風機烘到半乾，急忙忙地逃跑。那種突然要湧起的東西，將會是對未來的束縛，類似於孕吐。所以她逃，一定要逃。她什麼都沒拿，好像根本沒來過。她總歸不能留下來當媽。

船開起來了，鐘聲就聽不見了。

少年時，水螺就想逃離海域。會膩，生命裡出現太久的東西她都會膩。老鼠，添丁，天恩他爸，久了就變成一段無尾巷，走不下去。或許她在人群中依然探尋的是一片無盡的海域，這個意義上，她知道自己永遠離不開海了。唯獨她兒子，是生命中永遠新鮮，永遠變化，永遠不膩的那個。或許就因為她跟自己的兒子不熟。他甚至沒有再叫過她媽媽，她反倒覺得自在。她希望自己不用纏絆他的人生，就像他也不用來叫她負責。雲在天上迅速滾動，海風越大，把鹽分撥進眼裡。水螺只得往船艙走。這老派的旅遊船上，旋轉著燈球，任何人都可以拿麥，唱歌。水螺的腳步如同鼓聲，她走上去，她隨意唱：

你不要對我望
黯淡的燈光使我迷惘
你不要對我望
將來和以往　一樣渺茫
就算你　就算你　看清我模樣
就算你　就算你　陪在我身旁
也不能打開心房
你不妨叫我神祕女郎

有隻亮晶晶的蛾子從燈球的亂光中朝她飛過去，停在她扶著麥克風的手上。她輕輕一揮，蛾子撲簌簌地又飛起來，在光線中拋撒粉末。

鐘聲突然響起的時候，蘋婆、芒果樹、紫荊、木棉、蓮霧樹輕晃，島嶼上數萬枚葉片被鐘聲敲擊。磚牆上的貓，停止撥弄爪子，微微偏過腦袋。淺灘上的螃蟹，踩著節奏走成一條虛線。

鐘聲突然響起的時候，島上的人們紛紛抬起頭，停下了手中的工。

送王船

1

阿母說自己生是漁民人，死了也要扔海裡。

她不知道，現在骨灰罈想入海，沒那麼簡單，要統一調配船隻，在規定時間規定海域才能海葬。人家說了，啊不然海水浴場是給活人還是死人游泳？不然漁船出海撈活魚還是撈死人？

哥哥大炳說，幹，管那麼多，阿母要在爸紀念日這天入海，就這天。要扔在小時候打魚的地方，我們就給她做到。有些人沒種就別去。

明明只有弟弟阿彬還保留一隻小舢板。阿彬說就你不顧不管，大炳你這死肥豬，光出一張嘴，早就不是漁民人了，還不是都靠我。

阿母不在了，大炳和阿彬這兄弟倆多年不見，一見面就吵架。哪怕閉了嘴，內心也在互相幹譙。只是無法幹對方祖宗十八代，因為是同一套祖宗。親兄弟，恨得更深。阿母死前最不放心的就是這個，所以千交代萬交代，兩個人相體諒，一起好好給她放海裡。

結果偷偷摸摸出海沒一陣，兄弟倆就開始相打。

一開頭是大炳先出拳的，他塊頭大：「像你這款，我一出手就多費一副棺材！」阿彬體格精壯，人家都說他是「鐵骨生，龍骨硬」。大炳出拳打他，結果手更痛。兩拳後，阿彬反擊。大炳只能蹲著挨揍。肉乎乎的大圓臉被按在木頭船板上，全身脂肪幾乎被打碎。

「免打了！」大炳求饒，從船頭爬到船尾。爸說過，船頭打架，人爬到船尾就算認輸，就不能繼續打。再打，就要走衰。可是阿彬竟然不管，估計他已經一衰到底，百無禁忌。

「沒空跟你答牙！」阿彬沒有放過大炳的意思，哪怕大炳龜縮在船尾。過了這麼多年，爸欠下的錢，可都是他和阿母一點、一點給還上的，他照顧媽到百年，臨了大炳倒是最後一刻的床前孝子，阿母的房子還大剌剌要分走一半。幹！

大炳說自己走是走，每月給阿母寄錢從沒斷，不然怎可能那麼快還上錢，還換房子？可是誰知道啊？大炳說的話有哪句能信？阿母死了，你倒是在這裡給我裝老闆派頭！兩個人加起來一百歲了，但打人的阿彬嘴巴癟著，委屈得像個少年。大炳砰砰砰一拳拳忍受著，無力招架。

「別擱打了！死老猴，好好跟你解釋，你還不聽！」大炳試圖站起來。打是打輸了，但阿彬永遠是殺人犯，害人精！大炳站起來的瞬間，腳底一滑。撲通，他歪進海裡。大炳太重，船太輕，被他這麼一撲騰，就傾斜倒扣過來。骨灰罈「咚」一聲入水。阿彬反應不及，也掉進水裡。

那一瞬，大炳在哀爸叫母，而阿彬感到一陣暗黑。再睜眼，阿彬已在海中，手腳自覺地推著水。他四顧，大炳和船已不見。沒良心的歹人，肯定又是不管不顧地走了。

正是退潮時陣，浪不停推，天上的雲安靜。不知何時，海面突然起霧，那種濃密的奶白霧氣。剛才阿彬光顧著跟大炳打架，都沒注意到周圍的風變得又濕又冷。阿彬想向岸游，卻根本不知道岸在哪。空氣中有一種鐵質和油混雜的氣息，不如海浪的氣味那般自然，令人不安。

2……

海浪突然劇烈起來，有一瞬，弟弟阿彬覺得是在雪山裡穿行，一層層厚雪塗抹的山巔在眼前抖動。突然，身後有一股溫暖的浪，好似阿母已融進水裡，伸出女人的軟手，輕推阿彬的肩膀。他回頭，看見霧氣中過來一艘船。

阿彬大聲呼救，船上卻無動靜。定睛一看，那船穿過霧氣越靠越近，船頭是個圓胖的橘色獅頭，眼睛是兩丸翠綠的亮球，有神地盯著阿彬，獅子下巴還有綿延的紅鬚，在水裡扭動。船上全無彩繪，似乎還未完工。船中央是兩片白帆，寫著「一帆風順」和「合境平安」，船兩側插滿桃紅的三角旗。

阿彬一眼認出，那是「王船」。

可這裡怎麼會有王船？而且這王船模樣有些怪。他開始感到頭暈，手臂生疼。幹，不管了。來不及多想，他怕自己在水裡要抽筋，趕緊往王船上爬。

好不容易爬上去，阿彬下腳的時候被竹籤子扎得腳疼——船上插著密密麻麻的紙人，個個外形完好，用竹籤固定著。但有不少被水沖掉了五官。帽子、頭髮，金的領子、銀的頭飾，男的手上抓著微小的發亮的刀兵，女的輕輕舉著纖細的花。這就是船上所有的乘客，除此之外沒有了。

這事奇怪。

討海人都會唱那首歌：「天黑黑要落雨，海王船要出島。阿爸出海去討魚，阿母燒船送王船。一送金銀和財寶，二送糧草擺酒席，三送神明去護保。」古時候王船還會推入海裡，現今都直接在海邊燒掉。每隔三年，漁村都在漲潮最滿之時，在儀式的最高點一舉焚燒精心準備的王船。慶典就在明天，阿彬早不參加送王船了，可時間是絕不會記錯的。更何況，這船沒放祭品，不像是已經辦過儀式的樣子。莫不是那突然起的怪風，海潮拍進停船的地方，把這船直接放到了海上？

船沒槳，本來王船受造，就不為航行。唉，王船。阿母總愛在漁村工棚裡繪船，債還清了也扔不下這門手藝。阿彬不肯阿母老來辛苦，總不讓她去勞碌這個。阿母也乖乖聽話，說是改成每天出去跟姐妹們話仙*。誰知清閒日子沒過多久，阿母就一病不起。

霧氣越重，凝結成一顆精密堅硬的珍珠，把阿彬封在裡面，連太陽和月亮也都滅沒了。阿彬突然想起昨天在夢裡見到的那粒水晶珠，裡面大雪彌漫，一隻滿載的船停在海中心，動彈不得。

正想著，風突然有了肌肉，爆發出力量，推船行進。阿彬趴在獅子船頭，突然看見遠處竟有個灰色島嶼，散發點點光芒。他高興地叫起來，可當船漂過去的時候，他才發現光亮早已熄滅，那裡什麼都沒有。唉，海市蜃樓。

阿彬坐在船頭。

霧氣帶著股焚屍爐的味道。天空蒼白，世界是泡影。骨灰樣濃密的霧，從海潮頂端生長出來。此時此刻，隱約的脆弱風聲，海水貼著船身黏濁的聲音，海浪的泡沫和低垂的雲朵互相研磨，混雜成一種綿密的吟唱聲。阿彬發現自己也開始哼著相似的調子，這些聲音

* 閩南語，指聊天。

就這樣無知無覺中進入了他的身體。那更像是在萬籟俱寂之時，耳朵會聽見的一切受造之物的嘆息。唉。唉。

眼前的這些，讓他懷疑，難道自己進了地獄？不，自己是死是活都不確定。初冬季節，阿彬竟然感覺到炎熱和乾渴。他試著撲通跳入海裡，可是不管如何往下跳，他都會跳回船上，腳被紙人的竹籤插痛，最終還是踩斷了一個紙人的頭。好像世界就由連綿無窮盡的船隻組成，垂直接續著，沒完沒了的地獄。

他跳了又跳，跳了又跳。他朝大海吐口水、撒尿，大海全都接納，可就是不接受他本人。

他試了一陣，精疲力竭，在寂靜中戰慄。恐懼消滅之後，他又感到憤怒。我口渴了，給我水喝！我餓了，給我東西吃！他終於忍不住大吼著，像一位債主。可是船似乎停泊在霧氣的中心，他哪裡也去不了。他有個預感，有人會來。通常有了這樣的感覺後，就能等來點什麼。

什麼也沒有。

3

哥哥大炳發現，即使在海裡，他也能順暢呼吸，不覺海水嗆人。身體被海抱著，溫暖、舒服。太陽在頭頂，如同層疊搖擺的光耀葵花，不害物，不傷人。

他試圖朝太陽上浮，靠近水面的那刻，用力一蹬，想躍出海洋——但躍出之後，自己一頭扎進的，還是海洋。他試了好幾次，彷彿兩片同樣的海互相接壤，中間是一片薄薄的夾心海面。他，永遠在海裡。

他忽然想起弟弟阿彬，阿彬在哪裡？自己呢，又在哪裡？

再抬頭，已入夜。一群沉默的黑影遊蕩過來。他細辨，是游泳者的影子。隨後又有一片巨大的黑色毯狀活物，呼一聲從身邊滑過，像一片薄的燒仙草。大概是輪船的影，滑溜溜的，抓也抓不住。大炳想到，泳者和船上岸之後，他們水裡的影子就被割斷了，一片一片沉降下來，到海的根基處碎散開來，因此海就泛出微微的暗影。他自己也是，失去了依附，在海裡下沉。

很快，隔著海，大炳辨認出那枚月亮也在迅速下沉，比以往的速度快了很多。霜色的月亮，漸次融在海裡，滲出發光的油膏，在海裡稀釋，拖出鬆鬆垮垮的長條。大炳伸舌頭舔了一下，嗯，西番蓮的清甜。這時突然有一枚極速墜落的黑影，從他眼前落下。他看見那形影，感覺自己像只鑼被敲中，震得難以動彈，大腦依舊空白。

他冷靜下來，開始聽見怦咚，怦咚，怦咚。難道大海也有心臟？

聲音好像是從一旋一旋的螺貝殼群那裡傳來，類似於行進的鼓點，催促他往深處裡鑽。他死命抓住一隻額上有發光體的魚，才看清楚深處的黑洞。他的面前，大約有一千扇形態各異的門，褐色雕花的古早鐵門、木頭鬆軟如紙的雪色木門、刻著葡萄蘋果浮雕的石頭門……他仔細地一扇扇走過去，有些還需要轉動門把手，打開，又關上。走了一會兒他想，人真奇怪，只要有門，就想穿過，即使是在沒有牆的海底。

他穿過門的長廊，眼前彷彿是海底的失物招領處，或者是神靈巨大的倉庫，端坐在海的半明半暗處。大炳突然有種感覺，這海裡有人要見他。

他看見一艘艘從高往低整齊排列的沉船。尋找蓬萊的船。運輸瓷器去歐洲的船。有發動機的鐵皮船。漁民的漁船。各式各樣的船，無窮盡。深處還有許多王船。他想起島嶼多年前，王船都是「遊地河」，放到海上，隨它漂去哪裡，許多王船漂到台灣，那邊人就會在船靠岸處建座廟。但更多的，就這樣被海吞下。到了如今，王船都是直接在海邊燒掉，化作煙灰，不再歸入海底。想來，明天就是送王船的日子。

再往下，還是連綿不絕、豎著交疊的一摞船，直通海幽暗的根基。大炳鑽進最近處的黑船，它外表結滿細密的貝殼，還有些巨大的珊瑚向四面八方伸手腳。大炳從窗戶探頭，感覺自己站在一座摩天大樓的頂端。一艘船，兩艘船，三艘船下面是無盡的船。按理說，有沉船，就該有其他沉沒的人。自己這麼順暢在底下溜來溜去，怎麼一個人影或者鬼影也沒有呢。難怪說，死就是隔絕。

感覺累。想回家，瞇眼想睡，卻睡不著。

啊怎麼死人也會失眠？還是說永不睡覺？

他試著老辦法，一粒珠，兩粒珠，三粒珠……沒用。憤恨睜眼，一粒珠，兩粒珠，三粒珠……奇怪，眼前緩緩漂來的是一顆一顆巨大的白色氣球，怎麼那麼眼熟。他伸手抓住一顆，捏破，裡面是一隻香皂和一張傳單。這不就是，海漂氣球嗎？

大炳突然想起自己少年時練習喊的口號。繳槍不殺！繳槍不殺！大炳小時候，全班人下課後會去海沙坡「打魚」。當時台灣方面源源不斷地從海的那端，順著潮水放來一顆顆枕頭大的海漂氣球，或是亮晶晶的瓶子，隨著海浪起伏閃耀。說不定還有什麼壞人一起漂過來。拿到海漂球，打開後，裡面有罐頭、餅乾、糖果，甚至更貴的有手錶什麼的，夾帶著反動傳單。他們的任務就是收集這些物資，然後全數上交，免得讓心懷不軌的人撿了去。

怎麼在海的府庫裡，三十五年前的物件還在漂？他辨認著，海漂氣球帶著許多玻璃色的內膽，如同一隻隻慢悠悠的活物，集結成氣球群，慢慢行進。間或，有大魚鑽進氣球群，打開發光的下巴，想咬，圓溜溜的球體便靈活閃開。

大炳很想吃顆糖，過期的也行。死者沒味覺吧。如果吃到甜味，是不是就會醒來？他毅然衝進氣球群裡，想要捕捉有糖的氣球，可一股痛苦的水泉從腦裡往外湧，他視線模糊了。氣球。是禮物。我沒拿。拿了。小偷。女特務。夕陽。跳啊。急速下墜的身影。還有弟弟阿彬憤怒的喊叫。一個個詞語碎裂地從內裡迸發，大炳感到眩暈，被氣球和水流裹挾。

4……………

青色霧氣裂開處，海中有白球。

瘦子阿彬所在的船，幾乎是悄無聲息地平滑移動過去，穩穩靠在那些白球旁邊。海市蜃樓已經開夠了玩笑，一開始阿彬都懶得去摸、去看、去判斷這數百顆兀然出現的白球是不是真的。可他實在太渴了。阿彬盯著海面，知道再渴再焦灼，他也不能喝海水。那一顆顆白球，如同滾圓的明澈露珠，實在誘人，讓他願意再失望一次。他用錨鉤起一顆球，竟是真的。裡面一罐糖水蜜桃，絲絲縷縷的甜，吃喝完，滿嘴留著清爽氣息。

那種滋味，令他突然想起多年前的夏日，有個女孩給他準備好木瓜，甜津津、幼綿綿。她教他用發光的鐵勺輕刮過去，就像軟滑的霜淇淋。一勺勺吃著。到底是岸上的女孩，會那麼小心地吃一片木瓜。遇見她之前，阿彬只會埋頭啃食，一次嗑掉半顆。

他也曾蹲在礁石背後，偷看她裸身游泳。女孩有珠貝一樣細小潔淨的指甲，木瓜一樣飽脹的乳房，還有發汗之後那一圓光亮的屁股。他只敢偷看，在學校裡卻不敢多說一句話。討海人跟岸上人是永不可能的，討海人連鞋都沒有。

想到這兒，他突然一驚，拿出那白球和罐頭細看。海中這些白球，正是他少年時看過的。那時候，台灣會把傳單和各種物資塞在這白球裡。他頭毛有點豎起來，這船，這白球，是那女孩來討公道了嗎？

若不是因為這個，那女孩也不會死。

但這事情歸根結柢，還是怪大炳啊！怎麼所有人都愛冤枉我？

「我只是想給你歡喜！我有什麼錯！」阿彬對著海大聲叫著，把手裡的白球和空罐頭用力甩向海面。

少年時，阿彬常常拿起地上斷裂的木棉樹枝或是鳳凰木豆莢，用力地擲向那個女孩。

可是她連頭都不回，連那頭綿密的髮絲都不抖動一下。只有在意外的時候（真的是意外，他只想擊打她的影子、她踩踏過的路面），偶爾擊中了她的腳跟，她會回過頭來，蹙眉望向他。而他現在還是這樣，手裡有什麼，就向她投擲，心裡卻期盼著沒有任何東西能傷害她，她是光輝的，消融一切傷害。可誰會想到，是她，最終在光輝之中消融了。

她是驕傲的。她總是挺著胸脯從他們面前走過。那個年代每個人都穿得差不多，可她的衣服特別貼合身體。夏天的時候她會折下冷玉一樣的茉莉花，插在濃黑的卷髮裡，常被老師一巴掌打落，說沒事戴白花，假鬼假怪。她不反抗，打落也不撿，總有人悄悄撿起來夾進書裡。不管是圍著她，或假裝無視她的憨男孩，都看不見她笑臉。

冷靜下來以後，阿彬想，不對，若來尋仇，又何必讓自己吃喝得飽。

天空不見日月，他只能呆呆地看著海上白球出現、消失。來走，來走，來走，來走。長久地綿延地盯著，耳中口中又不自覺地響起吟唱聲。日光一動不動。阿彬覺察這變化，知道這白球出現、消失，一個周期就算一日。有了白球為尺，阿彬終於能讓無聊的虛空多一點刻度。白球出現，白球消失。一天來了，一天過去。他過去以為自己擁有時間，現在才明白時間是贈予，擁有的東西，自己可以任意處置，但被贈予的，只能一日一日感激。

沒有夜晚，沒有早晨，這是第三天。

胖子大炳呢？過了許久，阿彬這才顧得想起大炳。太安靜了，他忍不住想，時間還存不存在。他需要另一個人作為尺度。然後他緩慢地想起，是他模糊的記憶故意忘記了，在落水的最後一刻，大炳用力把他推出水面。記憶是自愛自憐的，會幫自己做遮掩。

死胖子不是真的死了吧。在無邊際也無出路的海面，一人一船對立著，阿彬形單影隻。他想對影子說話，對船桅說話，卻突然對著海高喊：「大炳！大炳！大炳！」可惜毫無回應，連回聲都無。聲音被包裹，被吞沒。多年來，他是第一次用這樣的語氣叫這名字。

過去，他無法不恨他。爸偏他。女孩偏他。臨了，阿母也偏他。可最後一刻，大炳托起了他，死胖子到底跟多年前不同了。

如果那女孩的死，真的怪大炳。那反過來，爸的死呢，是不是該怪自己？阿彬真的不敢回想那一天。

此時，阿彬竟開始感覺暈船，他起身放下船帆。天空上少量灰雲互相纏繞著，像包裹好的棄兒。他站在船尾，海，就是只瀕死顫動的藍色大貓。這艘王船，不過是大貓身上的一隻跳蚤，隨時可以被按進皮毛裡，死去，毫不可惜。

阿彬看見自己那團萎縮的影，在海面上被浪撥弄，有一隻通體發紅的鰻魚，穿過影子的脖頸。

5

感覺有人呼喚，胖子大炳用盡全力定住身體，卻發現已漂到深處的深處。

怎麼海中也下雪？他抬頭，是一隻巨大的布滿了圓點的章魚，八隻軟足遮天蔽日，一邊行走，純白的圓點紛紛掉落下來，像是一場紛紛揚揚的雪。

他環顧四周，千萬微塵般的粉末，正孕育出一具具人的形態，閃耀微光，就像是屍體的牧場。水裡總蘊藏著很多東西，適當時才傾吐出來。之前，有過被分屍的死者，手臂漂去了台灣，後來被漁民撿到、歸還、破案，還原一個整體再焚燒。但很多時候，死者並沒有浮出水面，他們消失了。原來，他們是以這樣的形態居住在深海裡，帶著一臉抱歉的微笑。他們被重新凝聚、泡發，在水中等候著重生。

大炳向深處走，那裡停著一隻巨大的獅頭王船，周圍滿是血紅的鬍鬚，被浸泡在水裡的星宿幽幽照亮，仔細辨認，是正在旋轉的發光魚群。大炳靠近，船上滿載著開開合合的蚌殼。他窺見蚌殼裡裝著完好的人體，許多面容讓他感覺似曾相識。一瞬間他有種感覺，難道這片水域為他量身裁定，難道這數百具身體與自己有著隱祕的聯繫？他又聽見心臟的細聲，循著聲音而去，他看見那隻傳來心聲的蚌殼裡裝著個女孩，身上裹白衣，雙臂自然地隨著水流上下擺動，頭髮活物般蔓延生長。大炳想起女兒，滋生出類似父親的憐愛，他湊近，才發現女孩睜著眼睛。雖然如此，女孩卻像木偶般一動不動，像在做一場白日夢。被那雙眼睛再度看見，大炳感覺腦子進了水，潮濕了一大片。

他記得這雙眼睛。大炳給小時候的女兒念過《水孩子》的故事，那時他總覺得畫冊裡的女孩有雙熟悉的眼，下垂的長眼睛。常常入夢的夢魘也一樣，不論是怎樣的形態，面容上除了眼睛空無一物，提醒他，多年前那個女孩好像就是這樣看了他一眼，而他，動都不能動，被噩夢啃噬。這幾十年，他沒有睡過一次舒爽的覺。

他忍不住用力打開蚌殼，想釋放女孩出來。可就在那一刻，女孩動了，靈巧地鑽出來迅速游走了。大炳情急之下抓住了身邊那只通體血紅的鰻魚，像根滑溜溜的棍子，向那女孩擲去，也不管鰻魚一向兇猛異常的名號。管他是死是夢，反正肯定傷不到她，至少能讓她回頭看。女孩頭都沒回，她的手只是一掃，一股巨大的水流就讓鰻魚和大炳滾出了船。

他覺得有什麼東西浮到手邊，抓過來一看是只無頭魚屍。身邊魚群在頃刻間散去，重回寂靜。身後有一顆柔軟的氣泡，像頭顱一樣大，晃晃悠悠地靠過來，在他腰間碎裂。咕嘟。突然，萬花筒一樣的白沫氣泡，碎裂的海草和塑膠垃圾，從下方旋轉著向他急速噴湧而來，他一下被裹著頭重腳輕地顛倒過來。

轟隆的巨響中，他用力睜開眼睛。

那艘死者的王船，竟變成一隻活著的獅頭怪魚。無數紅鬚。無數隻張開的臂膀。無數指甲延伸。漩渦的中心許多螢光閃閃的翠綠眼睛。他看不清，海中心的百臂怪魚長了幾顆獅子腦袋，怎麼每顆腦袋都用不一樣的聲音，在對他說話。有的在吼叫，有的在呻吟，有的溫柔感人，有的好像在哭，有的甜膩誘惑。他不能動彈，四肢被這些噴射而出的，海葵一樣的密匝匝的手臂牢牢抓住。又是那老朋友，常常造訪的夢魘嗎？還是說，自己已經掛了？活該就近直接下海裡的地獄？他掙扎不動的時候，發現自己聽清了海中怪魚的每一個聲音。魚的頭顱在模仿著他曾經的心聲。所有詭詐的、嫉妒的、苦毒的、怯懦的聲音。每一個聲音擁有一個頭顱，每一個頭顱綻放出花朵一樣的手臂，病毒一般旋轉複製。無數的人頭，無數的浪。他無力抵抗，自己該死。

他在巨魚手裡。

大炳迷濛之間，身上的壓迫感突然減輕，漸漸放鬆。他聽見雷電脆聲，然後是拖著長尾巴的嘎吱聲，像銅勺刮過瓷片，水下萬箭齊發。

再次睜眼，面前的光是那位少女的形態，長而細軟的頭髮鋪展在臉龐四周，像隻黑獅子，每根毛發似乎都有自己的意志，探著觸手，掩住全身。她隱約露出的面皮粉白，像白海豚的皮膚，身後龐大的劍魚群像人臉，像聚散的植物，個個頭帶長劍，閃動威嚴的燦金光芒。百臂巨魚已經墜入黑暗深處的深處，激起百萬顆珍珠氣泡，看不清了。女孩無話，起身要走。大炳伸開手腳蹬過去，孩子，我們到底在哪兒見過。你是個人，還是一縷魂呢？

你是誰？大炳知道他認識這個女孩，可他怎麼也想不起關於她的事，腦子裡全是霧氣和海潮。他奮力游著追著，但女孩還是不見了，彷彿巨魚與少女都只是一顆幻影中的氣泡，消沒得毫無聲息。大炳卻看見了，光亮，一晃。手錶。女孩掉下來一隻圓形的暖金手錶。

是她。

他想起了這個名字——許麗珍。對，許麗珍。

大炳笨拙地伸手猛抓住緩緩落下的手錶，努力循著光亮追尋那女孩。

6⋯⋯⋯⋯

那時候，大家都不敢靠近許麗珍。唯獨大炳不同。島上靠海的庭院，常常搞家庭音樂會。庭院主人把譜子弄好，分配好這個人彈琴，那個人和聲，家裡鋼琴、小提琴、曼德林、手風琴、鼓、笛子各從其位，主要表演的都是南斯拉夫的曲子。許麗珍常愛來聽，大炳總早早去給她占個窗戶的位置，讓她好好地坐在松綠木框的窗台上，視野清楚不擁擠。每次音樂會要結束的時候，她就笑著跟眾人一起拍手，說「沒夠沒夠，再來」！大炳清清楚楚看到，她是對他笑的，哪怕在學校裡不說話，在街上遇到的時候，她的眼光也是掃到他身上的。他不敢看，但他肯定。他壯著膽子跟她借過書，她也答應的。庭院主人笑著問他，窗戶上的這女孩是誰，他說是朋友，她也是點頭的。

他們是朋友，她認的。可是後來他約她單獨出去，她拒絕了。大炳從阿彬那裡偷來手錶，把阿彬口中「家傳的好寶貝」送給許麗珍，她收了。他試著用手攀上她的肩膀，卻被她打落。他在朋友面前誇口，結果朋友都笑他亂膨風，許麗珍忽冷忽熱就是要吊住你這傻乎乎的漁民仔。也不看看自己什麼樣！

再後來，那個「好寶貝」出事情了。許麗珍那時候辯解說，手錶是家傳的，不是海邊撿的，大家鬧哄哄的都不信。這亮晶晶的手錶，肯定是台灣來的。許麗珍，撿傳單，女特務，戴手錶。一個傳一個，不知在何時夾雜進去許多恨意和嫉妒，最終滾成一個荊棘巨球，劈頭扎得許麗珍面容帶血。說話的都不是惡人，被討厭的人總有些問題吧？你看看許麗珍那張孝男臉！對呀，伊總是裝一張臉，憋得不放屁。幹，她就是欠修理，欠人給她整理到舒適。

聽說有人在暗巷抽她巴掌，踹她肚子。聽說有人故意把一桶海水澆在她頭上。聽說有人剝開她的裙子，把底褲扯爛。但終歸出事後，這些做在暗處的，沒人會承認。許麗珍撐不住了，她說這是別人送的！但已經沒人信她了，把她作弄得更狠。後來她爬上了三層紅磚樓的頂端，下沉的太陽在她身後顯得極為龐大，她的兩隻細腳在鴿群的圍繞下晃啊晃。大炳跟眾人圍觀，焦急難耐。大家調笑，說她就是愛演，開始有人叫嚷著讓她去死，叫得越發大聲。大炳禁不起別人拱，你怎麼不跟許麗珍喊話，你跟她是一夥嗎？她怎麼吊著你的你忘了？他硬著頸項也跟著喊，你死啊，你跳啊。那女孩在上面聽了，慢慢地瘸了下去，最後在眾人的哄笑中爬下來了。

可誰會知道，第二天，同一時間，就在大炳他們去海邊「打魚」的時候，看見她的身影，一身白衣的許麗珍，閃閃發光的許麗珍，乾脆地從山上直跳進海裡。似乎那一刻的夕陽是她身上濺出的血，那麼黏稠，牽絆著綿延的長髮。大炳無法自製地高聲大叫，瘋狂地衝進海裡，可是沒有人找到許麗珍，海也未曾釋放她出來。大炳總會反覆回想當時，眾人沒有要治她死罪的意思，可她卻容不得一點玷汙。那天夕陽軟，她就這樣跳進金光灼灼的海裡，再也找不到了。怎麼會是這樣。他恨過她，他也喊過叫她死，他就是殺人者。

大炳就是太害怕了。可哪怕最後一刻，許麗珍也沒有說出他的名字。許麗珍是替他白白死了。許麗珍比他有種。

那一陣子，他感覺她經常來夢裡找他，並不憤恨，只是誠懇地反覆問，明明我們挺好，你怎麼反而要害我？明明我沒有說出你的名字，你為什麼叫我去死？直到她的面容越來越模糊，只剩下一雙眼睛。

消失的許麗珍，還在施加著對他的詛咒。

許麗珍跳海的那天，大炳殺氣騰騰地去找阿彬算帳。這事不能怪大炳他自己，不能，就怪阿彬，全怪阿彬！可是大炳等到的，卻是哭到昏厥的阿母和一臉頹喪的阿彬。阿彬本來那天要騎自行車載著爸拿錢去對岸還的，結果聽到許麗珍的消息，就心狂火燒地想回島上。爸明明說沒事，他可以，可是他行了一輩子船，根本不太會騎車。他就是不想讓阿彬著急，想讓他放心，就自己騎走了。誰知道爸會遇上那輛失控的土方車？誰知道許麗珍和爸，會在那同一天慘死。

算帳，算你的狗屁帳！

阿彬那時一把推得大炳倒頭栽。

大炳還敢來推託？弟弟阿彬個子小，手腳靈，爸那時候每天求他一起去海邊撿白球，淘到好貨就偷偷賣了還債。哥哥大炳話多，偷吃不會擦嘴，爸就沒跟他說，讓阿彬也不要跟媽說，這算是父子祕密。阿彬幫爸做這事，雖然不耐煩，但也是為家裡好，只能照做。只是阿彬心想，爸到底是偏哥哥大炳，危險的事情不敢讓他去做。在海邊，收音機、鑵頭、時鐘他們都撿到過，說是家裡傳下來、呂宋華僑親戚寄過來的，都能賣得掉。只是那天阿彬在海漂氣球裡撿到一隻手錶，他偷偷放進褲袋，想等下個月，送給許麗珍當生日禮物。到時候跟她說，這個東西不要讓人看見，自己偷偷戴著就好。他也沒想多跟女孩要什麼，她如果收了，自己偷偷開心就夠了。

哪知道在家被大炳看到了。他問這好貨哪來的。阿彬說，哪來的，咱爸給我的，漁行送給爸的。爸喜歡誰就給誰。然後他就放到櫃子裡。誰知道，大炳會早早把手錶偷了，說是爸傳給他的，第二天就獻寶給了許麗珍。要是早知道他送給許麗珍，阿彬一定會提醒她的。可是發現時已經晚了，許麗珍被揪起來了。

再後來，就是許麗珍要跳樓的事情了。阿彬不敢說話，他怕家裡受牽連。可他最看不起的，就是大炳在底下虛張聲勢瞎嚷嚷。閉嘴很難嗎？結果害死許麗珍，還害死了爸。都怪他，都怪大炳。

大炳，當然是另一套說法。說都怪阿彬，全是他，害死許麗珍，又害死了爸。

兩個人一直吵。攤在地上的阿母，突然站起，給他們一人一個大耳光，把兩個人抽得轉螺旋。哭的哭，鬧的鬧，安靜後，阿母說，咱漁民人天天拿命在海上拚，早就知道，命什麼時候被收走都是沒法度的事。有債要還，有嘴要餵，日子要過。三人這才咬緊齒根站起來，安排爸的後事。阿母是家中獨女，向來要強，不然繪船技術也不會傳到她這個女人的身上。有阿母在，兩個兒子也知道要振作精神。

不久，大炳和阿彬先後退學，大炳離島打拚，阿彬留下打魚。

7……………

天空是青黃的光，船上竟然開始落雪，南國的海域從不下雪的。

算了，想那麼多幹什麼。阿彬感覺到自己被雪覆蓋，像裹上屍衣。雪攢在他身上，不冷，也不化。他匍匐在白色雪毯裡，船在身下，起落起落起落。他嘆了幾口氣，在空氣中凝結成一團一團蓬鬆的球，許久才消散。

他不知道過了多久。餓了，就撿起地上凝結的雪來吃。他還得等。在等候所來的到達之前，他還需像一只海上玻璃瓶一樣，裡裡外外被波浪來回清洗。迷迷糊糊睡過去又醒來，天色依然是一動不動。但船上的紙人都沒有褪色，連衣服都沒有磨破。

世事難估算。他越想越遠。生命裡那些日積月累的絕望感，究竟從何時而起？爸死了之後，他就感受到了那種聲音的催逼，好像松樹擺動枝條的聲音，也與海上聽到的嗅聲類似。阿彬童年時第一份絕望是許麗珍贈的，然後是自己阿爸。而後是連綿不斷的、海浪一樣的撞擊。

他起身，撥開厚雪，坐在桅杆邊，手頭是一隻被他上船時踩斷了脖子的人偶，他想要把腦袋安回去，可總是軟趴趴地彎下來。他索性放在一旁。累了，就睡去。

睜開眼的時候，雪都消失了，身邊多了一個人。或許，不能說是一個完整的人。是一位斷頭者，坐在他的身邊。很好，依然是安靜的，至少他沒有嘴，不吵鬧。阿彬看了他一眼，並不駭人，是父親。他出現的時候，阿彬就開始想，自己果然還是死了。或許人死後就有這樣一段漫長的、孤獨的，告別的時間。

「阿爸，你來了。」阿彬說。他小時候看過阿爸的屍體。頭部被覆蓋著，身體下面流淌出一攤絳紫色的影子。阿爸本是海上的一尾活龍，可以把小小的漁船控制得好像破開大海的斧子。每一次劈開水面，就撈起許多的魚蝦。

阿彬以為自己會有很多怨和悔，結果阿爸出現的時候自己只想哭。只想攬住他，然後坐在一起。

父子一場，有恨有愛。阿彬記憶裡，阿爸個頭不大，但人都說他是靜靜吃三碗公，在海上驍勇非凡。阿彬記得有好幾次家裡都得到漁家頭鬃，漁行的人敲鑼敲鼓，拿著長長的紅布來家裡，肉菜都用紅紙包裹，裝著錢的紅包也有整整一大封。那時候阿爸笑嗨嗨，燒酒杯杯灌。但後來，阿爸上大島越發頻繁，阿母後來才知道他是迷上了賭。憨憨漁家人，怎麼能玩得過大島上的人，三兩下給人吃死死。短短一個月，家裡的錢賠光，還欠好多。

最後，阿爸扛不住，終於跟阿母說。那天阿母差點昏落去。她說我們辛苦那麼久，就希望兩個兒子可以在岸上讀書，不再做討海人，你怎心肝那麼硬？阿爸阿母在他面前抱著痛哭一把，哭完就下決定從頭拼起，把債還清。阿彬和大炳飯邊扒，淚邊流，氣得三個月不跟阿爸說一句話。阿彬甚至指著天，大聲說，一輩子不跟你多說一個字。阿母捂住他的嘴，叫他不要指著天起誓，不要指著地起誓，謹慎嘴唇裡結的果。可他肝火旺，還是那個硬脾氣，要麼不發火，一發火就氣不停。阿彬從那天就知道，許麗珍不是他可以肖想的了，阿爸斷了這路。

可阿彬後來想起跟阿爸一起，在海邊撿東西、去海上撈魚蝦、去石頭上撬貝殼的日子，哪怕那時阿彬憋著一張臭臉，卻依然是父與子最好的日子。他不能真的一直生爸的氣。爸也不能生他的氣。

阿彬想不明白，阿爸去還錢那天，不知道是那個坡道的錯，還是那輛土方車的錯，或者，真的就是他的錯，他沒有耐心載著阿爸走。那時候，每個月都去還錢，還了兩年多，從來沒出過事。怎麼偏偏那天，許麗珍出事，他阿爸也出事了。反正最後的時刻，阿爸被刮倒，碾斷，身首異處。有人說他的頭顱最後還喊了一聲疼，有人說當時只有剎車尖銳的聲響和行人的喊聲。不知道，他沒有親眼見到最後一刻。

現在，阿爸就坐在身邊。比記憶裡高一些，即使沒有頭。他主動伸手攬著阿彬，彷彿阿彬還是那個十歲的男孩。也是，阿爸看不見現在阿彬滿臉的紋路，看不見阿彬的年紀已經比阿爸死的時候還老了。阿彬想說阿爸我不該讓你自己騎車，可話說到一半就被阿爸打斷，他遞來一只紙包。阿彬打開，裡面是一塊只剩下一半的綠豆餡餅。

每次阿爸出海，阿母會給他準備一只綠豆餡餅，不多，就一只，因為是岸上的東西，貴，偏偏爸愛吃。大炳和阿彬也愛吃，每次趁著深夜，兩個死小孩，一次偷捏一點，偷舔一口，最後都只剩布滿細細牙印的半只餡餅。爸每次在海上打開，怎會不知？但他從沒說過一句不是。

阿彬悉心撿起那餅，揉成藥丸大小，一小顆一小顆放進阿爸脖頸露出來的食管裡。自己也跟著吃，阿爸的手勢，阿彬知道是小時候愛說的那句：一人一半，感情不散。

才一起坐了少時，阿彬就把此生積攢的恨意全都消散了。

那一點久別重逢的感激，阿爸手掌的完全接納，讓他突然有勇氣自願接受所有。他有些記不清阿爸的面容，現在也無法盯著他的眼睛。所以說話的時候，他就盯著阿爸薄單衣上那不斷顫動的源頭，裡面有顆心。他就盯著那心臟的位置，把所有說進去。不講什麼虧欠，就跟他說自己現在過得不算差，也當了爸，兒子孝順忠厚，阿母也是自己和大炳好好送走的。阿爸捏著阿彬的手，阿彬說即使阿爸沒去賭，即使他活著，即使阿彬能上岸讀書，像大炳那樣，成了岸上的人，他的日子也不會翻天覆地地不同，他也不會日日歡喜不憂愁。只不過怪別人，會讓他好過些。但如果，那天沒有撿那只手錶，如果沒有撇下阿爸就好了。無頭阿爸輕輕揉著阿彬的腦袋。

兩人無語間，海卻傳出聲響，好似萬箭齊發。阿彬抬頭，看見一千隻腰肢柔軟的四翅天使，展開冰藍色的翅膀飛躍船身。鹹的海水滴亂噴，在光線下白若珍珠。飛魚！他興奮地大叫起來，畢竟困在船上多時，已很久沒看到海中活物了。

那飛魚，卻似甘願獻身一般，無止境地往船上撲，飛散在船的四圍。一瞬間，竟堆了滿滿一船飛魚，帆布下的紙人都被壓倒了。阿彬和阿爸把魚一隻隻扔回海裡，兩人在比賽，一個比一個扔得快。但實在太多了，大約有十幾隻掉落在角落裡的魚，來不及扔回海裡，還是窒息了。剛死的魚身上會突然迸發一絲脆弱的光澤，幽幽發藍。阿爸熟練地用竹籤剖開死魚的肚腹，放在船頭曬成魚乾，這是討海人閉著眼睛也會做的事。那股海水的香氣勾人口水。風乾後，他呈給阿彬，等他吃下。阿彬依然是阿爸的兒子，阿爸依然能給他吃飽。

吃飽睏，睏飽吃。阿彬躺臥在斷頭阿爸的胸膛，聽著裡面怦咚的心臟，他眼皮發黏。海搖著船，船似搖籃。這是他的阿爸，拋開腦袋，留下心。沒有晚上，沒有早晨，阿彬猜這是第七天。

他再醒時，頭殼枕在自己麻掉的手臂上，阿爸沒在。阿彬眼睛尚未睜開，覺得自己好像做了夢，看到斷頭者離身的樣子。阿爸被阿母牽引著走了，姿態瀟灑不受拘束，而阿彬自己嘴巴嗚咽著，如嬰孩一樣伸出手，卻留不住他們。從此，阿彬，還有大炳，是無父無母的孩子了。

成了。阿彬突然張眼，天色微紅。

他先是感覺到一種甜蜜的清爽，感覺自己沉沉地睡了十年，然後被早晨帶著香味的氣流喚醒。但隨後感覺到身體的下墜、沉重、潮濕。對，潮濕的氣息從腳心綿延而上，毫不客氣地穿過他的腸子和胃袋，抵達他的脖子。他低下頭，發現自己的身體如同一座泉源，向外滲水。於是，衣服吸飽了水，越來越重。癢，他摸了摸頭髮，黏膩的髮就像剛剛從海裡撈出來的海膽。眼睛也被鹽分刺激得難受，他揉了幾下。

是錯覺吧。

彷彿自己剛剛從海裡登上船。

阿彬的腦袋微垂。他想起某個睡醒的午後，暴雨快降下，偏偏溝渠旁有一朵沉重碩大的野花卻選擇開放。他此時的腦袋，就是彼時的那球花，向外潑濺著隱約的花粉。

醒了嗎？在夢裡嗎？他不知道。

8…………

海中女孩回頭的同時，大炳也看見那巨魚從深處再度躥來。

注意身後！大炳朝女孩游去，指著她的身後。

巨魚已到身前，腹部瞬時張開肚臍，裡面滿是尖牙，卷起強力漩渦，魚蝦都被裹著向他們沖來。大炳縱身上前，用盡全身氣力，推開女孩，自己卻被吸向巨魚肚腹。黑色波浪漫過他，水草纏住他的頭。他上半截身子卡在外面，急忙喊：

「快走！我早該賠你一條命！」

旋即，大炳被吸入腹中。他大叫，腿軟，手抖，眼發黑。他想到，這些困在水裡的，都需要有替代者。那就讓自己去替代許麗珍吧。替她死一次。

魚腹內靜謐無聲。大炳稍稍冷靜下來後，才勉強站立得穩。他看見內裡是冒泡的深潭，布滿藍色的細小浮游生物。微光裡，他瞥見潭中心有一截魚骨，像小拱橋。大炳頭暈目眩，慌忙坐上去。空氣裡有一種肅靜而壓迫人的氣息，讓他的心發痛。他想著，諸水環繞我，深淵圍困我，海草纏絆我。如果死之後還有再死，那這就是自己贖罪的機會。但這也意味著，他要永遠欠女兒、老婆、阿彬，永遠還不乾淨。

令人沮喪。自己一個人的死，根本還不上欠那麼多人的債。

空氣裡帶著粉末和焦土的氣味，焚屍爐的味道。

大炳說，啊。魚肚卻吞噬了聲音。太靜了。這裡是一個小小的隔音密室，待一會兒就感覺一切心靈都被吸食乾淨。大炳時而對自己搖著拳頭高喊，時而唱歌唱得淚流滿面，時而豪情壯志，想吟首詩卻發現自己根本記不起來，時而對著黑暗微笑，感覺那些亮光在轉圈圈。他想，億萬條魚還在海裡巡游，億萬個人還在陸地上活著，億萬顆星星排隊等著升起。自己這些年，沒學到什麼實在的手藝，倒是在生意桌上學會了些風雅本事。

他抬頭看魚腹裡細密蜿蜒的紋路，那些暗色的血流像冬天的林子。林子。木頭。棺材。

重新來，林子。柴火。火葬。呸。換成冬天。冬天。白色。喪宴。怎麼腦子裡還是充滿這些想法，離不開死。唉，我這一輩子就這麼結束了。大炳想著妻女，差點噭噭哭，不敢想了。大炳想著阿彬。大炳臨入海的時候，用力向上推了阿彬一把，但不知道阿彬是不是活了下來。大炳想著許麗珍。他是不是可以說，至少不欠許麗珍了？他感到些許安慰，努力把腳縮在魚骨橋上，但不知道什麼時候這底下的液體會漲溢，然後完全地淹沒他，消化他。為什麼不呢，許麗珍也沒有得到比這更好的結果，自己又有什麼不能經歷的。但死了以後再死，他又要去哪裡？別想，別往深裡想，還是繼續作打油詩好。劈哩啪啦劈哩啪，我就是個大王八。把自己逗笑。劈哩啪啦劈哩啪，大魚有個大懶葩。笑更大聲。然後安靜下來，開始憂愁。

沒事幹。在死中等死。大炳開始想像自己在讀一本書，腦子裡帶著圖片的那本，他在浮游生物明明滅滅的光裡反而看得很清楚。大約就是自己的過往。可突然，他感覺到世界傾斜了，幾乎無法坐穩，他的頭感到無窮吸力，他在上升，在一堆黏液裡保持上升，眼前又暗了下去，沒有浮游生物了，什麼都沒有，只有長長的黏膩的貼身的道路。他不知道持續了多久，但每一秒都很漫長，他試圖伸手抓住什麼來減緩速度，但實在太滑了。最後在長路的末尾，他感覺有光從頭頂滲下來。

一股包裹全身的迫力傳來，他每一寸都被重壓，難道這就是最後的死亡時刻了嗎？眼前有一扇大門打開，熠熠生輝。來不及想，他就發現自己被噴射而出，又進入了海裡。他回頭，眼前是一張空洞的大嘴。嘴吩咐他，上去吧。每顆牙都有一扇門那麼大。上哪裡，去哪裡，大炳整個人霧煞煞。

這只巨大的深洞般的嘴，開始越變越小，最後小到足夠安放在一張白面皮上，這是許麗珍的臉。大炳才發現，吞下他的大魚，就是女孩。夢魘，就是女孩。她們本是一體。許麗珍幻化獅頭大魚，將他吞進腹內，而後又吐出來。頂上就是海面，大魚若船，帶大炳一路上行。

許麗珍輕輕一推，大炳感覺自己浮出了水面。大炳回望著水裡漸漸下沉的她，突然想起那張臉。許麗珍夕陽裡的臉，那麼清晰。他知道她在說，悔過之後，給我扎扎實實咽下這些虧欠，乖乖地在身體裡受苦，以至於得救，而不是出逃。她送他，不是耽延，是憐憫，是懲罰，是送他回去身體裡坐牢。

他盯住許麗珍，不肯閉眼。她乾脆伸出濕潤的手，脆脆地給了他一巴掌。就像阿母當初的那巴掌。然後又是一巴掌。左右開弓地扇，扇得他天旋地轉。如果能再見到阿母，他願意被一直這樣抽耳光。

他閉上眼睛，又睜開眼睛，看見紅色的蒼穹裡有隻大船。他眨眼。天空沒有船，有一隻巨大的純白飛鳥。他能看清鳥脖上的每一根絨毛，如何在光線中傾斜、抖動，還有牠貝殼圓扣般的眼睛。他看見飛鳥穿行於雲朵之間，雲朵遊動於天光之間，那些細薄的、如煙的天光，傾斜著透下來。高天之上的光，原來也在不斷地縱身下墜，從雲朵的高峰上躍下。他再眨眼，看見光的下面，有張黑臉，有隻粗手，還在抽他耳光。不停地抽。

阿彬？

怎麼是阿彬？大炳坐起來說，哎喲，夭壽疼！阿彬興奮地晃他，醒啦醒啦！大炳說作甚啊，我差點被你打成豬頭！

就在五分鐘前，阿彬在船尾盯著海。他發現海浪在翻動的時候，露出殷紅的底色，赤潮席捲了這片水域，甚至卷到天上去。他注視著滿天絢爛明亮的紅霞，眼睛逐漸變得透亮，就像新的一樣。

時間重新動起來了？

不再是白天白夜，天上有了夕陽！阿彬聽見打水的聲音，轉頭看見了他自己的小船，而大炳，手抓著船邊，在海上漂著。阿彬跟顆子彈一樣迅速射入海中，單手從小船上拽過漁網，裹住大炳，把他拖上了船。只是大炳明明有呼吸，卻閉著眼睛，阿彬不論怎麼叫，也叫不醒。阿彬說絕對不是出於報復的心態，只是救人心急就拍了大炳臉幾下。大炳摸著紅腫的臉，跟阿彬話道謝。大炳說，感恩你救我命啦。阿母的房子全給你，反正我有錢，房子一直沒打算要，故意氣你的。阿彬說哦，半間房換一條命，你想得美哦。大炳說，有量才有福，生孩不會大頭凸。

阿彬才剛剛意識到，自己竟然能跳出船了。小船艙裡卡著他的黑白機，他打開一看，還能用，時間還是出海這天，僅僅過了兩個小時。他有些驚愕，大炳也還沒回過神，兩個人對看一眼，就知道對方應該也遇到了差不多的怪事。阿彬想不通，把小船靠上王船，又爬進去。大炳說什麼也不肯自己待在小船上，也跟著爬上王船，嘴裡還在囉嗦說這王船怎麼刮進海裡了。

阿彬覺得這船是那船，又不太像。船上密密匝匝的紙人還在，嶄新，無一損壞。他從船尾走到船頭，沒有餘留的飛魚乾，船帆未曾降下，形狀也變了。船頭獅子的顏色也轉為草綠色，眼睛變小，鬍鬚短了許多，嘴巴打開了，有白牙露出。船身不再素淨，遍布繪畫。阿彬感覺大腦打結。大炳也看呆呆，他剛剛發現這船，與追逐他吞噬他的那條大魚，長得像，又不像。

9

白日將盡，緩慢行至彌留的夕陽時分。抓了抓帶著鹽分、發癢的頭皮，阿彬突然說，我要把這船拖回去。大炳說，起瘋。阿彬說，我要把這船拖回去。大炳說，真的假的。阿彬一邊放下船帆，一邊說，你不用動，我自己來。大炳看見他那麼疼惜，那麼小心地收束風帆，說，算了算了算了，今天情義相挺，陪你啦！真是討皮疼。

大炳在船上張望的時候，突然大叫起來，指向欄杆上的畫。他倆看了又看，太熟悉了，這是阿母畫的。可是阿彬確定這畫，之前明明沒有出現過。他倆仔細看了欄杆的每幅畫和船尾的龍像，明白過來，這是阿母死前繪畫的最後一隻王船。看來之前她天天跑出去，還是去繪船。兩人沉默了一會兒，抬頭看見落日，浮腫的太陽在海的邊緣失血，血液噴濺在棉花雲上。

兩個人趁著夕光，用漁網和纜繩把兩船勾連在一起。一人一槳拼命搖，嘎吱嘎吱嘎吱嘎。

「幹你老。」大炳低吼了一聲，被阿彬的眼神封殺，趕緊閉了嘴。他後面忍不住補一句，手疼嘛，還不讓喊兩句。手心的疼，像根釘子逐漸入肉。嗓子乾渴，大炳每搖幾下船，就要猛烈地咳嗽幾聲。他懷疑自己喉嚨的內壁已經絲絲縷縷地裂開了。眼見著明亮的雲朵漸漸暗下來，天空從深紅凝結為暗紫。

天深處，大風刮起，搖櫓甚難。忙活半天，船也沒移動多少。阿彬剛剛不小心站著睡著了，猛然趔趄*一下，被大炳用力撐住，兩人都沒有鬆手。夜海像座鬼魅橫行的城市。特別是現在，赤潮氾濫，波浪卷起時就有藍瑩瑩的光透出來。

浪潮上，木船拖王船，草蜢拖雞公。一根繩，兩個人，無數相反方向的浪。

阿彬不止一次聽到大炳肚子的轟隆聲，彎彎轉轉那種。後來阿彬的肚子也九曲十八彎地回應起來。肚子膨風。兩個人站在船上，腳靠在一起，彎著腰，時不時要用力拉動一下纜繩，他們就像是同負一軛、在海上犁田的兩頭老牛。後來眼尖的阿彬先看到海中的小燈塔，一閃一閃地綻放信號。離岸越來越近了，他們盯著即使在夜裡，也被燈光擠得密不透風的島嶼。自從看到小島，兩個人精神大振，忍住背部和雙臂的劇痛，繼續猛搖。

潮水的方向終於也改變了，把他們往岸上拍。

真正的艱難，總在陸地上。後半夜更像是一場疲憊的夢遊，四隻手凝合在一起，把船

*身體搖晃，站立不穩的樣子。

拖上岸。阿彬感覺到纜繩嵌入肩膀，有血滲出來，又被衣服上的鹽醃漬過，疼得發麻。大炳在滑溜溜的沙灘上摔了三次跟斗，奇怪的是他不再碎碎念，而是默然無聲，爬起來繼續拉。阿彬想起那天，跟大炳和其他親戚，一共八個人，一起抬著阿母的棺。

阿彬一覺醒來，已是另一個黃昏。

他身下是冰涼的石板。頭頂上，一個淺藍鐵牌寫著「公廁」。昨晚竟睡到了這裡。他記得的最後畫面是看見遠方和近處，事情同時發生，風的聲音灌滿露台。路的盡頭，燈帶極速閃爍，橋那頭，黑影裡的人在搬動些什麼，對岸有人打開一扇門。阿彬覺得身上長出了那隻船，血肉和船的木板結合在一起。他好似在夢裡穿梭，看見許多故人乘船而去。阿彬想，那船到底是困住死人的所在，不是活人的領地，留不住的。

而此時，大炳不知所終。阿彬有些困惑，海上的球和船，大炳跟他一起拉和抬，這一切是不是發生過。

突然，喇叭放出歌仔戲，像把尖鑰匙把阿彬腦子撬開，他逐漸清醒。他聽見一陣更大的喧鬧，正向他靠近。起身到街上，阿彬看見儀式的領隊「彩蓮頭」穿著黃衣走在隊伍前列，其他彩蓮（水手）穿著蔚藍色的衣服緊跟在後，鞭炮在他們身邊炸開，彩色的碎屑和灰色煙霧灌滿了街道。

那艘獅頭王船，在他們之後，被巨木做成的擔架抬起來。村裡所有男人們擁擠著，輪流把肩頭送上，爭搶著扛船。王船在眾人的肉身上游走，在街道裡向前行。一路上，站在街邊沒去扛船的婦孺，都在拼命地伸手，向船內遞上自家準備的紙紮小人或紙紮牲畜，還有用紅布包好的祭品。

阿彬忍不住跟著船一起走向海邊。

王船到沙灘，周圍人歡喜快樂，高喊跳躍。這是慶典。這是慶典。

長袍道士在綿密地吟誦，身上亮線繡出的神獸和濃花都閃著光。潮水漲到最高時，開始王船化火。道士師公舉起紙錢引火，整艘船開始在烈火中迅猛燃燒。一層層、一片片的民眾開始下跪，對著明亮的巨大的火焰船下拜，舉起虔誠的手。人群中只有兩個人愣住了，站立著，好像兩根鹽柱。船在燒，阿彬看到大炳。船在燒，大炳看到阿彬。他們看到彼此眼睛被火光映亮，開始覺得喉頭發緊。阿母跟他們說過，王船受造，就是為了被燒作灰。

鞭炮燃炸，流出濃霧，牛奶般一股股。師公威風地搖一只鈴。

耀目火光裡，紙偶人影幢幢，那些金的銀的頭飾、模糊的面容，輕飄飄消失了。船上厚厚的祭品，米、肉、金紙，也被烈火吞吃、消化了。火燃燒時，他倆同時聽到了海上那種永恆的，松枝晃動的聲音，同時看到了海上的日落月升，星辰的綻放消弭。從黑夜到白晝，拼命拉拽的那條王船，在這裡被徹底火化，變作大片明亮的灰燼，然後逐漸暗淡下去，形成一座黑色廢墟。

然後在某一瞬，他們走向彼此。先是大炳，然後是阿彬，在喧雜的鞭炮聲中走向對方。船的桅杆緩緩倒下，指向漁村的方向，所有人爆發出巨大的歡呼。

擁住了灰頭土臉的對方，大炳和阿彬忍不住笑起來。這醒來後的一切，惹他們發笑。周圍的人，莫名其妙，也笑起來。這兩個滿身狼狽、看起來有些瘋癲的男子，站在灰燼的邊上，輕輕攙扶彼此，直到人群盡都散去。

鯨路

有人找我，說妙香姨快去後廚，家屬又在鬧。

我過去，就聽見寶如說，果盤擺芭樂，要撒甘梅粉，沒別的，就是女兒喜歡。春捲不要蝦，狗兒蝦也不行，只放豬肉。白灼章魚換醋肉，醋肉要夠酸，但不能太酸。紅糟肉要用真的紅糟，不要隨便用叉燒糊弄。就算是喪席，也要給外地特意趕來的賓客吃好，不要讓人吃得哭爸哭母。

差不多，免計較。廚師幫工還想辯解，旁人都猛使眼色讓他別說話了。

差淡薄，差一點，差一勺糖都不行，我女兒就差那一步。寶如說。

我出來講，算了啦，家屬想做點事，由她。我把幫工偷拉到一邊，跟他說，我跟廚房早交代過了，大家就順著說好好好，儘量儘量，拿紙筆假裝記。等她走了該怎麼做就怎麼做，別看她千交代萬交代，這款樣子的，到時候開席，一口也吃不進，吃進也吃不出味。誰叫你那時偷懶不在，該聽的都沒聽啊。

寶如的心情，大家不是不知。她來殯葬一條龍店裡時，真正面如死灰。其實平日需要服務的死者，來處無非是醫院和養老院，多是我們這種老傢伙，雖然傷心都是傷心的，也不至於過分意外。燈頭蠟燭，什麼時候滅了就滅了。可是這次的死者是三歲小孩，按照本地風俗，連告別式都不該有。「無緣的孩子」，草草入殮便是，不適合大操大辦。遠一點的鄉下，信封建的，孩子燒掉後直接扔山上或荒塚裡，免來纏身，你不想做我的小孩，那你就走吧，快去投胎免流連。寶如和她丈夫卻說我們不忍，還是想花錢給她辦葬禮。

可問題是，孩子的屍體都找不到。

反覆折騰半年，最後是把沖上岸的小件粉紅蓬蓬裙以及孩子最愛的玩具放一起燒掉。焚化時，寶如不哭不號，眼角乾燥得起火星，倒是她的丈夫幾乎站不穩。店裡沒有專門給孩子的小號骨灰盒，所以那一點點的灰燼，只能稀疏地裝進常規盒子裡。寶如說捧起來，大約是女兒出生時的分量。雖然沒屍骨，但重量是真的。孩童的幼骨，燒出來非常細小，大約也就這點重。

有葬禮也好，給事情做個了結。畢竟島上員警很快就找到了海邊店鋪的監控，芒果冰店外那一只攝像頭剛好掃到孩子小小的身影。她敏捷地在浪邊遊走，又一點點攀上礁石。有一度，那孩子起身，要離開礁石區，可又突然停住，對海招手，回到石頭上。潮水慢慢上攀，孩子渾然不覺，還向前走了一步。然後就是那個巨大的浪。一周內，除了裙子，沒再撈到什麼，事情早成定局。葬禮上，還是請了詩班唱詩，但寶如拒絕牧師的安慰，跟他講了一個上午的宇宙大爆炸。我忙著布置靈堂，分發包著話梅糖和紅絲線的毛巾，走來走去的時候，聽她在那裡講物質轉換，物質不滅。牧師說好哦，好，你慢慢說不要急，好的大爆炸。寶如說世間不可能有什麼規則，也沒有人在天上守護我們，不然我女兒那麼乖，養得紅膏赤脂，人人愛，怎會遇上這事。誰會知道，孩子一路跑到亂石角，平常我們從來不去那裡。牧師說苦難是奧祕。寶如沒在聽，她還在說最好是再來一場大爆炸，把所有的分子重新組合，死的都可以活過來，無變成有。這多難，不比神話容易。

葬禮之後就是紅糟肉宴。家屬雖然在開席之前鬧騰，通常吃完紅糟肉，喪宴散場，逝者化灰，人的情緒也差不多消化殆盡。走的時候，哪怕有喝多的，互相稍微攙扶，一步一腳印走得也滿帶熱氣。寶如卻不是。她乾燥得令人不安，體內隨時在進行著一場爆炸。走路的姿態，讓我恍然間有種熟悉感。

寶如的魚丸店離我們不遠。出事前生意很好，她自己說，若不是生意太好，也不至於沒發現孩子跑走。葬禮前他們似乎勉強重開過一個禮拜。我去吃過一次。寶如跟往常一樣坐在店門口包丸子，一個又一個丸子從她虎口處蹦出來。她丈夫站在那口大鐵鍋前面負責煮，拿一只比臉還大的鐵勺不停地撈，與先前一樣。有人問寶如，有沒有魚丸，她就說，再也不賣海裡撈出來的東西了，她的孩子還在海裡面，任何一口都可能是孩子的血肉。從今往後，只有素丸、貢丸和牛肉丸。然後她就開始細說，她是怎麼發現孩子丟掉的，然後沿著街找，又去了島上主要的三個沙灘找，最後半座島上的人都發動起來幫忙找，天越來越黑，越找越急。她說我只是突然間發現了一件事是真的——死這種事情是隨機發生的，比如所有來店裡的人，至少會有一個死於非命，他們的孩子裡，或許也有一個會不能活到長大。是真的，死會來找我們，它一直都在隨機開槍，但我們還渾然不覺地在路上走。所有食客聽得脖子發涼，吃到嘴裡的丸子也內裡冰硬。我換了假牙，當時咬緊牙根拼到最後，還是放棄了，那牛丸好像怎麼也煮不熟。

葬禮後，寶如來找我們，給骨灰盒選了壁葬。現在位置緊缺，都要靠搶，我陪她挑到的位置，竟剛好在三歲小孩的高度，蹲下來，就能看見那張小小的相片。可等墓碑製作好了，寶如卻遲遲不肯將骨灰盒封入墓穴，錢也拖著沒繳。我打電話催款，沒人接。菜市場、街道上，也一直沒看見他們夫妻的身影。

他們一家住在海街的魚丸店樓上。寶如和她丈夫大概是在七八年前，旅遊最旺的時候來島上的，在靠海的商業街開了家魚丸店，掛上黃底紅字的招牌，寫著百年老字號寶如魚丸。俗又有力。雖然名號是假的，但比起其他狂加硼砂騙遊客的店，她家的魚丸還是加了貨真價實的鯊魚肉，用大骨湯熬熟，味道足讚。寶如個子高，腦子活，店裡店外都是她一把罩。我們殯葬一條龍的人，常誇寶如會做人。店裡懶得做飯的時候，會去他們店買些魚丸面來吃，只要是本地人，她總多給幾顆丸。但最近經過魚丸店，不僅店面捲簾門緊鎖，樓上也毫無燈光。

這樣的事，島上並不少見。時不時，就有孩子因為生病、意外離開。然後那些孩子的父母就跟失蹤了一樣。悲傷讓人從內向外坍塌，縮小到看不見，除非他們能被時間重新泡發。但大部分人，就這樣消失了。未必是死了，就是縮在我們生活背景的某一處，在日常笑聲覆蓋不到的地方，無光的所在。家人死了以後，死亡就成了家人，住在家裡，不肯離去。

我常失眠，凌晨輾轉睡不著時就會去海灘。夏天在這座城市消耗得慢些，但到了年底，熱氣也差不多耗盡了。冬天海邊常空無一人，實在太冷。前些天，我在海灘看到寶如。她丈夫不在，就她自己，坐在離海浪很近的階梯上。她雙手捧抱著一條白色的東西，仰著頭。月光下我看不清，只覺得那東西濕漉漉地發著光。海風冷吱吱，我脊背發涼，不敢上前，就回去了。

想了幾天，我決定去找寶如，一來是去看看她現在怎麼樣了，二來還是催款，那錢還是我們店裡先墊付的，不然那墓穴早就沒了。但是年底了嘛，我們島上許多有新亡人的家庭，要在大年初三「燒新床」。所以殯葬店裡堆滿了各式紙紮房屋，小套房、雙層別墅或是帶車庫的無敵皇宮，總之豐儉由人。店裡自創的紙紮，細節做得精細，周邊黏著碧綠或者瑩藍的亮片，房間裡還擺上紙床，讓用戶在地下不需打地鋪。賣得特別好，所以這些天都忙這個，想出去卻老離不開。快出門時，我接到寶如丈夫的電話，他說，妙香姨，我暫時回老家收拾一下房子，但我不放心寶如，請你去家裡看看。求你了，我也沒別人能交代了。

寶如夫妻倆來島上這麼多年，我連男人的名字都不知道。刻墓碑的時候，一家三口的名字刻在一起，我才知道男人叫志堅。也是，做餐飲的人哪有交朋友的時間？每天從早做到晚，一周七天地幹，拼命賣才能追平越來越高的店租，拼命幹才能有好日子。他們在島上其實並無依靠。我想了想，說，志堅你放心吧，我正要去。

轉行到殯葬店這些年，我儘量不跟死者家屬多聯繫，而他們也避之唯恐不及，畢竟在大部分人眼裡，我們代表死亡。可是殯葬不能只當生意做，死亡是個連綿不絕的事，人情在，生意才能做不完。大家都知道，只要他們開口，能幫的我都會多幫些，這是我們店在這人越來越少的島上還能維持下去的原因。而且，寶如這邊我無法完全抽離，想來，是希望對自己的遺憾有些彌補。

我們店裡，原本有對夫婦。女的給死人化妝，男的在外面當電工，有時候也來店裡幫忙修理東西，很會賺錢。夫妻倆疼孩子。孩子長到十六歲，上重點高中，人很帥。他們很少讓小孩來店裡，但那孩子每周日在路上遇到我，看我手上有重的東西，就會幫我拿。很乖。他媽有點潔癖，明明不是她的事，也總要把店裡收拾得很乾淨。他爸說，他們要是出去吃，都要吃好，不會隨便去那種差飯店。

可一日，孩子踢足球，昏落去。送去醫院做全身檢查，怎麼就檢查出胃癌。人家是爸媽的心肝寶貝，全力以赴治。到第五個月的一個禮拜天，這孩子身軀很難受，就跟父母說，爸爸媽媽，你們叫醫生給我救一下。他真的艱苦。父母就含著淚，跟他說，不是爸爸媽媽不救你，然後才把實際情況講出來。孩子聽完，認了，沒一兩天就死了。他的命本來就是到尾了。死後，自然是我們店去處理。當時我跟他們說，你們都知道，閩南風俗是孩子的葬禮不能做得太熱鬧的。他爸說這個孩子很乖很聽話，沒給我花過錢。所以，我照樣要給他租靈堂，找詩班，給他弄得好好。他媽在我們店裡幹了好多年了，忠厚，也同意給孩子弄得堂堂正正的。葬禮上父母是很不忍，但也沒辦法了。葬禮後，女人來店裡，辭了工，說要換換心情，之後我就沒見過這對夫妻。

過了差不多一年多的一個春節，醫院給我打電話說，有個女的死在大島醫院，叫我過去。哎喲，去了才知道，原來死者是那女人。我說，怎會這樣？她丈夫說孩子死後半年，女人也開始不舒服，檢查出來是肝癌。給醫生看，醫生說再活也就半年。然後他們就決定說，要放棄。他兒子是他們親自陪著醫病的，知道最後在醫院待著也沒用，所以他們要放棄。離開醫院，夫妻倆就去台灣玩。我問，你們有沒有去 101 吃小籠包？丈夫說，我跟你說啊，我們可不是去吃什麼小籠包，我們去一定是去吃好料。什麼好料都吃，只要她吃得下。他們愛去台灣，因為說話能通，東西也能吃。所以一年的時間，去了三次。兩個人留那些錢幹什麼？妻子到最後，很難受了，再去醫院，在醫院裡死。這樣後，丈夫傷心得很，他說我一切都沒了，兒也沒，妻也沒。我沒希望了，我覺得生活沒意義了。一切都是悲觀失望。我說，你不能這麼說，生活還要繼續。你要堅強。我自顧自給他說了很多很勉勵的話。結果，過了兩年，有個陌生女人給我打電話，她說她小弟過身了，叫我去。那天其實我沒去，顧著在別處忙，後來去了才發現，是這個男的自殺了。他在租的房子裡，設計了一套電線纏身的方法，給手腕和心口通電，但又不引起短路，還認真放了告示，讓人記得先斷電再處理他。

本來他夫妻倆在島上有房子，三房一廳。孩子死後，他們就搬出來，租了兩房一廳住。他妻子死後，男人又出來自己租了一個單間。他的生活也算是度日如年了。身邊有錢，都花了。結果他自殺，遺囑寫得太清楚了，上面說，我這房子是租的，本來想去公園，可是在公園連想死都沒辦法死，人都在看。實在逼得沒法，才在這裡，用這方法結束。你儘量不要讓人知道，儘量靜靜給我拿下來，不要影響後面人家租房子。我，欠了房東房租多少錢，放在抽屜裡一分不少。信還交代說，第一個發現他的人，一定要來找妙香姨，還寫了我的電話。

那天我回到店裡，自己靜靜坐著，突然想起那段時間有一日坐公交，看見他在街上過馬路，就在我眼前，安安穩穩地行過去。很平常的一幕，不知道為什麼一直留在心裡。那時候我有種感覺，有些人走向死亡的時候，帶著無可阻擋的姿勢。就那一瞬，我有過這想法，但後來忙，也沒再找過他。再次見他，已是屍體了。我不是故意的，但確實那陣子在自己的事情裡，離得遠了，也沒去關注他們。

在女人的葬禮上，那男人其實問過我，他說妙香姨你見過世面，能不能推薦我，還有哪些地方好去旅遊？可是後來有人過來找男人說話，這對話就斷了。我有些後悔，那時候那麼拙口笨舌，只會勸人家堅強。我應該找到他，跟他說，我們店裡來了年輕人，跟我們說過，其實還有很多地方可以去。都柏林、馬爾他、捷克、巴西、南極，世界上有的是地方可以去。有伴就結伴去，沒伴就自己去，沒錢就攢攢錢再去。至少在遠處插根標杆，有個模糊的目標也好。可我沒說。說了，是不是事情就會有些不同。

我一想這些事，心中就糾纏，越到晚上，腦子越清楚。許多事都能彌補，偏偏死這事無可彌補。還在想著，就走到魚丸店，捲簾門鎖著。我把耳朵湊近，聽見裡面隱約發出鬼吼鬼叫，有東西爆裂，有女人尖叫，有子彈和腳步聲。我用力捶門，寶如從樓上探出她的蓬腦袋，叫我從後門繞進去。

我推開了那道虛掩的門。走上二樓，電視機裡面是近來流行的僵屍災難片，每個人頭被咬掉，血噴滿地，城市爆炸，還蹦跳著拿槍轟對方。寶如關掉電視去給我泡茶，我把滿手的袋子提進廚房。角落有一包橘子，晦暗的綠色立體黴菌像火藥一樣撒滿果實。我想幫忙把發黴的橘子拿出來扔掉，一伸手，果子像癱軟的肉一樣，裡面的汁水混合著黴菌粉末炸落一地。地上還有一盆文竹，已經徹底變成亞麻黃，再澆水也活不過來了。窗戶大開著，夕陽的光線從靠海的那邊，伴著冷風射進來，家裡流淌著長長的陰影。我打開冰箱，把帶來的炸醋肉、拌麵、韭菜盒、蚵仔煎、白灼本港魷魚放進去。

寶如一邊道謝，一邊遞茶給我，問我最近怎樣。我說店裡忙，快要初三燒新床了嘛。寶如說唉，新亡人果然不止我們一家，可惜我不信這個，不然就找妙香姨你買。我說我也不信，這個是燒給活人更多於死人。

前幾天我看見你了，我說。

寶如沒回答，從抽屜裡掏出十塊二十塊的一沓錢，叫我點點看。我慢慢地數錢。近年來，算數越來越緩慢，稍微有點分心，就必須重來一遍。幸好寶如很安靜。過了一會兒，海的氣味從窗外爬進來，柔軟地癱倒在我們身邊。我數好了，沒錯。月亮已經出來了。我們坐著，開始一口一口喝茶。順著窗看去，夜裡的海是水泥色的。燈塔白光，可以看見這水泥海面並不規則的紋路。

寶如說，妙香姨，我近來還是無法睡。做夢時總癢，感覺密密麻麻的魚蝦在啃皮肉。醒來太安靜，想到孩子最後一刻浸在水裡，不知有沒有受苦。想哭，但不想在這房子裡大聲號，整條街都能聽到。那天我去了海邊，還是想著，或許能找到女兒。活的女兒。後來又想，哪怕是海交出她的屍體也行。坐在海邊，我忍不住罵這個海，你帶走了我的女兒。突然，黑色的浪推過來一個東西，我趕緊捧起來，原來是條死魚。滑溜溜的，不重。我抱了它一會兒，然後埋了它。就埋在窗外的海灘。

風真涼，我打了個噴嚏。寶如趕緊起身把窗關上。

窗外的那片海是顫動的、巨大的生命體，卻輕易被玻璃隔去了聲響。我們繼續喝著手心的暖茶，與窗外黑色的島嶼、灰色的海面對峙著，一言不發。一艘黑色的長船，默默從左到右推動。

你們要走嗎，我看見房間裡堆滿紙箱。

對，志堅說要我一起回老家。收拾到一半，我們又吵。我用力踹他，把他踢出門，他沒回來。他竟然要把我女兒的東西扔掉。

我剛才開冰箱的時候看見了，保鮮層是空的，最中間只有一個兒童塑膠碗，擺了一片咬了一口的煎菜頭粿，用保鮮膜纏裹著。那時候我就大概猜到了狀況。陷在悲傷中出不來的人，悲傷成了他們身上的利刺，不是向內扎就是向外扎，反正要見血。親近的人，再怎麼忍也很難讓人滿意。

我說，要不要先吃點東西。寶如啊，等到十五，我跟你和志堅去你們老家走走。我心裡想的是，過了初三，就是初四，過了春節，等到十五。日子只要一天能熬過一天，人就能好起來。

寶如說好。

我說寶如啊，還有很多地方可以去。還有很多事可以做。

她說好。

我從寶如家出來，外面的風越來越大。月亮是半塊爛掉的果實，逐漸歪倒在大地上，被大風吹來的厚雲掩埋。月亮每天在天上永恆地朽壞著，永遠被天狗吞吃著。生命太短是可怕的。但永恆更可怕。我們就被夾在中間左右為難。

接下來幾天，我忙完店裡的事，都找寶如一起吃晚飯。寶如開始會說一些她女兒的事情。她唯一一次出行，就是去年春節帶著女兒去外地旅遊。女兒看著博物館裡巨大的母鯨標本，突然眼睛擠成縫，淌出水，肉乎乎的小手在臉上不停地抹。她斷斷續續地說，媽媽，肚肚。寶如感覺好笑，仔細看了那隻標本，才發現母鯨肚皮上有條縫起來的明顯疤痕。她抱住女兒，跟她說，板子上寫了，這是擱淺的鯨，科學家把內臟和脂肪拿出來，再填充、縫好，就做成標本啦。可女兒還是哭，搖著頭指寶如的肚子。寶如說她後來才明白，女兒是想到了她肚子上剖腹產留下來的疤痕。那時，女兒湊近寶如的耳朵，抽抽搭搭地問，媽媽也會死嗎？媽媽要是死了，我去哪裡看你？這讓我想起自己小時候，在白色的庭園裡，跟我阿母說過一樣的話。阿母，你會死嗎，死了以後，我去哪裡看你？

寶如說她永遠記得，女兒的最後一個清晨。女兒站在二樓窗戶那兒，背後滿天白雲跟炸開了一樣洶湧。女兒特意叫她來看，天空中有鯨魚鯨魚！前幾天還在畫冊上學到的鯨魚。她順著女兒胖胖的小手指，看到遠方小島上浮著一隻粉紅色的發光小鯨，兩三秒的工夫，迅速暗淡下去被剝奪了色彩。後來，雲都化開，海面一片粉紅。寶如總想不通，為什麼女兒要在大冷天走到那片荒海灘上。後來她又說，女兒可能是想去看鯨魚。可是，我們島上從來沒有鯨魚。更多的時候，她就反反覆覆說同一句話：孩子都沒顧好，我做人家什麼老母？

短短的時間裡，寶如把這些話重複了幾十遍，可她自己渾然不覺。痛苦就是一種會痛的苦。廢話。痛苦就是烈火的窯，就是一輛又一輛的車，軋過你的心、你的頭。每一天，她女兒離去的那一幕都借由她的口，反反覆覆上演。已經過去了兩百多天，她失去了女兒幾千次。還有更多次失去，在面前等她。她說她停不下來，想太多次，以至於夢中也是，日日夜夜地重演死亡。我明白她。

終於有一天，她能下樓了。我們一起在沿海的小路走，能看見遠處燈光晦暗的島。突然浪變得很大，天上也落雨，我倆衣服都淋濕了，走路時用力靠在一起，才覺得暖一些。她鼻音濃重，聊到她的兒時回憶。她在離我們很遠的島嶼長大。

她小時，在海邊撿到過一個比她還小的孩子。後來，有個斗笠遮住面龐的漁人父親來接那孩子。暴雨中行船來到她身邊，一把抱住那孩子，可又忍不住結結實實往他屁股來了一下，怎麼走得那麼遠，回得那麼晚。孩子納入船艙，伸出小小的手向她招搖。那面容難辨的父親，像冥海船夫，向她莊重地點頭，然後搖著手中的兩隻槳，漸行漸遠，直到海已經翻騰成一片白水，直連灰白的天。瞬間，壓住全部天空的雲層融化開，如同煙霧一般向四處彌散。那時候，她就知道，大雨將止。不屬於她的孩子，被他的父帶走，越來越遠。

就在那一刻，水中有白海豚躍跳。她一直記得兒時那個畫面，不知為何就是忘不掉，似乎有些信息還沒傳達。

而我，也跟她說起一些平常不跟人講的話。比如我少年時，怎麼在庭園的人工湖裡發現我的阿母。我沒有想明白，她究竟是如何下決心要走那條通往水底的路，她怎捨得拋下我一人。就在那天，阿母吃酒醉，還笑盈盈地跟我說，妙香，有了你，阿母今生沒遺憾。我生氣她吃酒，就沒說話。我沒說阿母我歡喜跟著你，有你我安心。她就這樣死了，使我害怕不僅在此生，在永生，都會跟她永遠分離。阿母的笑臉，就是死亡的容面。她撈出來以後，樣子跟睡了一樣。我守在她身邊，一直到別人把我拔起，扔到一邊。我說不清，一個人的路，是注定的，還是不停變化的。說完我有些後悔，怎說了這些。

寶如眼神發沉，我知道她進到記憶裡去了。我們都沉默。鴿子的影子在桌角旋了好幾圈，寶如才開口，說她知道我當過語文老師，本來很怕我會跟其他人一樣，忙著教導她各種建議，還年輕，再生幾個，別跟丈夫吵架，大家都不容易，或者是，讓爸媽來陪你什麼的。可我什麼都沒說，只說了自己的經歷。

她說話的時候，我大多時間只是聽著，有時也會發呆，年老就是如此。特別是吃飽以後，很睏，坐著睡過去，醒過來，她還在說。在她家時，就任她說，我自己跑去廚房裡做飯。我想，別的辦法沒有，就是吃和講，吃和講，好像一隻小船的兩支槳，把人從茫茫冥海的邊緣划到人世的岸上。她丈夫回來過一次，把家裡的紙箱都搬走了，說再收拾一下那邊的房子就差不多了。

漸漸地，也能在菜市場看見寶如，她說老是讓我帶菜來吃不好意思，也去買些肉給我做丸子。她家中開始有了水果，桌子上擺著撕開皮的蘆柑，或是切成金色星星的楊桃。有一次她還做了很厚工的五香卷。開始在乎體面和公平，我想她是好些了。我為她高興，也開始有些失落。

我開始自覺與寶如保持恰當的距離，她不找我，我也不主動打擾。

吃到這個年紀，我發現扶人走一段難走的路，要準備好路走完後對方會盡力避開你，因為你見證了那段不堪的日子。不要期待有什麼感謝，更多是疏遠。對方畢竟好起來了，這才是重點。但我的心還多少有些不安，寶如仍不肯讓骨灰盒安葬，事情沒有真的完。

除夕前一天晚上，事情太多了，我還在店裡忙，電視裡那個戴眼鏡的主持人，為數不多的頭髮跟海風瘋狂纏鬥。他正站在海邊，播報著一具鯨屍今天清晨在海邊擱淺，好像已經死了幾天。現場的人看起來都很慌亂，畢竟我們這片海，從來不在鯨魚活動的路線中，數百年來沒出現過鯨魚，死的活的都沒有過。電話突然響了，是寶如，說同意把骨灰盒交給我，封入墓穴裡。空氣裡水分濕濃，我抓了把傘，就出門去找她。

說好了等我，我去找她的時候，後門大開著，她家的小音箱在播《我心靈得安寧》，可走上二樓喊她，卻沒人應。我按著心口，走進去，屋裡一個人也沒有。她房裡的老浴缸水一個勁往外漫，水龍頭還開著。我把水關了。心想，不好。不好。舉目四望，去哪兒找人？窗簾這時候被風托起，輕輕打了我後腦勺一下。我看過去，窗外那片海灘上有許多人。我看不清，就怕出什麼事，就下樓往沙灘趕。

到了沙灘，撥開人群，沙灘躺著那只鯨魚，看起來像是幼鯨。鯨魚身邊竟是寶如。她拿來家中浸濕的床單、浴巾搭在鯨魚身上，天空中開始有微雨，寶如揮動手裡的毛巾，不容空中的海鳥落在牠身上，有幾隻野狗試圖靠近，也被她趕走。

一邊揮，寶如還一邊大聲地猛打電話，怪對方怎麼不派人來。有穿著制服的人，走到她身邊勸，大姐，這鯨魚已經死了，別忙了。

沒死。

死了，屍體沖上岸之前就已經死了好幾天了。漁港的人都來看過，你就別來亂了。

沒死。

哎喲都快過年了，大姐你別再鬧了。

沒死，要有信心。寶如轉過頭不理他。

——

在電視裡，我看過介紹。抹香鯨雖然巨大，可幼仔還是難逃虎鯨的攻擊。敵人來襲，所有成年鯨會把孩子團團圍住，用肉身築成堡壘。可是，再嚴密的陣型也有縫隙，滑溜溜的、殘酷的虎鯨就鑽進去撕咬柔軟的幼鯨。有的母鯨依然會銜著孩子的屍體，在海底潛游，不知要到什麼樣的時刻，才會鬆口。

寶如看到我，說妙香姨，快叫你店裡的人都來幫忙啊，把這鯨魚推回海裡。我聞鯨魚身上那味道，知道肯定是死了。但看到寶如不遺餘力，又是披浴巾，又是拿著塑膠桶瘋狂潑水，我感覺她身上憋了那麼久的這股力氣，總歸要發出來，發出來，日子就能過下去。我沒攔她。

過半小時，又有更多人來，消防、公安、海港的都來了，判斷鯨魚已死，但不知道應該誰來負責。最後商定用車先拖去處理。

都閃開！寶如大叫，開始發瘋一樣拼命推，要把這鯨魚推進海裡，好像把牠推回去，就能跟海洋一命換一命似的。有人上去拉她，一使勁，她摔到沙灘上。大家認出來，這是寶如魚丸店老闆娘，又趕緊扶她起來。她一聲不吭，繼續衝上去推。有人跟我說，妙香姨，你去勸勸吧，這樣下去不是辦法。我怎麼勸？就像離岸流一樣，表面上海浪往岸上推，可是下方卻伸出千百隻手，把你往海裡拉。這就是這個女人每天過的日子。徹頭徹尾浸泡在痛苦裡的，是寶如一家。到底不是貼身悲劇，就算在葬禮上人們會忍不住哭泣，但離開了就放下了，晚上都能安然入睡。而寶如一家，每分每秒都在承受無法彌補的損失，生命有一塊被切除了，此生不會再補上。所以眼前這個女人有使不完的勁，因為她有使不完的悔。我想了很多，身子卻沒動。

正僵持著，人群突然裂開縫隙，走出寶如的丈夫志堅。他腳步猶疑地蹭過來，然後一把抱住寶如，輕拍她的背，說，好了，好了寶如。我也走上去，把寶如發紅的指頭抓在手裡，像捏著十隻幼魚仔。

有冰冷的顆粒擊打頭殼。

我抬頭，天空中所有的雲急速奔來，大雨將至。

瞬間，天空中的發光體都被遮蔽，整座島嶼被夜熏黑。有輛黃色的小型工程車，亮著零星的燈，緩慢地開過來。島上不允許機動車和自行車的存在，去哪裡都要走路，唯一允許的這輛車，也只有緊急時能用。

寶如被我們拉開，人們手忙腳亂地把鯨的屍體架到車上。這車跟鯨魚比起來，還是太小了些，後面還加了一輛板車，汽車加人力推，才勉勉強強移動著。剛放上車，那鯨魚竟越看越怪，極速鼓脹起來，彷彿一顆巨大的氣球，將要升空而起。

膨！

突然間，一股巨大的聲響震動四方。眼前一片血紅。

接著，是一股濃烈的惡臭。就算過了一個禮拜，我仍然會說，那沙灘的氣味依然好似死者集會。十年來，我處理過幾個死了很久才被發現、身體流出湯汁的人。但把他們全召喚過來，也沒有這隻鯨臭。

天空下起了鮮紅血雨，寶如的頭面都被血澆透了。沙灘和路面都被染紅了，白煙從車上的鯨魚那裡湧過來。那隻鯨魚竟然爆炸了，震開了牠身上的繩索。

我眼前一黑，濕黏與死的氣味覆蓋了我。用手一撥，是鯨的內臟碎塊亂飛。此時志堅頭上停著一塊肝臟，臭得他滿臉扭曲，直翻白眼。寶如，伸出手要幫他清理，卻在血與臭氣中笑起來，難以自抑地笑。或許這個爆炸來得正是時候，肝臟來得正是時候。

大風此刻突然降臨，空氣跟煮沸了一樣，所有的葉子和灰塵都在上下翻飛。死蔭幽暗的黑天，燃炸紫色的閃電，崩出金色的裂紋。在極高之地，天空如同一枚精心裝飾過的奧祕。黑夜開始變得如白晝發亮。

站在沙灘上，背後是海街。商業街上的魚丸店，二樓有寶如空蕩蕩的家。寶如魚丸店後面，是奶油蛋糕一樣的雙層建築，然後是一棟棟不超過三層樓的房子開始連綿。雨瞬間變大，淋濕近處的島，也淋濕遠處的島。

雨水從零星幾滴變成了壓迫的整體，從雲朵淋漓而下，貫通大海。海面被雨戳出千瘡百孔，又毫不費力地自動痊癒。天地都是水，現在的水和過去的水，連成一片完整的水域，在風中搖曳。海被雨綿密攪動，翻湧起雲霧。

暴雨猛灌之下，小車不堪重負，開始傾斜。

鯨，從車上滑落。

眾人驚呼。車下，雨水沁濕的沿海石頭路，又被血液和黏漿淋漓得滑溜溜。鯨被道路上的水流沖著，向海岸緩緩而去，滑出一條血路。它平靜地順著流水，彷彿在鮮血的道路上得了復活。血路跨過沙灘，綿延到海裡，此時，有白色的海豚躍出海洋，一面面旋轉的白色旗幔。有人喊，快看，十年不見的白海豚回來了。白色的精靈們在海中浮動著，踴躍著。

此時的寶如，身體中突然裂變出鋒利嘹亮的哭聲，閃電般耀眼，連黑夜也無法遮蔽她。

志堅揉著她的肩，悲哀，哭號，恰恰說明過去的事已經過去。我突然想起寶如說過的那段關於漁夫的兒時記憶，或許那畫面早已將過去之事與未來之事完全透露給了她，可直到如今，才顯現出可辨的面貌。而我也借由寶如，瞥見那張臉。

相距她那時遇見冥海漁夫，已是多年，雨卻大約是一模一樣。雨在空中被風吹著，像是半透明的巨型遊魂在旅行。他們搖擺，如垂掛的波浪，撞在一起，成為大群，於是整個世間就白茫一片。黑沉沉的島嶼顯得凝滯，被輕盈的白色水汽隨意踏在腳下。

暴雨中，寶如滿臉的血汙被洗刷殆盡，眼睛開始流露出柔軟的絲線。她的目光穿透人群，緊緊盯著那隻墨黑的囚徒。牠終於在透明的雨裡，掙開了綁鎖，借由血，向著大海的方向泅潛。

志堅在一旁抹開了臉，準備濕漉漉地擁抱寶如。而她，突然閉上眼，嘴裡輕輕呢喃。去吧。

去吧。去吧，天地間無阻無礙。

出山

1

小菲到幼稚園才搞明白外公是誰。

去幼稚園開家長會的時候，油蔥是這樣介紹自己的，「我叫油蔥，是她阿公」。小菲要等到識字後才會知道，他的大名是「尤聰」，不是「油蔥」。小菲覺得蠻丟臉的，他頭毛像是用重油炸過的蔥，黃黃卷卷泛油光。上半身雖然是正經的藍色條紋襯衫，還加裝一條橘黃領帶，下半身竟然穿著短褲配白色及膝襪和棕色皮鞋，哪怕只是幼稚園學生，都會覺得這位年過半百的老阿伯，打扮得太超過了一點。可油蔥看到小菲和其他小孩對他目瞪口呆，就無比得意。阿公有帥沒？島上的世家子以前都這麼穿。

那天剛好小菲媽媽工作忙，爸爸又爛醉在家，油蔥於是第一次出馬，去幼稚園充當家長。小菲在這天也才明白過來，那個雜貨店的熱情阿伯是自己的外公。從蘇打餅到菜脯乾，從搪瓷盆到馬桶刷，從螺絲帽到枕頭套，小菲家裡的小東西，幾乎都是去他店裡買的。小菲媽媽每次去的時候，都一臉不爽，拿了東西扔下錢就跑，不多做停留。那家積滿不同年分塵灰，不對，根本就是用灰捏出來的店鋪，裡面每個毛孔都塞滿了三件以上毫無關聯的雜貨。小菲一直覺得，油蔥就是喜歡在家裡積滿東西，所以才順便開了雜貨店。小菲去店裡時，油蔥也從來沒白送過什麼，一分一毛算得特別細。遇到小菲超想要的搶手貨，比如愛心圖樣的橡皮擦，他還直接坐地起價。油蔥要是讓小菲叫她阿公，小菲就學著媽媽百米衝刺一樣地跑走。不過，小菲的爺爺奶奶都在外地，她也從沒見過外婆，這回家長會上冒出個怪咖外公，她倒也不太介意。

小菲介意的是，那天沒上去表演蚌殼舞。一開始小菲就沒被選進舞蹈隊裡。雖然老師明明說要選坐得最直的小女孩，下課時小菲還放話自己肯定會上，後來老師還是只選了長得漂亮的。表演蚌殼精的同學們都抹上了口紅和胭脂，那些動作小菲都會，在轉圈的時候，小菲想自己可以做得更好。但或許小菲是比她們胖一些，眼睛也小一點，其中一個上台前還用蚌殼把矮墩墩的小菲刮倒了，那個眼神跟小菲說她是故意的。

回家的路上小菲很沮喪，連頭上細軟稀疏的黃毛也耷拉在耳邊。油蔥知道的，他認可過小菲的舞蹈實力，去雜貨店買蘇打餅的時候，小菲跟他表演過的。那時雜貨店的電視裡放著《西遊記》裡的嫦娥獻舞，電視外小菲頭頂手帕跟著連續轉了八個圈。一跳完，她馬上提餅跑掉，聽見背後油蔥在為她拍手叫好。

家長會那天，在回家的山丘石路上，每棵榕樹都像史前巨獸那麼大，氣根垂墜到樓梯縫隙裡，與石頭糾纏在一起。路的高處種植著松樹，像一座座蒼綠寶塔，松果被雨滴打落，掉在地上滾。小菲那時一句話也不想說，舉起繪著金錶帶的大紅傘，一路用小雨鞋猛踩水坑。悲傷的時候，小菲力氣就特別大，迅速蹦跳著上台階，油蔥都差點追不上。

有一隻檸青色螳螂蹦出，攔住小菲去路。它輪換著舉起手刀，一副威猛的樣子。小菲停下來，怕牠跳身上。油蔥上前，把小菲拉一邊，帶她走過去。走了幾步，他突然說，當蚌殼精有什麼好的？

小菲說，就很好看啊，還能跳舞。

油蔥大嘆一口氣，說你爸外地人，你媽就知道工作，都不給你講我們島上的故事。以前有個姓洪的小子落海，被蚌殼精救了。蚌殼精變成女人的樣子，哇，大美女！還跟他結婚了。然後呢？小菲問。然後他們很幸福，在沙灘上跳舞，睡著了。小菲說我就知道，故事裡漂亮的人都很幸福。油蔥說，別急，沒完，然後，有隻頭上長著黃毛的海鳥，飛過來，把蚌殼裡的軟肉叼走了。誰叫你躺得嘴開開！

哈哈哈。小菲開心又惡毒地笑起來。油蔥說，小菲，你是鳥，要飛，當不了島上的蚌殼精就算了！這時候，帶著大眼斑紋的甜橙色蝴蝶，從濕漉漉的樹枝上飛下來，停在油蔥的背上，翅膀像屋頂上被風鼓起的被單，揚起草木濕枝的氣味。

油蔥看見小菲笑的時候，也很得意，說對嘛，這才像我嘛。小菲說我才不要像你，你像榴槤。油蔥說，你是說我臭哦？小菲說，你面皮好粗哦，感覺摸一下會剮破手。油蔥說，可是榴槤內面，連籽都是軟的。

油蔥總有些辦法，讓小菲可以重新神氣起來，班裡再有人拿沒選上蚌殼精的事來笑小菲，她就說，當蚌殼精有什麼好的，再把那個故事說一遍，就贏了。一個故事就能讓小菲開心。

2…………

小菲的媽媽，油蔥的女兒惠琴，號稱食品廠鄧麗君。島民個個黑肉底，惠琴的白面皮總在人潮中閃閃發光，像花卷上不多的蔥粒，很顯珍貴。油蔥的高鼻子在他自己的臉上屬於突兀的平地起高樓，在惠琴這裡卻是與湖泊般發亮的眼睛相互輝映的溫柔山脈。她喜歡穿彩色衣裝，戴垂墜下來叮叮咚的耳環，走路時搖晃得厲害，一座閃光的脆弱風鈴。惠琴的跛腳是天生的，左腳像一朵開得過於肆意的花。她說全怪油蔥愛抽菸，她還在母胎中，就被那菸噴歪了腿。

惠琴對朋友說話總是柔軟溫和，但只要油蔥一出現，她身旁的空氣就扭曲打結，腦袋上膨出一朵殺氣騰騰的蘑菇雲。惠琴從來不叫「爸」，不得已有事找他時，都直接把眼神扔過去，砸中他。如果眼神不管用，惠琴就直接叫他「油蔥」。而油蔥應得很快，一臉諂媚的樣子。

惠琴的媽早逝，從那以後，父女倆總是衝突不停。尤其在惠琴大了肚子，早早嫁人這件事上，兩人大鬧過幾場，後來婚禮上油蔥面色鐵青地勉強參加，像一只發綠生黴的蔥油餅。惠琴嫁人後，要是過得好也就算了，結果真如其父油蔥所言，那男人喝完酒，腦殼就飛走了，多大金額的六合彩都敢簽，什麼人都敢打。惠琴常被男人打。小菲衝去幫媽媽，又總是討皮疼。小菲母女倆早就形成了一種默契，知道辨認風暴來臨的預兆，往往與六合彩開獎的時間相關。在那之前，就儘量避開與他的衝突。不論他決定找哪一個的麻煩，另一個人就要衝出去把大門打開，哭叫著讓厝邊進來救命，不要怕丟臉。住在街對面的妙香，也就是小菲爸爸嘴裡的老妖婆，總是第一個衝進去的，但無奈身子軟弱，也只能站在門口大聲陪哭。油蔥總是勇奪第二，又是擋又是罵，帶著街坊再一個個來喊停，總要折騰一個晚上才能結束。

可是想到女兒才剛上小學，惠琴決定吞忍。油蔥要是在她面前多嘴，說你眼睛糊到蛤蜊肉了？在這種人身上浪費青春。惠琴就會說，還不是因為你詛咒我，閉上你的闊嘴，不是因為你，媽也不會早死，我也不會早嫁。最後好像她繼續這種追打逃的婚姻，只是為了跟油蔥賭一口氣，就這樣繼續堅持了三年。但後來，就連上小學的小菲都知道，爸這次真的玩大了，差點把房子都輸沒了，還因為惱羞成怒把小菲失手推下了樓梯。雖然小菲頭殼硬，沒受傷，但媽媽惠琴也終於下定了決心，不再忍了，帶女兒搬出了原來住的地方。但她沒去找油蔥，而是拜託妙香給她找了罐頭廠的宿舍。

最開始，惠琴一不注意，偶爾也會習慣性地走回原來的舊家。鏽爛的門總鎖著。有次下雨，她看見有蝸牛在鐵門的螺旋紋路上慢慢上行，爬到頂，又摔回原點。雨裡面，她看見二樓外牆皮又融掉一塊。才搬走三個月，植物長勢兇猛，裸出土牆的地方都被接管。朝南窗戶被爬山虎死死糾纏，根本打不開，之前還能看到一點淡藍色窗框，現在被墨綠色葉潮徹底吞沒。

惠琴知道男人還蹲在房間裡面，應該還是捧著那本氣功書，不停地運功調動室內氣流，間或抬起頭，分辨著不同物件身上彌散的光。所有帶黑氣的都要扔掉，紫氣的是寶貝，綠氣黃氣不傷人害物。不知道那天他往自己女兒身上砸的花瓶帶著什麼氣。戀愛時她覺得這男人充滿了奇思妙想，可如今那些狂想把他們的日子壓垮了。惠琴巴住鐵門，借力踮起腳尖，用力盯著枝葉縫隙，似乎看見模糊人影，感覺那影子被酒精那撓勾勾的氣息充滿，鼓脹著，一絲絲往外滲。她趕緊收回手，掌心都是細小的鐵屑，一邊走一邊搓，它們還是不離開，濕漉漉地貼著皮膚，滿是金屬腐敗的氣息。

3……………

搬出舊家後，惠琴的工作忙碌起來。顧不過來時，她經常把女兒小菲拋到油蔥的雜貨店裡，就像拋出一根橄欖枝。

那時雜貨店門是用老舊的木頭組成的，每天關門時要把一長條一長條木頭拼接在一起。有一次，小菲絆到店裡的木門檻，狠狠跌倒了，額頭上鼓包，大概有一隻枇杷那麼大。油蔥差點嚇瘋，哆哆嗦嗦去倒了一大碗花生油，往她額頭抹。小菲整個額頭已經鋥光瓦亮，彷彿頭頂一顆夜明珠，她摸著黏黏又香香的油頭，非常滿意地開始傻笑。油蔥更慌了，不是說抹油可以消腫嗎，怎麼還越鼓越大！我家這聰明蛋不會撞成一個大憨呆吧！他感覺無法交代，就關了店門，帶小菲去菜市場。基本上小菲指哪兒他買哪兒，還下重本買了四斤花腳蟹，帶上海鮮去找女兒惠琴負荊請罪。惠琴第一次接受了這歉意的贖價，叫來鄰居和朋友，全部人大嚼海鮮，還從冰箱裡翻出來好幾個菜，又是熱熱鬧鬧的一個晚上，大家都忘了小菲腦袋上的包，包括小菲自己。

後來，小菲看見油蔥把門檻拆了。

小菲還覺得有點感動，油蔥為了自己，特意拆了門檻。隨後才知，島上開始整修，有學者發現雜貨店原地址是歷史遺跡，油蔥的店被徵用了。油蔥立刻同意，因為提前簽字，還有補貼，可以得好大一筆錢！他把店關了，去島的西邊幫人看管一座山，負責養雞種楊梅，說是要當「座山雕」。

那年暑假，油蔥跟小菲說，走，假期跟著阿公玩。小菲就去山上陪油蔥待了兩周。滿山楊梅樹，樹下雞亂跑。油蔥根本不是老大，雞才是座山雕。偶爾山上來蛇，但雞夠多，衝上去圍毆那條蛇，活活啄死，吃了。這些雞，個個是飛雞，野得很，總是猛地躥起來，飛到樹頂。

小菲剛到山上時，油蔥在樹下忙著抓雞，讓小菲也去幫忙。油蔥說時間到了，雞都急著找老婆，公雞互看不順眼，打架都往死裡打，每天要死傷好幾隻。所以他乾脆給雞戴上塑膠片眼鏡，叫它們當上知識分子，一個個都顧面子，就不打架了。小菲才不信呢，油蔥又在騙小孩了啦。但她之前從沒抓過活雞，更沒給雞戴過眼鏡，感到新奇，在山上徹底玩瘋了。她追著雞屁股跑了三天，又仔細看了手裡這些紅色的塑膠小眼鏡，右邊是通透的，左邊是密封的，雞戴上去後，只有一隻眼睛能看見，或許這才是它們不打架的理由。

小菲每天玩累了，就回山上的石屋吃飯。油蔥總是手忙腳亂地準備燙海螺、雞湯砂鍋和蝦米炒卦菜之類，隨時會失手撞破兩只碗。

你雜貨店原來是什麼遺跡？吃飯時，小菲問油蔥。

油蔥說，是個祠堂，也是全島第一個外國人居住的地方。那人在英國努力學醫和閩南語，準備了個十五年。一路輾轉，從歐洲到呂宋，又終於來了咱島。然後，他死了。他來的第二日，染了當地疫病，喉嚨腫到閉鎖，人虛落去，一周後死了。他沒來得及跟人說閩南語。他學的醫術也沒能救自己。

小菲聽的時候，正在用牙籤挑一隻痣螺，忍不住說，笑死人，也太衰了，十幾年全白費，油蔥你肯定又在亂說。油蔥拿起痣螺的靨，也就是那枚小小的鱗片，按在小菲的眉心，突然嚴肅說，憨孩兒不要笑，死人事，不要笑。小菲以為他接下來要說個鬼故事，可是他轉頭沒再說。

相處多了，油蔥對小菲滿嘴的普通話很不滿意，說她都被學校教傻了，閩南語都說不輪轉。青蛙叫什麼？不會說？蜻蜓呢？也不會？哎喲可憐歹，半個小北仔。那兩周，油蔥帶著小菲滿山跑，到湖泊邊緣，看陽光的渦流在水面流動；抬手翻動那些覆滿青苔的石塊，看下面湧出來的亮殼蟲和軟軟的噁心的蚯蚓；再讓小菲這個膽小鬼騎到他肩上，試著從樹上擰下青木瓜，看樹流出珍珠一樣的血。山上的日子熱烘烘，每天都有新東西看，從花斑蟑螂到無頭雞，比動畫片精彩。

最後兩天，油蔥接電話時神神祕祕，小菲聽到他提到媽媽的名字，但自己一靠近，他又馬上改口聊別的。

後來，小菲才知道，那陣子爸媽在島上離婚，鬧得不太好看。小菲下山那天，爸已去了他北方的老家。油蔥偷偷拉著小菲說，你要理解，你媽不容易，她是一個很好的媽媽。你爸你也別恨，他是你爸。到了巷口，小菲還是傷心地哭了一會兒。

一進家門，媽媽在煎魚，小菲不說話，鑽進廁所洗澡，聽見整個世界都開始落雨不停。從山上回來，她才第一次發現在家裡能聽見這麼多聲音。雨落入青草、打落緬梔子、滲入磚牆的聲音。還聽見天空的鼓聲。或許不是鼓聲。這社區每個家大約有四個窗，每個窗都有一個雨披，被雨點反覆擊打。塑膠雨披、金屬雨披，新雨披、舊雨披，無數的家環繞著，雨聲被放大、被創造，劈哩啪啦咚，是雨披的聲音。小菲突然感覺到幸福，這樣一個安全的、只有雨聲的家，這些亮起的窗戶。不再有酒氣、皮帶和突然而至的暴風。

媽媽這些年都在吞忍，可是上次爸喝醉把小菲推下樓梯後，她就再也不饒他了。小菲想起媽媽那天說，咱會有自己的家。

洗完澡，整個人輕輕。吃完飯又有些愛睏。媽媽和小菲沉默地喝茶。咕。咕嚕。兩個人貼在一起，沒有縫隙。窗外亮光閃閃，雷還在一個個打。轟。隆。轟隆。小菲用腦袋靠住媽媽，手輕輕抓著她鬆軟白嫩的手臂，幫她捂熱，然後跟她說：「媽，阿公說，你是一個很好的媽媽。」

4……………

夜裡會偷吃東西的，不只是老鼠，還有大人們。

一開始，小菲沒發現。作為小學生，小菲早早地就被逼著上床睡覺，連《還珠格格》都錯過了。有一天小菲夢到五阿哥永琪來學校表演唱跳，他突然在人群裡看見了小菲，就在他勢必對她愛愛愛不完的時候，她醒了。醒得太不是時候，心裡很難過。突然，她發現外面有人在聊天。透過淺黃色軟木門的縫隙，能看見暖鍋咕嚕嚕地冒泡，周圍是奶白的鯊魚丸子、掙扎跳動的蝦、鮮切的白灼魷魚、淡金色冒著泡沫的啤酒。油蔥老神在在，坐於燈光下。他的鷹鉤鼻閃閃發亮，少有南國島民長著那樣的鼻子，因此他常自豪地宣布自己身上流著希伯來血統。腦袋上的卷頭毛，讓他看起來像隻熊，講話的時候手又指又比，動作像在划拳，說出來的每個字都被手勢擴大了一號。媽媽、妙香姑婆外加兩三位叔叔阿姨，眼睛都看著他，耳朵都朝向他，只有他一人在那裡噴嘴沫。

小菲大生氣，然後感覺尿急。

廁所在外面，外面有客人，有客人小菲就害羞。不願去。不知哪來的靈感，她拿起紙筆寫了張紙條，然後蹲下來，對著門撒了一泡尿，把自己的紙條順著尿河放出去。小菲媽走過的時候看到了，上面字跡有些模糊，但還能看清：

「你們自己吃火guo，太過分了！」

媽媽大笑，所有人暫時拋棄油蔥，興致勃勃圍觀尿湖上漂著的白紙條。小菲鑽回被子裡，聽見聲音越來越近，是媽媽把木門推開，靠近床上裝死的她，戳了她的臉叫她起來。油蔥讓小菲坐在他身邊，小菲也沒在客氣的，狠吞五六顆丸子和一堆蝦。

那時，小菲的重點在於吃，大人們的重點在於聽，油蔥的重點在於說。他說到重要的橋段，全場都要認真，小菲此時如果還沉迷於剝開螃蟹的肺和鉗子，就會被油蔥點名，菲啊，來咯，阿公說的這段你要認真聽哦。她只好縮起脖子，敷衍地停一停。油蔥彷彿蓄了一夏天雨的水庫，在短暫的屏息一瞬後，詞語就嘩啦啦噴湧出來。見他開始忘我，小菲立刻撲向食物。全部人聽得嘴開開，快到結尾最關鍵時刻，油蔥卻暫停，不說了，開始猛吃菜，兩口就幹下去一隻白灼大章魚。全部人就開始狂誇他講得好，要他繼續，他卻開始自謙什麼「狗聲乞丐喉」，說故事還沒有完，還要再醞釀醞釀，下次再說吧。

妙香姑婆早就認識油蔥，她笑著對小菲說，你看看，你阿公就是這樣。這樣你媽媽就得再準備酒菜，不然故事就聽不到結尾，這老猴真狡猾。

5……………

小菲寧願去動物園當隻猴，也不想去上學。

爸媽離婚，讓小菲在小學的日子變得辛苦。小菲那時候就明白，人都有的東西，你沒有，這會變成被欺負的理由。但還願意站在她身邊的，就是真朋友。她在那時候認識了最好的兩個朋友，可惜都在別的班級，自己在班裡還是獨自受欺。因為九年義務教育而不得不聚在一起的同學們圍著她，唱嘲笑的歌。興致所至，還會推倒她，把她當作矮胖的陀螺。小菲總是一聲不吭地爬起來，臉上帶笑，假裝玩得愉快。她絕不讓自己露出一點難過，這點面子，她還要爭。

小菲總是衣衫帶土走回家，趁媽媽沒回來，自己把衣服洗掉。可是有一天，她在路上遇到下山賣雞的油蔥，他在夕陽裡拍拍她的腦袋，她就哭了。她說油蔥，你要趕快幫媽再找個老公，不然她在工廠裡會被笑。油蔥掏出手絹在她的小圓臉上，不熟練地三抹兩抹，把她五官都揉在一起再揉開，然後說，你不要聽他們的，讓他們來聽你的。

第二天，油蔥去小學接小菲，身穿古怪的芒果黃斑點長風衣，打著一根斜紋花領帶，像只剛打劫了馴獸師的花豹，屹立在校門口。等四年級的孩子們排好隊走出校門的時候，油蔥猛衝一步到他們面前，呼啦一聲扯開自己的風衣，孩子們就集體尖叫出來，把他團團圍住。

油蔥畢竟開過雜貨店，囤積了一大堆沒賣掉的古怪零食。他在風衣裡襯左邊掛滿這些對付小孩的糖衣炮彈，螢光變色糖能讓你舌頭變成藍色，毒菇紅的鑽戒糖可以一邊戴一邊舔，超大卷的泡泡糖拿來跳繩都沒問題，還有放屁糖，打開時就像有人放過臭屁但是放進嘴裡卻是蜜桃香。而在風衣裡襯右邊，是原先雜貨店裡的紙板抽獎盒，一共有八十個小小的扁格，伸手掏破那層薄薄的紙，就能看到是幾等獎。

油蔥說，瞧一瞧看一看，小菲的朋友緊過來，每人免錢抽一個！不要推不要擠，小菲的好朋友，每人免錢抽三個！他把湊近的一圈小腦袋都推開，只准小菲站在他的旁邊，菲啊，這個是你朋友嗎？來抽一個。這個呢，不好意思下次再來。還有這兩個呢？是很好的朋友？就是你之前說的那兩個？來，一個人抽三個，不夠再繼續抽。最後實在有富餘，小菲也心軟，讓乾巴巴在旁邊等的同學有機會抽。小菲覺得油蔥好像會魔法，她的好朋友抽到的號碼都是好吃的想要的，欺負她的臭同學抽到的都是放屁糖，但他們也還是很開心。油蔥只不定期來了校門口三次，自稱是小菲朋友好朋友的人就滿地都是了，自稱得久了，他們自己也就信了，不好反悔。油蔥得意地說，小孩比小雞好搞定多了，一切盡在掌握。

6……

油蔥說得沒錯，小雞他搞不定。因為雞，惠琴又發火了。

妙香姑婆跟油蔥和惠琴父女倆都很熟，見狀就來相勸，她人熱心，常常幫襯小菲家。

「阿姑你免說。油蔥這人就是愛虛華，可是人又不夠會！」惠琴生氣，是因為近來她才知道，油蔥根本不是去幫人看雞，而是豪橫地包下了整座山。那座山總算是結出了楊梅，但果子還沒收穫就被撞到地上，滿山都是香滾滾的爛楊梅，躺在地上流血。雞，也不停變少。成年雞少到只剩一半，小雞仔更是折損得顆粒無收。油蔥這才發現，山上總有野豬在夜晚來襲，這是人家事先不會跟他說的。

妙香說，惠琴啊，你爸他就是個憨人，不懂做生意。山的情況、雞的品種、野豬的行跡都沒搞清楚就掏錢幹，實在是傻出汁。但他說過，去包這座山也是想把生意做好，想供你和小菲改善日子。

一聽到，惠琴忍不住大爆炸，說，拜託誒，我最討厭就是他拿我作藉口。我不心疼錢，那是他的錢，要怎麼浪費是他的事！我不用那麼多錢來穿金戴銀佩珍珠，現在跟小菲有吃有喝就夠了。你不是不知，這些年他玩廢掉的錢有多少！我媽破病，最需要錢的時陣，他說這錢根本不夠，要跟人去做蜜餞生意，結果反而欠債跑路躲到墓地裡，那時候你也是知道的。而且，有人說油蔥在山上養小妞啦。這個老豬哥！

妙香吃驚地張開嘴，又合上，再無話了。惠琴意識到自己實在是兇巴巴了一點，趕忙叫小菲幫泡茶，自己去廚房端出新烤的綠豆餡餅給妙香吃，一邊抱歉地說，哎喲歹勢啦，我不是嗆你啦。妙香伸出手指，把惠琴蓬出的一縷亂頭毛別到耳後，然後用手輕輕拍著她的後背，說，好啦，沒事啦沒事啦。

終於，妙香苦勸，惠琴大罵，油蔥折騰許久，才承認自己生意倒擔，倉促收了場，勉強保住一半的錢。於是小菲四年級那年，歡喜白喝了許多雞湯，妙香幫忙拿菌菇或魷魚乾燉得香香的，就是肉有點硬，畢竟都是油蔥送來的，滿山跑的硬漢雞。

那陣子大人們吵作一團，可小菲只覺得，妙香姑婆做的湯，真正是全島第一名。

原先小菲家與妙香姑婆沒什麼來往，小菲還以為她是個冰山老太。小菲印象中，幼稚園的上學路上總要路過一棟兩層洋樓，帶個灰石牆的小院子，種著綠茸茸的葡萄藤。院子的台階直接通向二樓。二樓窗戶全是晶瑩剔透的彩玻璃，窗戶大開，客廳一覽無餘，總有人在裡面打麻將。昏暗的房裡，隱約見一位白衣老仙女，身體乾瘦素淨，總是筆直坐著，像個冰雕。有一些灰塵在她身邊打著旋，燦亮如星塵。小菲有時候會好奇，站在台階的下端，背著書包仰頭呆呆看她。每次小菲抬頭望向那客廳，就覺得是個戲台，高高地架起，裡面有著沉默的一齣劇碼。但老仙女打麻將時，只看牌，從沒理過小菲。滿屋煙霧彌漫的，小菲也總看不清她。

再後來，大約是小學一年級時，小菲看見那房子所有的窗戶都關上了，破爛的麻將桌、木凳、眠床、門扇板正源源不斷從房子裡被抬出來，擺在那個矮牽牛和葡萄藤拉拉雜雜的園子裡。老仙女長髮微微散亂，背對著大門，端坐在那只馬蹄足八仙桌上，吃一細支紅豆冰，很認真地咬和嚼。在她的頭頂是瓦藍的天空，排布著緊密有序的雲絮，像一顆一顆白色的齒痕。

結果幾天後，小菲發現她又出現了，竟然搬到了自家街對面的平房裡，成了鄰居。

小菲那時覺得對面的小平房很香，感覺有許多鮮花在屋內同時綻放，花的靈魂都在向外蜷曲延展。房子只有妙香自己一個人住。小菲第一次去敲門時，是晚上，路燈亮起，門打開，探頭，小菲看見老仙女站在天窗切割出的銀色方塊月光裡，她滿頭長髮竟然都轉為純粹的潔白，比之前亮得更加璀璨了，讓小菲想起海底的珊瑚。小菲看呆了，嘴巴微張，那老仙女說話了，你是油蔥的孫女對吧？叫我妙香姑婆吧。

妙香姑婆剛搬過來，小菲就聽到鄰居議論她。當初妙香也是響噹噹的一蕊花，她老公在後面追著跑的。那時候婚禮也風光，但後來她一直沒孩子，好好的正室，讓老公把二房請進了門，人家生了兒子，所以正室還不如妾。她倒好，還是日子照過，舞照跳，貪玩一世人，後來才被掃出門，從二層洋房搬到了小平房。那時候，小菲爸媽還在一起，爸爸也看妙香姑婆不爽，覺得她妖裡妖氣。小菲跟媽媽說起，惠琴就叫她千萬別跟姑婆說這些，一家有一家事，我們懂什麼？還不知道別人怎麼說咱家呢。

後來，媽媽惠琴與妙香姑婆越來越熟，常一起吃飯，惠琴被打的時候，她總跑來幫忙，直到小菲跟媽媽搬出去後，她們還經常互相走動。許多人一開頭還笑，妙香之前都靠別人養，出來後要是繼續貪玩，哪撐得過半年？結果妙香很快就想到了，給島上這些雙職工家庭的孩子提供餐食，稍微收一些費用大家也都樂意。此後直到她生命的最後，沒人見過她再打過麻將。就這樣，倒也把日子好好地過起來了。

爸媽離婚後，小菲就經常去妙香那裡吃飯。老一輩的手工菜她都會，炒粿條和芋包做得尤其好，有時候得空還會炒麵茶。小菲和其他小孩每次都吃得好像豬哥在吃泔水，大口大口吞。有時，妙香姑婆穿起旗袍跳舞給他們看，很妖嬌，手和腳都飛起來，香香軟軟地在樂音裡飄。妙香姑婆的阿母，可是正宗從上海被帶到島上的舞女，什麼舞都會跳，妙香姑婆肯定跟她阿母跳得一樣好。

7

小菲上初中時，島嶼上許多事情都變了。

島上許多人的房子都中了拆遷，工廠也全都遷到島外，原有的三所小學因為生源不足只好合併。很多人開始需要每天在清晨坐輪渡，去對岸的大島上班。媽媽也換了個新工作，給台灣人做助理。

小菲之前看到的台灣人，都生怕別人不知道自己是頭家，老愛穿花葉繁複糾纏的衣服，還得配上背帶褲，總之就是怪怪的。但新來的這個老闆趙保羅，倒是憨厚低調，跟媽媽年紀相仿，眼睛瞇成細線，眉心有一顆渾圓的紅痣，話少得叫人害怕，可說起話來又總帶著一種歉意似的，過於客氣了。媽媽腿腳沒那麼靈活，但做事情很麻利，別人要整理很久的資料，她三兩下就搞好了。這老闆很重用媽媽，只是工廠在島外，每天通勤很遠。

島上也有不變的東西。小島大約在中秋節後就會開始吹涼風，巷口長長的三角梅從向上攀變成向下垂，彷彿是島嶼天氣隱祕的拉閘開關。

天冷的時節，油蔥又開始忙了。

他鼓搗先進技術，買了一台二手數碼相機。那時候他給小菲和妙香姑婆都拍過照，小菲不好意思說，妙香姑婆看了卻直接不高興，說把她拍胖了拍醜了拍老了，怒搶相機給油蔥震撼指導了一番。小菲也覺得自己比他拍得加減好看些。油蔥大搖其頭，他說你們不識貨，都不是我客戶啦。後來大家才知道，他的客戶是死人。他開始做殯葬攝影。他說就跟婚禮攝影一樣，不拍不行，拍了，也不會有人看。相機裡大多是黑衣、鮮花、死者和繞棺材走的親友。油蔥還怕嚇到小菲，她卻拿著照片看得入迷。那些躺臥在白床上的老人家，兩頰擦粉紅胭脂，頭戴繡花邊的帽子，身上蓋絲亮的層疊被子，繡著紅色十字。棺材周圍是一圈白一圈黃的大朵菊花，屍體就像花叢裡大號的洋娃娃。

一直以來，小菲對殯葬、墓地相關的事情並不排斥，甚至有些迷戀。初中班裡組織清明節掃墓，她喜歡逃離人群，躲在墓園深處，一塊墓碑一塊墓碑地閱讀過去——陳大蒜林惘飼王雅各——都是陌生人。站在旁邊的朋友，總會怕怕地說，你別念名字，念名字就是在呼叫這些人。小菲總會忍不住笑她們，哈哈哈，搞得每個墓碑都是聲控門鈴似的。小菲覺得不能看到許多人的出生，但可以把許多人的死亡一次性看個夠，有什麼不好。在墓園的那種氣味，蒸騰的，熱乎乎、潮濕悶悶的氣息，讓她覺得安寧，島上許多人正睡在那裡，都安息在樂園裡。

這次油蔥的轉型還挺成功，似乎工作不斷。除了拍葬禮，有些老人會約他去拍遺照，比如島上中學的林校長，自從得了癌症後，就找油蔥一年拍一張遺照，就像是一年買一張死亡彩票。老人家最愛找油蔥，他們說其他人給拍照總是拍不成，說一，二，三，結果眼睛總在數三的時候閉上。要不就是渾身不舒爽，拍出來一張青驚臉。油蔥一邊拍一邊會練瘋話，給人逗得想笑，然後他再出其不意抓幾張，總有一張表情自然。

油蔥說，他從此就要當「地下工作者」了。

那三年，油蔥的殯葬攝影越做越順手，看得多了，自信也跟上來了。他索性把錢一湊，買了地下商場的店鋪，開了家殯葬一條龍。他跟女兒惠琴保證，自己這次心裡有底，是踏踏實實地幹，惠琴便也不再給他漏氣。

油蔥說這次撿了個便宜。他的福壽殯葬一條龍選址在地下商城裡。這裡原先是個山洞，後來改建成帶有下沉小廣場和一圈店鋪的商場。地下商場往上走，是一座小山，頂端有一座私人白色庭園，中心帶一座小迷宮，後來被改成公園，逐漸廢棄了。

關於地下商場和連帶的山丘該怎麼規畫，這些年一直在變。規畫處三四年換一撥人：一撥人覺得應該重視開發，興建人工景致。一撥人覺得保留原味，原來的就是最好的。一撥覺得應該發展店鋪，借商戶之力發展。一撥覺得商業化氛圍太濃，損害本真的美，又把商戶遷出。於是這裡挖了停，停了挖，開始店鋪有補貼售出，過會兒又關停不讓開店。小山坡上的樹被砍掉幾棵，為了讓路上建起音樂涼棚步道。步道建到一半，又因為經費問題停滯。過兩年，因為這些半成品步道有礙觀瞻，又一一拆去。沒辦法，這是一座太多人經手來裝飾和塑形的奶油蛋糕。最終由於想法太多，人氣卻一直沒搞起來，所以，油蔥入手時，撿了個最低價。

油蔥的福壽殯葬一條龍，就在地下商場深處那個最大也是唯一的店鋪，那個位置空了多年無人問津。地下商場裡其他店鋪，則是做什麼生意都撐不過三個月，最後通通躲不過倒閉的命運，捲簾門都裹上了厚鏽。油蔥用霓虹燈牌在店鋪門口打出「壽衣」兩個字，閃閃爍爍的，顏色每隔三秒鐘還變一次。

把全部家當搬進地下商場那晚，油蔥找了妙香姑婆過來，在街上展開兩只圓板桌，現場熱炒辦桌，請幫忙搬家的親友們吃飯。妙香現在不僅是精緻小菜做得，大鍋熱炒也不在話下。他倆雙劍合璧，一個切一個炒，蔬菜肉丁海鮮上下亂飛，搞得有些遊客還以為這是哪家大排檔，差點坐下來點菜。自己辦桌，關鍵還是便宜，比上酒樓便宜。

在一旁殺雞殺鴨的時候，油蔥還要緩緩念一串：「做雞做鴨不費時，出世大厝人子女。是男是女，趕緊去出生！」然後再一刀下去抹它脖子，讓血流進大碗裡。小菲問妙香姑婆他在做甚，姑婆說老一輩殺動物都要念一下，是跟牠們相勸，這輩子當雞鴨，命送此地給人吃，總算沒浪費時間，下輩子祝他們當有錢人子女。小菲說油蔥真的厲害哦，還能給雞鴨送葬。

開席後，油蔥感謝眾人，又大聲宣布，孫女小菲這次中考大獲全勝，考上了對岸的重點高中。小菲媽媽惠琴下班也來了，難得地倒上啤酒，滿面帶笑，珍珠項鍊在街燈下漶著暖暖的光暈。油蔥說，他早知，孫女小菲以後是要幹大事的人。然後他把小菲小時候，對著門外大人撒尿的故事說出來，說她如何運用一泡尿加一張紙條，爭取自己吃火鍋的權利。那天晚上菜很好，有些蛤蜊還是油蔥跟漁民叔去礁石上挖的，總之就是便宜又大碗，大碗又滿墘，大家吃得熱熱鬧鬧。

那天晚上，沿街客廳裡電視機都在播著奧運比賽，油蔥擺在街邊的音響放著《浪子的心情》，暖金的啤酒在小玻璃杯裡溢出泡沫，銀色的瓶蓋在地上砸出清脆的聲音。更高更快更強，大人們也跟著發威，平常一兩瓶啤酒就把一桌人喝得面紅耳赤，這次，他們喝掉了一箱。

9…………

油蔥的殯葬生意，竟然真的穩紮穩打地幹起來了。他甚至還忙不過來，聘請了兩個幫手。其中一個幫手，是妙香。島上學校外遷，學生變少了，她原本的生意也就不做了。她還是喜歡做飯，就在一條龍店裡照顧伙食，有需要的時候，還能外出幫死人化妝。妙香每天在店裡坐鎮，把暖鍋擺好的時候，整個店就是煙霧彌漫的仙境。每天有大約一個鐘頭的時間，黃昏的餘暉會從天窗灌注進來，聚集在地上形成齊整的長方形，給地板鋪上一塊暖金地毯。妙香比油蔥大十歲，她跟小菲說過，那時候，油蔥還只是個流鼻涕的小屁孩，妙香帶油蔥在山頂白色庭園裡玩捉迷藏，他每次都找不到她，玩到後來經常耍賴，倒在地上哇哇哭，像個小肉球，等著妙香給他抱起來，拍去滿腦袋的蒼耳。小菲喜歡聽油蔥兒時的糗事，總是忍不住哈哈大笑。

另一個幫手，是漁民阿彬。他原本是漁民，近些年避風塢被封閉，他的漁船也遭清退，再不能出海。他身材硬邦邦，力氣大，一條龍工作中的搬扛推，他都能幹。他吃飯規矩最多，會教小菲吃魚不能翻過來，不然會翻船。只能用筷子把魚骨和肉分離，然後整條魚骨連著魚頭拉起來。魚頭必須最後吃，不能一上來就挖魚眼，那是對客人不敬。油蔥總笑阿彬，如今已經不上漁船了，還遵從這一套。阿彬習慣了在海上縱橫來去，到了岸上也神出鬼沒，經常不見人，但店裡需要時他都會準時出現。阿彬比油蔥年輕許多，兩人是死忠兼換帖的好朋友。全島大概也只有他，閒來會把長長的漁線甩到油蔥面前，然後叫著：「油蔥油蔥，快點咬鉤！」油蔥這時候就滿臉喜悅地走出來，陪阿彬去釣魚。

除此之外，生意最好的時候，福壽殯葬一條龍還會增加三四個臨時幫工在外面四處跑。

高二那年暑假，媽媽惠琴要跟趙老闆出差，小菲就寄住在油蔥那裡。

小菲喜歡地下商場的安靜。這一區向來很冷清，人們沒事也不願意從殯葬店門口經過。有人怪油蔥的殯葬一條龍帶屎了整個地區，問題是他來之前，這裡本來連鬼都沒有一隻。油蔥跟小菲說，大家就是覺得衰運和鬼都住在一條龍店裡，不小心經過，這些東西就會跟你回家。妙香聽到，就大笑起來，說，拜託，也真是想得美，衰運和鬼，難道沒有主見嗎？而漁民阿彬會說，只要穩穩把錢賺到就可以，那些瞧不起油蔥的人就是一群沒本事、全身上下只剩一張嘴的廢物。

走進店裡，中心必然是一張可以泡茶的桌子，感覺像是從倒閉的傢俱店裡撿來的垃圾，邊角磕爛了，桌面布滿暗色縱橫交錯的痕跡，油蔥非說是紅木的高檔貨。桌上茶盤旁邊，擺著白色塑膠泡沫盒裝著的剛烤好的餡餅，還有紅色塑膠袋裡的麻粩和蒜蓉枝。

走到店的背部，是一層厚厚的暗棕色布簾。掀開布簾，背後還有個客廳，深處連接著好多房間，像繁複的地下宮殿。妙香和阿彬也有專屬房間，只是阿彬經常去兒子家，很少住。外聘的工人全都在外面跑，店裡總是很安靜。

客廳的縫隙裡擺滿了油蔥的東西。幸好小島從沒地震過，不然油蔥收藏的這些物件全倒下來就能把所有人淹沒。小菲都不知道眼睛往哪裡放。樓梯扶手密密麻麻地披著圖紋繁複的掛毯，帶著厚重的灰塵。死去的八哥做成了標本，停在鐘錶櫃的頂端，有蛛網在頭頂像新婦遮擋的頭紗，後面放著杏花樹形狀的燈盞。客廳角落裡的大木桌卻一反常態地乾淨，緊挨著的那只小木桌，則擺滿了水仙花球、棉花、銀色的剪子。油蔥沒事的時候，就坐在那裡雕刻水仙花。被他雕過的水仙，葉片會呈現出各樣的曲線，不再是直愣愣的蔥頭開花。

小菲住進來需要適應的第一件事：電話常在半夜響起。小菲覺得油蔥和妙香就跟救火隊一樣，接到電話後就立刻往出事地點衝。死亡可不會挑時間。凌晨兩三點，電話也常會響起。生意真好。可是每一次電話響起，都有一個人死去了。住進來後，小菲常常聽見他們接電話，說得最多的是：放心，不要擔心，不用怕。這是島上的人都願意找他們的原因吧。比起遠處的、規範化的、不熟識的人，在這些大人們最驚慌的時候，他們更需要油蔥和妙香在他們身邊。

接下來幾天，小菲很快就習慣了睡眠被鈴聲切割，等他們把電話打完，翻個身繼續睡。小菲還忍不住出手幫忙整理了堆疊得亂七八糟的玻璃櫥窗，把壽衣一組一組按照顏色大小排好，再把紙紮陳列擺好。小菲發現這些紙紮都做得很細緻。單單在成功男士小套裝裡，就有手機、車、錶、銀行卡這四件。手機是過時的諾基亞黑白機的樣子，但頂上的品牌寫著Hades。這不是希臘神話中冥王的名字嗎？錶上寫著「勞力士」，用心地拿金色的紙鑲了一圈，在白射燈下閃著光。銀行卡，端端正正寫著「冥間陰行」，詭異的諧音。美女套裝裡除了口紅、名牌包和高跟鞋，竟然還有三層的下午茶套餐。頂部放滿水果撻，還帶著薄薄的糖霜。「這……居然還挺好看……」小菲邊整理邊讚嘆。油蔥說，他不樂意賣機器做的呆板紙紮，這些都是找島上藝術學校的學生們手工做的，又便宜又好。

10

小菲住進來的第七天透早，油蔥接了個電話，然後他扭頭對小菲說，你們小孩子都很會拍照對吧？今天陪我去做活。小菲說好啊沒問題。

小菲知道油蔥店裡生意漸好，島上的人都願意找他，人手卻總不太夠。因此搬進來之前，小菲就特意跟油蔥說，她可以幫忙做衛生，一條龍有什麼需要都可以叫上她。她從來不怕這類事情。油蔥聽了，說我就覺得，你這孩子從小頭腦跟別人不同款。

出門前，小菲覺得奇怪，平日妙香姑婆總是很願意配合油蔥，這次卻別著身子，坐在廚房裡死活不出來。她不去嗎？小菲問。油蔥掐住小菲的嘴，塞進去一塊炸棗，然後說緊走緊走，就拉著小菲出門了。

林校長的葬禮，是小菲第一次「出勤」。林校長有位在國外趕不過來的姐姐，希望能用數碼相機記錄下全過程，發給她隔海紀念。小菲趕緊跟油蔥出發坐船去大島。油蔥告訴小菲，以前島上倒是有停屍房和焚屍爐，如今告別、火化、入土都在對岸大島上。小菲身處的小島，已不再具備處理和埋葬死人的權力。哪怕人在小島上去世，屍體都要坐專門的船運過去。由於搬出小島的人越來越多，現在紅糟肉喪宴也通常在大島上辦，方便弔唁的賓客。

林校長終年八十九歲，是家裡保姆打來的電話，說他死了。不對，油蔥說幹這行，死不言死，要說「過身」，出殯則叫作「出山」。林校長早年搬出小島，住在對面大島火車站邊上的高樓，他早上過身，在自己家裡睡過去了。都說這樣離世的方式，算有福氣的終結。

油蔥在現場只負責最重要的流程把控，至於洗身、換衣、抬棺、化妝入殮這些具體事，他都叫人來做，免得分心。他告訴小菲，樂隊指揮肯定比光懂奏樂重要。當然如果孝男孝女不在場，趕時間的時候，他也願意站在一邊，讓準備壽衣的人把衣服一層層反套在他身上，然後再剝下來給死者「套衫」。他說那些規矩，他不信，也不怕。林校長洗身換衫完，需安排八個人抬棺。如果遇到年輕人早逝，那就只能四人抬了。這一天，小菲才知道，死者和棺材不可以坐電梯下樓，林校長的屍身必須從十六樓由八人抬著，走樓梯下來。

第二天守靈。第三天葬禮。小菲很認真地一路跟拍。整個過程中，油蔥威風八面，罵這個靠北那個，流程迅速向前滾。他豎紋藍襯衫的口袋裡，永遠插著兩支筆，隨時拔出來，跟拔槍一樣，砰砰砰在紙上畫，整個場子運籌帷幄。油蔥是葬禮的主事人，但更像是全場的老闆，或者債主。所有傷心的人、做事的人，包括屍體，都必須聽他指揮。有油蔥在的場子，葬禮的中心是他，而不是死者。他像一隻烈怒的蜘蛛，噴射出許多細密絲線，牢牢控制住每個流程的每個細節。壽衣的件數、白色蓋布的花邊皺褶、紅絲線的數量、鮮花的擺放位置、司儀的流程、火化的時間，稍有差池就要承受他猛烈的炮火。等一切結束後，才會發現他並不是在發怒，而是工作的熱情進入了燃燒狀態。

小菲想，他是真的愛這份工作。

林校長生前交代過三個要求，一是希望得家人原諒，二是最裡面要穿那件桃紅的真絲襯衫，三是想找詩班來唱詩。第一條油蔥管不到。第二條穿衣的事，油蔥有照辦。但林校長第三個要求，不好辦。一般如果死者是走世俗路的人，要掐好時間，備好香燭祭品，有要求的話，還要花錢請光頭和尚或者道士。拜上帝的，則叫來教會的唱詩班和牧師做安息禮拜。林校長葬禮不太好找人，因為他並沒有委身的教會，何況雖然他搬出島有一陣了，關於他的那些傳聞一直都在。早先小菲在渡船上見過他幾次，總是拉著年輕男人的手。後來聽說過，有人去林校長家裡做客時，有男人衝進來，氣勢洶洶地跟林校長要錢，說他這種錢可欠不得。

油蔥一直在打電話，終於也拗到了人來。早上十點，歌聲從靈堂一直往外飄：我今空手來親近，專向十架求大恩。裸裎望你賜衣裳，軟弱望你善培養。汙穢走倚清水邊，求主洗我皆清潔。或是在世尚度活，或是臨終性命息。神魂離開過死河，看主高坐審判座，替我打破石磐身，使我匿在你內面。

唱得真好聽。油蔥說，以後他自己死了也給他找個唱詩班來，那些弟兄姐妹都很忠厚，不用花錢，有的連包了紅絲線的毛巾都不肯收，就拿兩顆話梅糖。

小菲看了一眼躺著的林校長。印象中他紅潤壯實，誰知已經變得這麼乾瘦。妙香姑婆就經常說，她絕對不要搬出島嶼，那些搬出去的老傢伙，很快不是死就是廢掉。話說得難聽，或許只是因為她害怕了。林校長七年前就搬走了，小島上的醫院越來越差，半夜出點緊急狀況，醫生都搞不定，會讓你先不要死，第二天再來。渡船不到凌晨就停了，但凡有點忍不了的狀況，都要在夜裡請掛旗兒小船去大島的醫院。林校長年紀大麻煩多，經不起折騰，只能搬出去了，還找了保姆全日看護。他就像被切斷根的蔬菜，身上那股活氣洩了，雙腿也迅速萎縮了下去，在床上躺了許多年。

隔壁靈堂擺滿了花圈，來的人也很多。相比之下，林校長的靈堂，既沒有多少親屬，也沒幾個朋友。他退休多年，老同事大多都不在了，除了妻子兒子，只來了一些學生。油蔥說，有什麼所謂，人多人少，熱不熱鬧，他本人也不會體會到，都是給別人看的而已。對誰來說，死都是一件獨自完成的事情。

就在告別式的最後，妙香姑婆突然出現了。她白頭髮都梳齊盤成一個髻，身上穿著白色的繫帶襯衫，下身是白色闊腿褲，耳邊的兩丸珍珠在白熾燈下閃閃發光。小菲看呆了，想起有好久沒看妙香姑婆打扮得這麼認真了。

妙香走進來，油蔥跑到她身邊，林校長的家屬也圍了過來。妙香蹙眉從包裡掏出一個黑色小布袋，扔到棺材邊上，說：「今日給伊一個全屍。」然後就轉頭腳步輕快地走了，如同卸下萬斤重擔。油蔥轉頭跟小菲說，這段到時候掐了，然後就趕著眾人繼續忙。等告別式完成後，就是出山，油蔥催著家人把林校長送去焚化，裝入盒中。

所有流程都結束後，會有喪宴，當地叫「吃紅糟肉」，宴席的末尾會端上來一道被紅色酒糟醃過的肉。告別式上大哭的人們，在紅糟肉晚宴的時候，都是笑的，喝點啤酒再吞下一顆土筍凍，人已經正式離去了，再哭就不合適了。

忙完後回小島，身體很累，但小菲內心有種踏實的感覺。特別是油蔥還給她發勞務費，他說你這小孩也是蠻現實的，拿到錢馬上嘴笑眼笑。但小菲有一萬個問題想問，油蔥說我知道你想問什麼，你給我一百塊我告訴你。

小菲豪爽掏錢。

油蔥說，林校長是妙香前夫啦。

小菲問，妙香姑婆往棺材扔了什麼呀？

油蔥說，如果你能猜對，阿公給你一百。

結婚戒指吧？

油蔥說，不是。你給我一百我跟你說。

小菲只好又掏錢。

那時陣你妙香姑婆是大美女，追她的人排隊要排到南洋去。這個老林當時剁了自己小手指，當作定情物的。

蛤？布包裡，是一根陳年手指頭？這些老人家年輕時玩這麼猛哦？小菲感到佩服。但她也發現，自己幾天的辛苦費，就這樣又被阿公卷走了。不甘心，想反悔去搶，爺孫倆一個逃一個追，笑聲跟機關槍一樣，驚動沿街的麻雀四處亂飛。

11

暑假結束，小菲開始上高三。自此，她就笑不出了。

原本，周末小菲還會陪油蔥和阿彬去海堤釣魚，去礁石上擰海螺，曬得黑轆轆。回到家，再把整桶海螺倒出來，蒸熟，蘸蒜蓉醋吃。後來，她不肯再奉陪了，一個夏天的黑，一整年都白不回來。女大不由人，她不再是那個長輩叫幹什麼，就乖乖跟著去的大傻妹了。小菲是要幹大事的人，每一天都在拼命地看書、做題，難得有閒置時間就把自己關在房間裡不出來，有事就猛地推門出去迅速做完。

後來她會想，自己當了很久小孩，總習慣推門而入，不好。這習慣，自那天後永遠改了。

她那天上完周末補習班，推門，媽媽跟她的台灣老闆趙保羅坐在客廳裡，就是僵硬地坐著，兩個人同一個姿勢，脖子伸得一樣長，靠得很近。看見小菲，趙保羅鄭重地用牙齒牽動嘴巴，露出一個笑，細長的手指捏住膝蓋。空氣裡有股焦灼的酸味。小菲才發現她爸也在。好像他們三人這樣僵持了很久，以至於心緒都串了味。而此時她爸伸手突然去抓她媽，趙老闆猛地躥起來擋。三個人又拉又打，讓小菲想起山上鬥毆的雞。

小菲愣住了。按照過去的母女邏輯，或許該上去幫媽媽。可是要幫著媽媽和趙老闆去揍爸爸嗎？還是來個二對二？眼前三個大人扭成一團，卻像是四肢有力氣不得不宣洩出來，拳頭都沒有落到實處。小菲突然明白了什麼，但又依然費解，於是她退後，把門關上，迅速往地下商場的方向跑去。她只想逃。

跑一陣，小菲才悟出這氣氛是怎麼回事。小菲說，我真的眼睛脫窗！怎麼會是那個台灣人，自己一點也沒察覺到！一路上，她都在用那支黃瓜色的諾基亞給朋友打電話。打完電話，心裡還是不平靜，抬頭發現已經跑到地下商場了。

自從高二文理分科以後，她就很少來這裡，一門心思都撲在學習上，竟然把排名從三位數變兩位數又變了一位數。每天都埋在學業裡做思想的巨人，六親不認。一回神，六親竟要變了。

小菲沿著樓梯向下走。原先空著的小店鋪，已經被新來的陳老闆租下來，打通做成了一家漫畫飲品屋。這地下廣場離島上的中學近，學生又不怕地下商場那些亂七八糟的鬼故事，願意花點錢又有飲料喝，還能看漫畫。陳老闆來島上這二十年除了賣過乾果，還在街心公園開過租VCD的店。承蒙他的熱情關照，小菲有幸陪著愛看恐怖片的媽媽看了《沉默的羔羊》和《人肉叉燒包》這類經典名作，留下一幕幕童年陰影，至今都不太吃肉包。這些店相繼收掉之後，陳老闆又瞅準學生群體，開了這家漫畫飲品店。他喜歡跟一條龍的人一起抽菸聊天，於是常常白送大家手搖珍珠奶茶。陳老闆的老婆叫胖狗妹，身材圓潤，頭頂美人尖。聽說她生下來時腎臟就不太好，所以都說起個賤名真的有用，本來醫生說她活不過三歲的，如今四十多歲身體還是頂呱呱，看見小菲就高聲跟她打招呼。

小菲跨進福壽殯葬一條龍，阿彬叔的釣魚桶仔隨意丟在門口。她走進去，沒人，估計都出去做頭路了。她坐著等，反正現在不想回家。

隱約中她好像聽到妙香姑婆的聲音，她起身往房間走。姑婆的門只是虛掩，沒關牢。小菲想著她在房裡，就衝過去，猛地推門，想跟她說，我媽竟然跟她老闆在一塊兒！下一秒，小菲卻發現自己已經衝出了店門，然後一路跑，手機都不知甩到哪裡去了。小菲想，不該那麼用力地把門關上的，我是太緊張了。滿臉通紅。我剛才看見什麼了？剛才看見，妙香姑婆仰面躺在床上，雙腳翹起，肉像奶油流掛下來。還有油蔥白花花的屁股。小菲推門的聲音或許嚇到了他們，油蔥滾落眠床，來不及提褲子。小菲看到妙香姑婆赤裸的身體。小菲看到她透出光亮的眼睛。

一時間不知道自己能去哪裡，小菲只能一個勁地疾走，到了海邊。海風吹得心茫茫，大人們的臉交疊在一起。她看見三角梅的蓓蕾被風驅趕著在橋上滾，最後倉皇跳進海裡。遭到處決。

風大吹，眼內起茫霧。恍惚間，背後有人自遠而近。是妙香姑婆。她坐到小菲身邊。過了一會兒又給小菲披了件衣服。小菲連頭都沒扭過去，實在不知道說些什麼好。姑婆掏出她超大支的三星手機打了幾個電話，難得大聲地吼著「她跟我一起的，知影知影」。

乾坐了一陣子，小菲終於沒忍住，跟妙香姑婆說，我不是故意的。妙香居然露出一個有些得意的笑，揉揉她的臉，說是我們忘關門，你會嚇到，也正常。你心肝內一定會想，這老的怎麼幹這事，笑破人的嘴。小菲說，我沒，我沒這麼想。姑婆說，你小，不知道我們也有需要的。她一臉稀鬆平常，反倒小菲漲紅了臉，顯得大驚小怪。妙香掏出牛角梳，把海風吹亂的頭髮梳了一遍，又說，我倆已經作夥七八年了。傳言裡那個山上的「小妞」就是我本人，可能是人家只看見我背影，沒認清吧。

小菲感覺自己的頭就像一隻颱風天掛在樓頂的拖把。

妙香說，小菲，我們回去吧。

小菲站起來。又坐下，說，剛才在我家裡我媽、我爸、趙老闆三個人打起來了。我跑了，誰都沒幫。她的臉憂愁愁的，一隻陰鬱的拖把。我媽會給我找一個新爸嗎？我最近在學校，日子也過不順。姑婆，不知道日子過起來怎麼越來越難。以後會是什麼樣？我不敢想，也沒勇氣過下去。

妙香把小菲摟住，讓她靠著自己。小菲的圓腦袋跟妙香姑婆瘦小的肩靠得剛剛好。妙香姑婆說自己年輕的時候，可以一口氣游到對岸。她那時也想過，那麼遠，怎麼游？就是一浪接一浪。破開一個浪，另一個又過來，切開千百個浪，就到了對岸。小菲的眼光也跟著切開一道道浪。妙香說，游不動的時候，我就想過去一件開心的事，好像嚼糖果一樣，又有力氣了。

小菲抬頭，看見太陽被條雲刻出斑紋，像發光的圓形虎皮。風在陽光裡穿過，變得蓬鬆輕軟，鼓脹出香氣的纖維。小菲瞇起眼睛，聽見妙香姑婆說，小菲別怕，你的心可以決定誰做自己的爸爸。你高興認籃子裡的鳳梨或是電線杆上的鳥當爸都可以，都在你。

過了許久，雲層開始互相擠壓，好像想打群架。雷一拳打在不遠的地方，捶得身後海街的樓群叮噹響。

我們回去吧，小菲說。

妙香姑婆陪小菲回了家，家裡亂作一團，媽媽和趙老闆正一起收拾。趙老闆的左眼腫成一隻藍色包子。小菲一看就有了預感。她媽媽先開的口，說趙叔……他跟媽媽打算結婚。菲啊你看怎麼樣。趙老闆鄭重地坐下了，頂著滿額頭沉重的汗珠，手裡還捏著抹布，抬起眼望著小菲。妙香姑婆偷捏了小菲的手。

小菲說，哦，你們開心就好。

12

小菲的目標是考個大學，離開這島，越遠越好。

所有人的期待，就算沒說出，但水位逐漸上升，積攢得很高，人是會有感覺的。大人們有時候還會有些偷偷的火鍋聚餐，在外面壓低了聲音說話，飯菜先精緻地擺好一盤給小菲端進房間。她偶爾會貼在門上偷聽，油蔥對趙保羅說，他那時候去學校開家長會，很多大人到得早，站在教室後排看孩子們上課。幾乎所有的孩子都回過頭，不停地看湧進來的大人，而只有小菲，一動不動，死死盯住老師，一直到把課上完。這種孩子，以後是要幹大事的。小菲一直覺得當面讓人誇，會很煩，但背地裡聽到，還真是暗爽在心內。

可是，小菲沒有成為油蔥預言的，那個幹大事的人。

或許就是因為小菲一次只能幹一件事，對周遭不敏感，只知道自己衝衝衝的性格，讓她直到臨近高三中段才察覺，自己並不被同學喜歡。圍繞在身邊的氛圍直到足夠濃厚，形成銅牆鐵壁撞到她的頭，她才反應過來。與此配套的謠言，以各種匪夷所思的方式生長，小菲開始試圖解釋，明明沒有做過的事情，不是一澄清就能解決嗎？但她忘記了，說再多，別人可以選擇不信。然後越解釋越多，牽扯出他人更多相反方向的演繹。

最後小菲明白，有些時候，人的友誼需要共同的敵人，而她是那個被選中站在對立面的邪惡倒楣蛋。銅牆鐵壁已經形成，那是經由漫長的時間紐結在一起的，一個扣鎖著一個扣，在時間裡發酵、滋長，最後可以將那個群體的世界都籠罩在這樣一層視鏡中。她嘗試許多方法，去捅開那層無形的牆，想盡辦法去討好，按照他們想要的方式做事、說話，最後引發更濃郁而靜默的厭惡。你的存在就是對快樂氛圍的否定。你就是顧人怨。小菲變得極度敏感，但已經遲了。這敏感就變成對自己的懲罰，別人的笑聲和每一句言語、每一個表情，都變成待解的密碼。她想念她小島上一起長大的好朋友，只是她們現在都身在別處。她們或許也正在孤身一人面對著身邊嫌惡的眼睛，自顧不暇。

青春期的時候，小菲無法分辨什麼更重要。哪怕她心裡明白，不要受影響，把高考考好就是了，卻依然承受不住身邊滲透的鄙夷。為什麼討厭她的人可以結成聯盟，而被討厭的人，卻只能各自抵擋。滿腹火。那陣子她恨了所有人，心裡沾染的黴菌在悶熱的瓶子裡指數級增長。偶爾她撐開肺，大嘆一口氣，想到自己這樣蜷縮在檯燈下埋頭苦寫，想到在學校裡因為被孤立而不願離開座位，就這麼被鎖在不過是屁股那麼大的位置上，而在教室之外，在臥室之外，金龜子像青綠寶石一樣在葡萄藤上發光，麻雀偷啄曬在紅磚樓頂的紅皮花生。再周邊些，日夜不息的海浪正在輕輕舔舐著島嶼，周圍那圈溫暖的海水，它們離岸後可以去任何地方，世界上的水都是相連的。明明有那麼多好事情正在發生，自己卻縮成了一塊硬骨。

成績於是在幾次模擬中忽高忽低。媽媽惠琴以為是狀態問題，青春期的小菲遺傳了她的失眠症，有好些天會徹夜難眠，於是媽媽在吃食上努力給小菲進補。

高考結束後，小菲深感不妙。但她估分的時候還是努力給自己找分，像遭災的田地裡一位絕望的農婦。估分看起來還行，小菲知道自己肯定高估了，但誰知道呢，萬一有奇蹟呢？起碼過幾天好日子。

那個假期，惠琴開始準備著搬家。小菲說你安排就好，然後說自己要暫時搬去跟油蔥一起住，方便媽媽把房子轉租出去。小菲內心真正想的是，這樣可以暫時躲避媽媽殷切的目光。

盛夏時，島嶼燥熱起來。大熱天的陽光是火的海岸。熱潮從光暗交界處一股股潑過來，茂盛、奔騰、野蠻，想要侵占。鳳凰木的葉子被升騰的熱氣翻惹、上揚，舉手投降。而地下商場的洞口卻總是吐露出絲絲涼氣。

整個夏天，隔壁漫畫屋的老闆娘胖狗妹總是氣定神閒地坐在窗口，手裡端一份晶白耀眼的糖水桂圓刨冰，彷彿一捧甜雪。看見小菲，她就笑盈盈地塞過來一碗冰，讓她自己加料，隨便舀多多舀，越大勺越好。

小菲在一條龍店裡自覺幫忙整理鮮花和做衛生，還要伺候油蔥的寵物八哥。小菲記得之前油蔥開雜貨店時，養過一隻更加伶俐的八哥，見到有人進來就叫「頭家」，人家要走就說「大發財啦」。而且不用籠子關，飛出去，還會飛回來。可油蔥說那八哥有一天突然死在門口，變得硬叩叩。應該是誤食了花花綠綠的老鼠藥。現在就變成了櫃子上的標本。

現在店裡這隻八哥，腦子不行，只會說「幹你老母」。什麼鳥嘛！小菲不管餵牠什麼小米、蟲子、飼料、水，牠都用髒話回敬。油蔥說這鳥整天關在籠子裡，不出地下洞，缺鈣要補。所以每次吃墨魚，小菲都得把墨魚骨先剝下來，掛在籠子裡餵八哥。油蔥每天不厭其煩地教牠八百句閩南順口溜、答嘴鼓，但這鳥還是只會說「幹你老母」。人生是虛無的，教育也是。

小菲餵鳥時走進客廳，有時會看見姑婆輕輕地撫著油蔥的脖頸。她看見小菲進來了，慌忙把手收下去。油蔥會笑嘻嘻地說，你不要吃我豆腐嘛。妙香姑婆就會拍他手臂，你都是老豆乾了，還豆腐。小菲也忍不住哈哈笑起來。看他們二人的背影，又老又年輕，身形是老的，但那種親暱相合卻一直新鮮。

13……

這天，小菲還在店裡伺候那隻討人厭的、只會撂髒話的八哥，油蔥突然一陣旋風來小菲身邊，說，來來來，養兵千日用在一時。讀書呆，你大學不能白考，外國人的單子來了，跟我出去一趟，幫你阿公生意衝出亞洲走向世界。

小菲到了才知道，死者是一對德國夫婦。這麼多年來，小菲還是第一次看到油蔥不好意思講話的樣子，居然露出微微羞澀的表情。油蔥也不管對方家屬說什麼，就臉紅地憋出一句ＯＫ，然後就把小菲往前推，說你去溝通，我到後面買包菸！可是，又不是在高考裡考完了英語，就能跟外國人對話！大敵當前，小菲硬著頭皮支支吾吾地用半吊子英語翻來覆去跟那位金髮眼鏡男說了三分鐘，對方認真地聽，然後用閩南腔的普通話說，菲小姐，啊要不我們還是說中文吧。

外國人的生意不好做，都說「番仔番嘀嘟」，意思是他們不懂本國本地人的做事之道。殯葬事，並不是一份尋常職業，沒多少人看得起，也沒多少人願意幹，自然需要有些勞務補償。各個程序，流程瑣碎，拖拉也是難免。有時候一包菸、一條毛巾，姿態放低，讓關節潤滑而已。小菲剛到店裡的時候，油蔥跟她說，她就能懂。但跟外國人說，不用說，也知道他們不能懂。不懂的結果就是事情處處被卡，卡到老外發火，三個虎背熊腰的卷髮老頭高舉著雙手，也不知要跟誰幹架。有一個大概剛學了些中文，反覆喊一句：「不要找麻煩！」他們沒受過委屈，總覺得每個環節的順利是服務業的理所當然，結果被人暗罵，番仔，連送死也要講效率。油蔥這時候就出來各方安慰，畢竟突然遇到這種事，人就想發火。哪國人都一樣，要理解。

蹦出的這些火星，是早就能預料的。費力不討好的活。

但出面拜託油蔥幫忙的，正是油蔥的新女婿趙保羅。油蔥說當然沒有不接的道理。要接，就幹到底。於是有了這一整天的手忙腳亂兩頭靠北，但油蔥勁頭十足，該大聲的時候他威震四方，該說軟話的時候又恰到好處，順便還要把小菲當翻譯器和跑腿指揮，外加安排一條龍其他人幹活，把五六個人使喚出一支軍團的風采。幸好家屬裡那個金髮眼鏡男，也就是男死者的哥哥，在本島生活多年，中文也熟稔，知道做事情該是怎麼回事，與他們配合著打通了各個流程。

這次畢竟是涉及兇殺，過程已經算非常順利。兇手大街上殺完人，根本沒跑，當時就砍了自己一刀想自殺。可終究砍別人夠狠，砍自己下不了重手，兇手沒死。員警訊問他也直接承認，法醫處理好後，公安局開了證明同意處理屍體。油蔥叫小菲去時，已經做好了清洗更衣等前面的流程，就等著對接殯儀館安排告別儀式和火化。女方父母沒出現。小菲主要服務男性死者的父母，幫他們做一些翻譯。兩位高大的老人家頭髮都白了，皮膚紅津津的，一直很冷靜，偶爾還能擠出笑臉。小菲不知道如何安慰，對方似乎也不需要，只能盡力幫他們做好翻譯。各處來了死者的許多朋友們，有些是從歐洲一天一夜飛過來的，倒是沒忍住哭泣，有的從機場打車一路哭過來，哭得司機六神無主。死者父母選擇就地火化，帶著骨灰回國。妙香姑婆說，還是番仔想得開，畢竟人都死了，何必千里運屍多折騰。只是他們還是想據當地禮儀設置靈堂，死者夫婦在本島經營多年，也希望讓他們的朋友員工們來弔唁。

油蔥看到擺放合宜、被鮮花簇擁得恰到好處、蓋棺材的布簾層層花紋都舒展的屍體，他就會露出自豪的表情。這次他尤為滿意，雖然很難說完美。男死者身高超過兩米二，實在沒有適合的棺材，但油蔥指揮著阿彬他們，把男人穿著硬皮鞋的腳拉出來，蹺在棺材邊緣，彷彿是一隻悠閒小舟上熟睡的垂釣者。女人則麻煩一些，嘴完全裂開了，這不是妙香能料理的了。油蔥給她另找了本地最好的化妝師，悉心黏補後塗上厚厚的粉底，讓她的面容沒有顯出疤痕，倒是露出微笑的弧線。修補得很完美，油蔥跟小菲說。但死者母親看見他們的時候還是哭了。

趙保羅和小菲媽媽也在葬禮現場幫忙。斷斷續續地，趙保羅跟小菲講員警的調查結果，時不時拿手帕壓住眼睛。原來兇手也是德國人，是女人的前男友，這十年來一直在尾隨、跟蹤、找尋這個女人，不停地用郵件和別的方式告訴她，我會找到你和你的男人，然後殺死你們。而這女人，從來不敢告訴現在的丈夫，兩個人一路從歐洲到這裡開工廠，但是十年後，還是被找到了。

那時候這夫妻倆正在海邊咖啡街上散步，那兇手動手很乾脆，跟在他們身後，找準機會對著男人心臟的位置就是一刀，直接斃命。畢竟那丈夫很高大，如果搏鬥的話也說不準誰輸誰贏，這兇手肯定早有預演和準備，不然不會那麼準。當時女人跪下來求兇手，可是兇手抬手就對她是一刀，把她的嘴橫著劈開。然後又是連續三刀，插在她的身上，把她殺透了。趙保羅給小菲看了這對夫婦生前的照片，男人一頭金髮，在陽光裡像支火炬，女人沒有笑，懷裡抱著她小小的孩子，那孩子伸手抓著她褐色的頭髮。小菲有了一種很奇異的感覺，她是先看見他們的屍體，才慢慢認識他們，不是活的朋友死去了，而是死的朋友，在他人的回憶中慢慢活過來。

小菲到夫妻倆家，幫忙拿葬禮的衣服鞋子時，見到過他們的孩子。才一歲，被菲律賓女傭抱著。這孩子不一會兒就突然暴哭，有人到他身邊，他就出嘴咬人。他爺爺告訴小菲，這孩子性情突然就變了，之前不這樣。本是受寵的無憂孩童，一夜之間，疼他的爸媽就再也不回家了，永遠不回來了。小孩子理解不了。

14…………

這幾天，小菲說是去幫忙，其實也沒做什麼實質性的工作，就是陪死者父母幫他們四處做翻譯。島上真的沒人才了，小菲這麼破的英文竟也有發揮作用的時候。小菲也不知如何安慰，無法挽回的損失又能怎麼安慰呢？油蔥說人在悲傷中，想要把事情想通想透都是沒可能，也沒必要的！旁邊的人，就好好聽他們說。他們不說話，你就說些有的沒的，時不時把他們從苦痛中撈一撈，會了嗎？小菲慌亂點頭，而後便乾脆把德國老夫婦當作遊客，跟他們介紹島上的騎樓、在地小吃，比如土筍凍這種拿海蟲做的食物，反正什麼新奇就說什麼。他們也認真聽著，配合著點頭。無事閒坐時，他們也會跟小菲介紹他們所在的小鎮以及當地的油炸麵包和豬肝做的香腸。

葬禮結束那天，德國一家也入鄉隨俗地辦了紅糟肉喪宴。宴席上人們突然卸下了所有的沉痛和眼淚，開始互相碰杯、綻出笑容，甚至說著俏皮話互相逗樂。中國人的喪宴其實氣氛也和緩，但不至於到這樣，或許葬禮哭完必須笑出來，是他們對自己的要求吧。喪宴有一瞬彷彿是一場商務晚宴，死者的父親，那位長得像聖誕老公公的白鬍鬚爺爺，很親切地把小菲介紹給他們當地的朋友，告訴她每個人的職位和公司情況，並且在他們的面前盛讚她。小菲沒覺得自己真實地幫到什麼忙，甚至有些奇怪他們隱隱表露出來的感激到底從何而來。或許就在小菲沒注意的時候，她的存在成了兩位老人的拐杖。

夜裡，小菲回地下商場，發現島上的野貓軍團已經越發壯大。油蔥說是最近因為太多大發善心來島上住個一兩天的遊客，接力賽似的餵貓，讓貓變得比常駐民還多。貓叫了好久讓她難以入睡，只好拿起儲備的易開罐，用力往門外砸，易開罐的聲音在黑夜裡畫出銀色鋒利的軌跡，到處亂跳。大約怒砸三四個之後，夜貓才全跑光了。但一會兒，又聽到隱約的叫聲從高處一陣陣地降臨，牠們去了山頂的廢棄樂園。小菲不懂，為什麼貓叫春不在春天，貓明明是為了招攬情人，偏偏叫得那麼淒慘，跟哭喪似的，還老要打架，殺個你死我活。

喪宴後的早晨，小菲到機場送德國老夫婦，老爺爺跟她說，我和我妻子真的很感謝你的陪伴，我們想送你一份禮物。如果你以後能去歐洲，聖誕節就來我家一起過吧。然後，他們倆轉身離去，帶著幼小的孫子，也帶著裝入罐中的兒子和兒媳飛向天空。

小菲從機場出來，坐上輪船回島上。船上曾經都是她們認識的街坊鄰居，可現在，都是遊客，戴著白色的黃色的旅遊帽，聽拿著旗幟的導遊編故事。導遊說，今天我要帶你們去環球無敵珍寶館，那裡可以看見俄羅斯進口水晶人臉，可以告訴你未來。更別說有南美來的虎臉老姑婆、手腳會發光的越南月娘和刀槍不入的亞馬遜矮仔伯。鎮館之寶是能到處亂跑讓人起死回生的高麗活人參。有時候，小菲也會羨慕這些導遊嘴裡那個世界，好像奇蹟是真的能存在。

那天晚上，小菲媽媽來找她，島外的新家裝修得差不多了，眼見著小菲就要出去讀大學，希望她能去新家一起住。媽媽說趙叔在大島上買了那個房子，靠著海的雙層小屋，地段偏遠，但環境漂亮，裝修都搞好了。

趙保羅這個男人，雖然木訥，卻沒有一次露出兇形惡相，倒是真待媽媽如珠如寶，讓媽媽敢笑敢哭。在今天葬禮的間隙，小菲經常偷瞥他。這是一位願意癱在小菲媽媽肩頭，哀哀哭泣的男人。趙叔和媽今天都穿著素黑的衣衫，相互依偎，一個哭，另一個也忍不住落淚，悲傷如同一人。雖然媽不認識那對德國人，但看到趙叔為摯友難過，她也就難過。他們兩人，如今確實是親密的家人了。以前常與媽媽相擁哭泣的，只有自己。小菲明白自己心裡湧的是恨意、嫉妒，但也為媽媽感到欣慰。

小菲用腳在地上畫了個圈，就當給自己那些莫名的敵意送了葬，她希望媽媽幸福，哪怕他們以後有新的孩子，忘了她，也可以。有趙叔照顧媽媽，小菲就可以放心去上大學，離開這島，用自己的眼睛去遠處看看這個世界。

媽媽又追著問，小菲回去吧，回去嗎？小菲的沉默讓她心慌。小菲仰起臉，答應了搬過去，第二天就把行李從地下商場拖出來，坐船離開住了十八年的小島，讓趙叔開車到了島外的房子。那是一棟薄荷色的兩層小樓，圍牆裡種著金杯藤，發出椰汁奶油的香味。

15

油蔥和妙香的事情，小菲沒有跟媽媽吐露過一個字。小菲能守祕密，油蔥說她是義薄雲天、忠肝義膽好孫女。而小菲只是覺得，就像是一鍋雞湯，她開始對媽媽有許多祕密，這些祕密像是一顆顆泛起的氣泡，把兩塊原來邊界都靠在一起的浮油慢慢分離。從媽媽與趙叔在一起之後，她就明白了，媽媽並不屬於她。可是媽媽不知要多久才能明白，小菲也會慢慢地不屬於媽媽。

這天下午，趙叔卻偷偷跟小菲說，她媽近來還是知道了油蔥和妙香在一起的事。這島嶼到底是太小了，每個人的祖宗十八代幹了什麼事，沒有不被顯露出來的。流言說原來小妞不是小妞，而是大了油蔥十歲的老妞。就這樣一個傳一個，流言真的會流動，從小島向外蜿蜒，淌進島外惠琴的耳朵裡。

油蔥和妙香倒很坦然，並不刻意掩藏，年紀足夠大以後，就被歸為一類人了，別人也不敢當面說什麼。妙香說過，這樣慢慢滲透讓大家都知道，或許才是最好的方法。

隔天一大早，小菲就看見媽媽坐在客廳發呆，好像一晚沒睡的樣子。小菲看向睡眼惺忪做早飯的趙叔，他也是一臉無奈。媽媽看見小菲就說，走，今天去小島上找油蔥。然後一路上，媽媽都是沉默的，背一個碩大的包。小菲想起德國夫妻的葬禮，怕媽媽從包裡掏出一把西瓜刀什麼的，也很緊張，不敢說話。

下了船，小菲不想直接去地下商場，就扶著媽媽先一起沿著石路往上走，很久沒去山頂廢棄的園子看過了。她是第一次注意到，被磚頭封住的大門兩側，各有一位巴掌大的小天使。孩童的身體、展開的翅膀，都雕刻精細，但頭都被齊齊砸斷。小菲和媽媽從門邊的破洞鑽進去，在園子裡瞎逛。這裡堆積了許多建築垃圾，土頭上面鋼筋纏成一團，像是海裡的褐色藻類。

小菲突然開口跟媽媽惠琴說，這幾次去給油蔥幫忙，她定睛凝神觀察過，陌生人、相熟的人、中國人、外國人，死去的人就像一截斷裂開的枯木，色澤會變得晦暗。靈魂離開他們了，內裡就不再有生命流動。死，是一種從裡到外，從內心到外皮的死。小菲說，那時候她就想到，媽會死，爸會死，油蔥妙香還有趙叔也會死。自己也會死。那如果各人活的時間都有限，就不要互相限制太多。

惠琴盯著小菲看，眼神疑惑陌生，過一會兒卻露出清亮的笑。你是在為油蔥說話哦？

小菲說，還有妙香姑婆。外婆已經去世多年了，阿公再找也是正常。

惠琴把包放下。

不會是現在就要掏出西瓜刀吧。小菲想。

惠琴掏出了兩隻鍋子，是她和趙叔現在做外貿最搶手的不沾鍋。惠琴一隻手舉一隻鍋子，陽光照得它們光燦燦的，晃眼。小菲，你媽我是來送鍋的好嗎？

好，好啦……小菲連忙點頭，攙著媽媽一路走到了地下商場。

油蔥見到她倆來，心虛地縮著腰，等惠琴遞給他兩支鍋，才舒了一口氣似的又得意地挺直了背。妙香把四季豆塞進惠琴手裡，讓她幫忙去絲，又遞給小菲一袋狗兒蝦讓她幫忙剝殼。妙香說，今天人多，咱們來吃春捲！

島上的春捲要用高麗菜絲、胡蘿蔔絲、四季豆絲、筍絲、三層肉和狗兒蝦燉成一鍋，然後搭配虎苔、炒雞蛋、甜辣醬、貢糖粉等數種料，用一張透明的薄餅皮，折疊著包在一起。咬下去可以吃到蔬菜和肉脂都融合在一起的味道。

小菲大口吃著，發覺很多東西燉一燉，混一混，也就咽下去了，還很好吃，發出一種互相配搭的香味。

16

高考成績出來時，小菲手抖得滑鼠都拿不住。數字跳出來，沒奇蹟，考得並不好。小菲想去的學校和專業都選不上。惠琴沒說什麼，但那個期望的大壩垮塌了，小菲可以感覺到媽媽心裡的洪水氾濫。趙叔卻叫她們別慌，提議給小菲安排出國。

好啊，出就出，小菲一口答應。她知道媽媽是要強的，自己沒考到好大學，那就去國外，總歸更好聽些吧？而且她也感覺，自己像一顆媽媽結出來的果子，在她的枝椏上吸吮了多年的汁液，如今果實膨起，也該落地了。她想乘著飛鳥，變成一顆飛到遠處的果子。

可是哪裡那麼容易。

小菲的英文老是考不過。她別的成績都好，就口語不行，看到陌生的考官就直哆嗦。奇了怪了，之前在葬禮上跟外國人交流，至少能說得出話。一旦到了考場，辛辛苦苦準備那麼久的答案全忘光了，而且喉嚨卡痰，上嘴唇黏在牙齒上，肚子還喧賓奪主地開始換著方法叫，R&B似的發出各種轉音。連考三次都這樣，最後一次對方問小菲叫什麼名字，她喉嚨乾到克制不住地狂咳，就這樣咳了十分鐘，眼淚都流出來了。這之後，媽媽勸小菲別考了，休息一陣再說。而她，也不知道自己這種應激性啞巴，出國有什麼必要，自信心劈哩啪啦全部坍塌。這時小菲會想起小時候不懂事，笑過那個死掉的英國人。不知道他懷著怎樣的理想遠渡重洋來到這小島上，也不知道他在如何痛苦中閉上眼睛。但努力都白費的失望，小菲如今懂了。

小菲牽拖說是新環境不適應，決定搬回島上找油蔥和妙香。惠琴本來不願意，後來卻主動跟油蔥講，一定由著小菲。大概是因為那次，小菲在白天的輪渡碼頭，突然昏了過去，從浮梯上一路滾了下去，嚴重失眠的副作用而已。或者是因為那次，小菲告訴她媽和趙叔，她能看見一些東西，聽見一些東西。那天夜裡睡覺，她眼睛睡著了，耳朵還醒著。小菲確定是一隻一米多長的巨型蜈蚣，在房間裡沒頭沒腦地亂轉。她很害怕，但也不敢睜眼，她說你離開我去吧。它隨即翻騰著幾百隻腳，發出窸窸窣窣連綿不斷的聲音，去到陽台，而後跳了下去。小菲醒過來的時候，一隻腳在陽台外。她沒想死，只是受不了那綿密的不斷絕的聲音。那個鉛灰色悲觀的聲音，每一天比她自己更早醒。它會嘆氣，冒出一個灰色氣泡貼到臉上，碎裂，發出唉的聲音，氣息濕濕黏黏的，然後小菲才醒來。

小菲整好行李，又搬去小島上，一到油蔥他們的地下世界，所有聲音和幻象就變得柔和可親了。她坐在店門口的時候，感覺到從外面吹進來的風，是自然的風，貓一樣，深淺不一地舔著臉龐。有時候風大，灌進地下洞裡，這條幽暗深長的喉管就會發出一陣綿長的嘆息。有時候又會傳出放肆的哈哈大笑，那準是油蔥又在講笑話，要麼就是那些小孩鑽進洞裡面探險，他們喜歡鬼吼兩聲，大笑一番，迅速離開。一個人笑，好像一群人笑。

「孩子心裡不順啦。免給她逼得那麼緊，在我這兒你放心。」小菲聽到油蔥打電話跟媽媽說。油蔥近來也不順，他一直想學吹小號，終於閒下來有時間了，門牙卻掉落了，他安上假牙，常哀悲說自己真的在變老。

這幾個月，島上再度拆遷，搬出了許多人，一條龍也沒有之前忙了，妙香在地下商場閒來無事就種花，門口這些大朵熱鬧的花是都為了油蔥種的。她自己更喜歡房間裡那些凝滯的多肉。紅刺的仙人球俗憨憨的，奇仙玉腫得像顆南瓜，白綠的仙人掌硬刺從脆嫩多汁的肉裡扎出來，最脆弱和最堅硬的常依偎在一起。

小菲這次回來，發現地下商場安靜了許多。仔細看，陳老闆的漫畫屋關門了。油蔥跟小菲說，陳老闆生癌，已經住進醫院裡了，他老婆胖狗妹也顧不上開店，全日要去照顧他，所以乾脆關門了。反正島上學校也遷出去好幾所，漫畫屋也沒多少錢賺了。

唉，小菲嘆了口氣往對面看。小菲記得有一次有流氓來找他們麻煩，胖狗妹像一隻矯健的豌豆射手，操起手邊的橘子就向對方砸，又快又準，嘴裡還幹譙對方祖宗十八代，把人成功嚇退。胖狗妹嗓音在不罵人的時候，還是真不錯，她在快打烊的時候會掏出一支麥，到廣場中心推出自己的音響唱歌，最拿手的是《最後的火車站》：「紅紅夕陽雖然好，可惜近黃昏，夜晚風吹著阮，一陣冷酸酸。」唱到後來連小菲都會唱了。有空的話，妙香姑婆和油蔥，阿彬叔搭配陳老闆，會一起在胖狗妹的歌聲裡扭。可如今……唉，希望陳老闆能好起來。

17……………

小菲正在看書，突然聽到一聲崩裂。

幹！油蔥大叫起來。原來是近門的窗玻璃，自己突然破了。妙香立刻出來打掃，亮的碎屑，像一地的珠寶。這時，店內電話響起，業務來了。油蔥叮囑小菲別靠近窗戶，等他回來修理，然後就跟妙香拿起包往外衝。

小菲看不進書，就想去外面幫店裡買玻璃，順便讓人來安裝。她這才發現，如今整座小島上都沒有賣玻璃的店。她憑著印象一家一家地找，發現的是一家一家的關門再造。現在都是什麼鳳梨酥榴槤糖大芒果店，都是些島上不曾有過卻號稱是百年老字號的店。玻璃店、五金店卻都找不到了。

小菲乾脆量好尺寸，坐船到對岸，買了一塊玻璃，然後一路舉著拿回店裡，舉得手痠。結果到地下商場的時候，她沒看準地上的積水和青苔，腳上一滑，整個人向前摔，玻璃應聲碎裂。她趕忙爬起來，看著滿地的碎渣，突然發現陽光下閃著草莓色的光澤。再看手上，緩緩淌血。

血在手臂上劃出一條條路，有自己的生命一般，蜿蜒著前進。小菲覺得腦子有些空，趕緊走進店裡，想給自己止血。妙香已經忙完回來了，在廚房裡做事。小菲闖進來的時候，她回頭，看見小菲從亮光裡走來，她瞇眼，再睜開，看見小菲滿手的血，白T恤上也全是。哎喲夭壽哦！妙香大叫起來，火速拿出醫藥箱給小菲止血包紮。小菲嚇得說不出話來，見血漸漸止住了，才感覺疼，小聲哭起來。妙香把小菲抱住，憨孩子，哎喲，憨孩子。一下一下哄著，小菲慢慢沉靜下來。過一會兒，妙香去煮了她每次都自己喝，卻說孩子人不該喝的南洋咖啡，用紗布把渣子過濾掉後，倒進去牛奶和一大勺糖，端給小菲。

小菲大口喝。妙香還撕開了提子酥餅。好高級的待遇。妙香坐在小菲身邊說，對了，你知油蔥少年時陣的樣子嗎？

不知影耶。

我跟你說啊，你看他現在全日一副勇字當頭的樣子，少年時可不是這樣。那時他全家都給人抓去，到街心公園跪著，只有他跑了。你記得街心公園那棵畫了紅圈的榕樹嗎？就是那棵，他爸被吊在樹上，油蔥不知道去哪裡了，我沒看見他。

妙香姑婆你也在現場嗎。

我也在樹上。我只被吊了半天就放下來了，我會服軟，會哭哭啼啼哀求。我後來嫁的，就是放我下來的那人。油蔥他爸是白色庭園的老管家，園主夫人的棺材是他祕密下葬的，他不肯交代地方。你不知，那時陣島上都跟瘋了一樣。原先島上最大的那片墓地，有很多雕塑，純白的羊、展開的書、飛起來的天使。到了那時候，全部都被砸碎，屍體骨頭也都挖出來，堆在一起。（她說這些，小菲才想起島上原本許多老房子，門頭上都雕刻著鷹、獅子、天使，但奇怪的是都沒有頭。）白色庭園的主人早就離開了，但太太下葬在哪裡，只有油蔥的阿爸知道位置。人家都傳說放了金銀財寶滿棺材。可他爸就是一聲不吭。

然後呢。

榕樹枝子哪裡掛過那麼多人？斷了。本來也不至於死，只是掉的位置不對，磕到後腦勺，人當下昏落去。那些人也傻了，都散了。我抱著他爸，眼前烏暗暝，大聲號阿伯阿伯，也沒人來救，油蔥也不知去哪兒了。後來才有人來了，幫忙看，阿伯早就斷氣了。屍體後來被匆匆運走，穿著帶血的舊衫。我待在原地沒反應過來，我捧著那些淌到我手上的血，本來應該是黏的、紅的，但不知為什麼，我看到的是一把滾燙的金色沙子。我寧願相信，阿伯早就飛上天，留下的是一個裝滿沙子的皮囊替他受苦。

油蔥他爸出事後，油蔥過了好久才來找我。他說，他那天醒來，找不到家人，就往外跑。結果，看到了天梯。他聽見他爸在梯子上面叫他。梯子沒有發光也沒有天使圍著飛來飛去，就是一架灰白色的木頭梯子從天上垂下來，看不到盡頭。他在上面爬了整整三天。他覺得往上或許可以看見自己的阿爸。但繼續往上爬，開始有點害怕，梯子那麼高，恐怕不是他爸放下來的。梯子對他很友好，他的手不痛，腳不痠，肚子也不餓。他轉而有點憤怒，有種要跟這無盡的梯子較勁的意思，他倒要看看誰搞出這些，他要質問要論理。他在怒氣裡越爬越高，四圍一片安靜，沒有白晝也沒有黑暗。那是絕對的安靜裡，人開始質問自己。他突然想明白了，何必要爬到頂端見到那位，自取滅亡。他有權下來控告我，而我沒力氣到他的面前去控告他。有這根梯子的存在就說明了問題。所以他就滑下來。速度太快，燙手，手被烙出印子，跌進了沙子裡。現在還有沙子嵌在他手裡，晶亮的、透明的沙子。等他回到地上，他爸已跟舊墓園挖出來的屍骨一起被燒完，倒進海裡。他沒來得及給他爸收屍。

別人都會說，我們吊在公園的時候，油蔥懦弱地躲了起來，也有人說他是怕被人抓，乾脆自己想尋死，可是最後又不敢。很多人說他不過是懦弱，才會編瞎話。但我選擇相信油蔥。

那陣時日是種熱病，過去後，生活突然像栓塞已久的水池，「嘭」的一聲通了，所有積壓的汙水，打著旋，就排掉了。然後人們開始過新日子，只是有些人卡在舊的時日裡過不來了。有些當時作亂的人，還住在同一條街上，每天會碰見。是誰虧了理，不必開口，都明白。油蔥還是默不作聲。後來，那些挖墓的人、把我們吊起來的人，三個死於非命，兩個得了怪病。你看，把難關渡過去，誰過得更好還不一定。我知道，油蔥不是懦弱，那梯子，幫他度過了艱難時日。

小菲說，哦，是很厲害的故事啦。但是姑婆，你為什麼突然跟我說這個呀。

妙香說，菲啊，咱什麼情況下都不要想著主動放掉性命。有梯子就抓住，好好活，就像油蔥那樣。現如今他就做了自己最想做的事情，不管生意好壞，至少不留遺憾。

小菲說，對呀。再喝口咖啡。吞下一塊餅。然後她看見妙香水濛濛的眼睛。哎喲。哎喲？啊姑婆啊，我剛才是去買玻璃摔倒了啦，不小心的啦！不是，我不是故意割手啦，哎喲！

這時候油蔥從門外走進來，大聲叫著，啊是怎樣啦，今天什麼鳥日子，外面怎麼又有碎玻璃？小菲再回頭的時候，妙香姑婆已經鑽進了廚房，耳朵發紅。

後來的每天妙香要是煮咖啡，都會給小菲來一杯。小菲面前總攤著口語筆記，嘰裡咕嚕肝腸寸斷地念念念，像另一隻八哥。終於有一天，妙香聽不下去，說，你這樣沒效的。油蔥插嘴，說你看你背詞時那副孝男臉，考官看了都想哭。然後他看著妙香，說，讓你妙香姑婆給你點撥點撥。不工作時，油蔥在妙香身邊，真的很像電影裡的師爺或者狗腿子，老是要在她的每句話後面墊上附和的話。妙香一遍遍讓小菲對著她說話，她說你講什麼不重要，我們都聽不懂也無所謂，關鍵是你不要怕，不要把嗓子憋得跟隻鸚鵡似的，要穩穩地講，讓對方懷疑沒聽懂是他自己的問題。沒別的方法，就是練，對著人練。活人沒空就去山上對著墓碑練，要是練到鬼都能聽懂，那就十拿九穩了。油蔥又插嘴，你上次幫忙老外葬禮，說話不也很順嗎？怎麼坐下來好好講反倒不行了？主要是練陣勢！輸人不輸陣！

後來小菲練口語都是妙香陪練的，小菲只要看到她眼睛，就有壓力，老卡殼。練著練著也就習慣了，慢慢能說出一句一句長句子了。妙香也說小菲臉上不再是憋得甭放屁的表情了，肌肉開始鬆下來，甚至有時候能帶點笑容。最後幾次她說，你這個差不多了，現在去肯定沒問題。

還真的是。最後一次考試，小菲順利拿到了想要的分數。

新家徹底收拾好後，媽媽請了原來小島上的親友來家裡。油蔥和妙香都來了，陳老闆還在醫院裡，胖狗妹陪著不能來，托人帶了些正山小種和水果。同時間，小菲也回來，在房間裡查電腦，發現自己拿到了國外大學的錄取通知書。那麼，九月就要離開了。

她聽見外面高聲說話的聲音，想趕快跟大家分享這個好消息。小菲走出房間，想著，這是心內面最快樂之時，卻不知為何感覺到有一股深濃的憂傷，從南風裡不斷滲透而下。九里香的氣味籠罩了他們，像芬芳的眼光。媽媽坐在客廳裡給妙香姑婆泡茶，跟島上任何一位尋常的幸福妻子一樣。她抬頭，看見油蔥與趙叔站在陽台上，又似乎站在肅靜的夜空裡，有星在頭頂顫抖。她聽見油蔥說，人越來越少。趙叔說，沒法啊，都在外遷。

他們對著遠方最熟悉的小島抽菸，最熟悉的島嶼現在已是遠方。他們在唇齒間吞吐出一場大霧，煙霧彌漫眼前的整片海。他們腳底下，是妙香姑婆送來吸甲醛的蘆薈，像長滿尖刺的某種怪蛇，彎曲且密切地向上延伸，一團灰綠的火。

18

漫畫屋陳老闆的手術是順利的，可是第二天福壽殯葬一條龍的電話還是響了。

那天，小菲一早就提著媽媽準備的兩罐蛋白粉回了島上，打算跟油蔥還有妙香一起去看望陳老闆。姑婆在熬湯，滿屋香滾滾。小菲蹲在店門口，看見店鋪上方的土頭剝落下來，碾碎了一隻螞蟻，而牠分開的肢節依然試圖隨著原來的方向分別前進。油蔥忙著在幫人看墓碑刻字，委託人是走世俗路的，墓碑刻字的數量也有講究，他就念著「生老病樂苦，生老病樂苦」，字都數盡的時候，必須落在「生」或者「樂」上才可以。小菲說這就是一道數學題，但油蔥懶得學，就非要這樣碎碎念，然後再調整字數就可以了。

正說著，電話響了。油蔥後來說他一看到胖狗妹的來電名字，心裡就酸揪揪的，覺得大事不妙。沒想到接起電話，是陳老闆兒子小陳的聲音。油蔥馬上問老陳怎麼樣。然後他還挺高興，說哦是嗎，老陳手術恢復得不錯啊，我們正想去看他呢。緊接著又聽見油蔥說，蛤？啥米？蛤？然後他沒再說話，最後說好的我們馬上到。小菲和妙香看他的臉色從忐忑到微微笑又到逐漸烏青，也不知道說什麼，就盯住他看。

油蔥捂住電話細聲說了一句：「胖狗妹過身啊。」

小菲和妙香兩個人喊了好大一聲「蛤」？

陳老闆找醫院加錢請了上海的醫生來動刀，經歷八個小時的手術，第二天醒過來了，他老婆胖狗妹卻因為一只黏粽子死過去了。陳老闆兒子說，他媽在等的時候，什麼攏吃不下，最後急著往嘴裡塞了一只燒肉粽，糯米黏涕涕，吃下就說肚子疼，人以為是她精神緊張，沒在意。後來她開始吐，自己一人避到邊上吐，再被人看見，已經倒在地上了。推進去沒多久，醫生說已經沒呼吸了，腸梗阻。

油蔥高聲叮囑電話那邊的小陳不要慌。唉，上可憐就是這男孩子，爸還躺在病床上，媽已經身子冷。孩子你聽我講哦，你媽是走世俗的，要敬飯敬三杯茶，香不能斷，記得去開死亡證明，後面要換殯儀館開火化證明。不要提錢，你爸媽是我們的朋友，我們幫到底。你阿伯阿嬸現在就過去，免驚。

油蔥他們開始忙起來，一進入工作的狀態也就一切如常。只是走幾步會冒出一句，人生嘛，人生就是這樣。小菲卻一直處在恍惚的狀態中。胖狗妹，就是不久前還活潑潑跟她說話的胖狗妹，現在，沒有了？

妙香東西都帶好了，轉頭說，小菲啊，你先回去吧，東西我幫你轉交。小菲聽到後感覺從後腦勺開始，整個人都開始剝落。正因為她認識胖狗妹，才會特別感覺人的死亡，這麼突然。原來死亡一直在這島上隨意垂釣，自己包括身邊的人並不會永遠倖免。小菲說我也去幫忙，我來給你們拿東西，能幫一點是一點。

哎喲不用不用，油蔥說。但是剛到醫院，他就把所有包扔到地上，小菲跟在後面忙不迭地撿，嘴上還要勸，但是聲音實在太幼，不起任何作用。他們剛到的時候，一群護工已經圍著胖狗妹的屍體，殷勤地跟她兒子說要幫忙清洗。狗妹死得意外，底下沒墊著東西，排洩物淋漓而出，一番清洗還是挺費工的。狗妹的兒子小陳不比小菲大多少，看到他們，嘴角還自動擠出禮貌的弧度，說謝謝，然後就要配合換衣了。這時候油蔥趕緊過去說，不用不用，我們的人自己來洗，請你們先回去哦謝謝。那些護工不願意，架勢都擺好了，兩邊就槓起來。妙香拉著小陳在旁邊解釋，這些人不是免費幫的，被他們碰了以後，後面就馬上打電話叫他們老鄉開的店來。現如今護工都被帶壞了，通報一個喪家要抽兩千，洗身的錢也是正常的好幾倍，這些錢羊毛出在羊身上。對方說你來就是想搶生意吧？先到先得！油蔥說免多講，假熱情，收錢時那麼兇！小陳跟護工說不用了你們走吧，但兩邊人還是僵在那裡，幸好阿彬他們及時到了，那些人才漸漸散去。阿彬一邊幹活一邊跟油蔥說，乾脆以後咱也給，他們給多少我們給多少，多拉一些護工到我們這邊來。油蔥卻不肯，不論怎麼說，做事還是要照規矩來，別跟著他們搞這種。以後他們被綁繩子頭，咱才不會被綁在繩子尾。

小菲在醫院裡聞到一種氣味。許多將死之人凝聚的味道。小菲開始有些害怕看見躺著的胖狗妹。不是害怕死去的身體，而是心裡覺得她本該是活的、熱的，卻毫無道理地躺在那裡，不再擁有生命氣息。油蔥打電話聯繫著冰棺，一邊跟小陳解釋，以前是打福馬林，現在家裡設靈堂都要用冰棺。小菲想起油蔥之前跟她說，再早一點，幾十年前，那時候家裡設靈堂都是去買一大塊冰，放在屍體下面，隔天融化了再買一塊新的。人死了，就是一塊需要冷凍保存的肉。腐壞，是第二次的死。

妙香看見小菲臉兒青筍筍，便輕輕推著她出醫院，讓她趕緊去輪渡坐船回家，免得回去晚了家裡人擔心。現在這裡不缺人。妙香把背著的袋子掛到小菲肩頭，聽人講哦，外國會下雪，給你買一件好的羽絨服帶著。油蔥跑出來，從他神氣的亮皮包裡拽出一封紅包，硬叩叩的很大包。他說阿公一世人沒去外面看過，你拿著，不要只顧讀書，要多去玩。看小菲不肯收，就硬死塞進她的帆布包裡。

阿公、姑婆，我心裡驚驚，我也從來沒出過咱這裡。小菲似乎腳步根本不願動。她明知裡面忙得翻過來，自己卻霸著兩位不肯走，竟然還說出平日連跟媽都沒說出的話。

我也不知道自己怎麼申請到的，聽說別的學生都很會讀書，說不定在國內都能考上清華北大。小菲感覺自己開始胡言亂語，大概是想找一個不用出島的理由。島上說清華北大，其實不是指具體的學校，而是泛指學校肯定很厲害的意思。

油蔥捋了捋長瀏海，說，他們是清華北大，你是清華北大他阿嬤。

小菲說，蛤？

跟我念，你是他阿嬤。

小菲說，我，我，我是他阿嬤。

大聲。

我是他阿嬤！

你這句話，姑婆拿紙給你包起來收好。妙香笑著說，油蔥也滿意地齜著嘴。

說完也怪，這句話氣魄十足，小菲只覺兩臂生力，奮勇走去了輪渡，屹立船頭，直搗黃龍，回了新家。

那天晚上，小菲剛進門，媽媽就道歉著端出一盆螃蟹。明明都那麼忙，媽媽最近卻堅持每天要給小菲做飯。結果今天她忙著打業務電話，等蒸完螃蟹，打開鍋蓋，看見一整鍋散落的腳、爪和身，她才想起自己忘了把螃蟹先用筷子釘死再放進去，它們在熱氣裡掙扎的時候也就散盡鉗爪。趙叔說沒事沒事，都是吃進肚子裡的，不要在意，然後就挑了最硬的蟹塞給小菲，自己又去忙著打電話，打得滿頭汗。沒了手腳的三點蟹更像一張人臉了。掀開，紅膏滿滿，小菲就吃得忘乎所以，把別的都忘了。

吃完飯，小菲在臥室的窗口對著遠處的島嶼望。正在落雨。雨水在發亮而夜是黑的。

裝上了夜景工程的小島，像海平面上的暖金蛋糕。這座蛋糕上，住著油蔥阿公和總在他身邊的妙香姑婆。十點，好像有人吹了一口氣，燈滅，整座島暗淡下去。

19

英國的本科學制三年。三年了，小菲本科畢業的暑假才第一次回國。回國的飛機上，她做了一個搖晃的夢，海面布滿巨型浮冰，像青色玻璃，島被海浪裹挾，輕易被堅硬的冰擊碎，淌出繽紛的汁液。夢醒時，飛機落地，夢境外的島嶼也跟著變化了。

讀書的日子難過也好過，開頭的語言關過了，後面就是一片新的世界。小菲過去從未離過島，偶爾去大島兩三次，卻也從未離開過說家鄉話的範圍。這次一去就是一個完全陌生的國家，也是一組島嶼，但島嶼上一個認識的人也沒有，走在路上就跟在電影裡似的，她感覺眩暈。

像是一顆怯懦的種子入了土，畏懼硬石蟲蛀，卻漸漸發現，剛好到達了一片沃野。小菲在緊張的適應期過去後，卻感覺輕鬆，感覺充滿幹勁，好像一切都可以從白紙開始描繪，心裡就壯闊起來。後來開始有人向她問路，有新生需要她指點，她就明白，自己可以在此生活了。有時候想想也是挺沒良心，她完全陶醉於每天都有新發現的那個陌生的異國，獨自過得實在太開心了。上學、打工、社團，每樣都有廣闊天地。

本來說要去國外看看的，可是油蔥和妙香每年都有新的理由不去，後來，小菲也就不問了。媽媽和趙叔也一樣，每次小菲提起，他們就有這個忙，那個忙。重新當了海員的爸爸也沒有出現，最新的信息，是他在平原老家給她添了一個弟弟。

小菲學業快結束時，才知家中危機。趙叔和媽這幾年轉做機場的貨運生意，一度在香港也發展出不少客戶，還乘勝追擊設立了辦事處。可是後來生意卻陡然冷淡下來，他們試著掙扎保持平衡，在極難之處依然抓住一絲希望的線頭，但最後實在散盡氣力，只好收掉了不死不活的辦事處。原先買的二層樓房，也被銀行收走。二人奮鬥許久，如今只剩一個光禿禿的帳戶。油蔥和妙香常來安慰幫忙，那一陣小菲每次打視頻電話，都會看到他們帶一大群人圍在媽和趙叔身邊。惠琴跟小菲說，很多事都是看起來容易，還會責怪做事的人怎麼當初想不到那些顯而易見的危險，哪知自己做了，才知世事無常。這次都靠你油蔥阿公和妙香姑婆出手，不然跌到底我們根本爬不起來。

事情落定後，媽和趙叔重新搬回小島上，開了一家「雙喜餅店」，賣綠豆餡餅和咖啡。沒什麼嘛，油蔥阿公總會說，正所謂一時失志不用怨嘆，一時落魄不用膽寒，然後開始說起當年島上富商下南洋，如何從挑擔子做成大富翁。但趙叔會嘆一口氣說，很多事情不是愛拼才會贏，分明是七分天注定。同時間，小菲也發現，自己學業成績雖然不錯，也拿到些許機會，卻不代表自己真的能把根在異國扎得深切，她小心觀察問詢過，發現大部分剛畢業的學生，沒有太多資格挑選工作，更多是被工作挑選。即使在異國的小公司入職，做了多年依然還是基層職員，難以向上，玻璃天花板死死卡在那兒。不只是理論而已，她實習時觀察過，大公司總部的中高層裡，年輕人少得可憐，且每個職位都穩固，一步一腳印需要更長的時間去走。她綜合許多前人經驗，知道歸國而後外派，才是上升最快的通路。於是，她決定回國。

小菲剛回小島的時候，才覺得滿眼的房子並不精緻，也過於擁擠低矮。島上的店鋪不知已經換過幾波，攬客的人開始嘗試新的招數，比如站在門口拍手，或者站在凳子上大聲喊，或者慷慨往人群中塞入一塊塊肉乾試吃。這些並不奇怪，只是他們也開始招呼著小菲。小菲低頭看看拖著大行李的自己，過往多年在島上行走，總會被商鋪一眼認出是本地人，他們從無興趣對她多費口舌。現在，這些商家也是外來的人吧，而她自己也變成了外來者的模樣。小菲自己做過異鄉人，更加明白外來者的不易。她慢慢地走，凝視著每一張臉。湧入島嶼的臉、跳動變化的臉，溫熱的、寬闊的、毛茸茸的、線條尖厲的、大的小的臉。

人群比過去濃稠了很多，像是一種加了澱粉的湯。

她兒時買書的地方、迷路的地方、租漫畫的地方、偷吃麻辣燙結果被媽媽抓到的地方，都變了。連籠罩瀰漫在這個區域上空的氣氛，都變了。那些綿長的舒緩的纖維都被打碎，變得短促急切。走了十五分鐘，她突然發現自己想不起來，島嶼原來應該是什麼樣子。腦中以為一直在那裡的島嶼傾覆了。真正的毀滅不是以斷裂的形態消失，如果是那樣，島嶼依然會存在於心裡，甚至變得更為明晰。真正的毀滅，是一寸一寸改變，心內的心外的，都一同塗抹。就像是柏油馬路上一條一條黑色的新補丁，被壓路機鋪張在老路上，直到覆蓋全地。

小菲到了雙喜餅店，門口有棵龍眼樹，浸泡在金亮通透的陽光裡，結著成串黃褐的果子。店鋪有個大窗台，上面擺著花葉芋和虎刺梅，莖葉粗壯，準是愛種綠植的趙叔照顧的。小菲看到玻璃窗裡面媽媽在揉餅，她不再細聲細氣，而是高聲喊著：「現做現吃，瞧一瞧看一看！」她的頭毛剪得很短，開始混入了白絲。趙叔則在一捆一捆地打包餅盒，努力粗聲跟來買的遊客團說來哦買四盒送一盒，不買也可以試吃看看哦。他雖然熱情，但那個拖得長長的尾音「哦」還是露出一貫的斯文羞怯。都說是天公疼憨人，趙叔和媽媽堅持用真綠豆真芋頭做餅，雖然成本高了許多，但生意在口碑推薦裡漸漸熱起來，他們連小菲回來也沒法去接。小菲就站在那裡，看著他倆，直到腳痠才走進去。

惠琴抬頭看見小菲，猛地抱住她，麵粉沾了兩人一身。他們現在就住在雙喜餅店樓上，店面隔壁是寶如貢丸店，老闆夫婦整天聽惠琴和趙保羅說小菲，也跟著激動，送過來三碗貢丸湯。二樓只有一間小臥室，趙保羅要讓小菲跟惠琴睡，小菲拒絕了，自己暫時窩在客廳裡。趙叔和媽媽這幾年，把家搬來搬去，一度要移居香港，卻也還是回到了這座小島上。小菲剛回來的喜悅被一種逼仄擠壓住了，她感到自己是這個溫馨、擁擠、被照顧的小罐頭裡一隻歪斜的沙丁魚。她有些懷念在國外自己讀書打工自己住的日子。

20

人活世上，誰不是一褲屎啊？晚上來吃飯的時候，油蔥說。

三年不見，他像一隻曬乾水分的核桃，迅速地乾癟下去，但講話依然中氣十足。他起勁地問東問西，問得熱滾滾：英國東西好吃嗎？冬天雪大嗎？人胖還是瘦？你講兩句英語來聽聽？他聽得入神，腳抬到椅子上，右腳襪子有三個孔洞，長著黃指甲的大腳趾衝出來。惠琴每次看見都塞給他幾雙新襪子，可他就是存著不肯穿。

原來人變老就是瞬息間。這幾年過去，小菲發現妙香姑婆身體迅速地膨脹起來，像一塊飽滿的白玉，人卻變得很安靜，似乎很疲累因而無話，好像一直在清醒和睡夢間搖晃。吃飯時，她把趙保羅叫成阿彬，過一會兒，又把惠琴認作自己媽媽。妙香如今行走沒太大問題，只是隨站隨坐都會突然進入一種蒙昧狀態。吃到一半，她找了一處沙發躺下，嘴開開地看著天花板，舌尖像蛤蜊的紅斧足。過了一會兒，她突然哼起一支歌，油蔥說是她小時候的曲調。她周圍的空氣，或許是被攪動而旋轉得過於密不透風，把她的意識牢牢凝住了。

臨走前，妙香抓住小菲問，菲啊你去哪兒讀書？小菲說，不繼續讀，畢業了，回來找工作。妙香姑婆竟搖搖頭說，小學還是要讀的。妙香站在那裡，油蔥小心地幫她套上襪子鞋子。小菲想起飛機上的那個夢，夢境裡的風刮得很猛，鼓成一隻搖晃的胖口袋。妙香姑婆就是那只口袋。小菲一度有些感傷，拼命瞪眼想控住眼淚的生成，過了一會兒眼珠子把水分吸收進去，只留了一點鼻涕。油蔥倒是很坦然的樣子，說妙香現在越來越像做藝術的，喜歡挑兩只不一樣的顏色的襪子，喜歡胡亂扣扣子，喜歡把糖當作鹽加進菜湯裡。老來叛逆咯。他一邊說，一邊疼愛地整理她的頭髮。

吃完飯，小菲把禮物遞給妙香姑婆和油蔥阿公，再把他們一路送回地下商場。油蔥一直在碎碎念，小菲盯著他的頭殼看，油蔥總是自稱到老都沒有白髮，可現在滿頭的白黃黑髮交雜，像是染髮不均，新舊髮斷層。之前在國外發信息給他時，他宣布要戒菸，大概短暫地成功了一陣，如今還又復吸，發黃的格子襯衫上滿是菸草的味道。過去他還注意著，到了店裡儘量不抽菸，要抽就走到門外。如今變得隨意了，阿彬叔今晚也在，兩管老菸槍，把店鋪弄成了煙霧彌漫的窯。他們找藉口說，近來下水道老是泛出臭味，剛好拿菸味壓一壓。只是小菲來了，他們就不再自由了，只能猛吸幾口，把菸掐了。

油蔥一直在說競標的事。現在已經不再是一條龍之間的競爭了。

原先殯儀館與一條龍是不同的兩邊，一邊負責提供葬禮場地、焚化屍體和墓葬，另一邊負責幫助喪家洗身換衣抬棺化妝，然後安排告別式，走通整個葬儀流程。可最近從上海來了一個殯儀方面的大公司，正要與殯儀館合作，把整個流程都獨家吃進，關鍵人家是上市公司，做事一套一套的，這個套餐那個套餐都能玩出花來，葬禮主持穿白襯衫戴白手套，打扮得十足像樣。更不要說給護工的介紹費了，多少錢他們都出得起。

小舢板撞大船，爭不過的。妙香清醒了，在一旁搖頭。

阿彬說，現在跟他們關係搞得不太好，有時候一條龍連送鮮花進殯儀館都會被卡，畢竟是競爭對手嘛。人家在大城市裡千錘百煉的方法，在這裡還不隨便給你吃夠夠？一來就搞定幾大敬老院，貨源就穩定了，站穩腳跟後再宣傳他們才是正規正統，後面哪條龍都不得活。人家還到處宣傳，他們收費正規，我們都是亂收費，一張白紙給我染到黑。其實仔細算算看，他們收得貴多了，畢竟有那麼多人要養嘛！

油蔥說，所有一條龍店裡，也不是沒有亂收亂賺的啦。唉。聽說，殯儀館會做個公開招標，我說咱開一條龍的也都去參加，至少別讓人覺得咱都沒膽，讓他們那麼容易拿下。

小菲當然第一時間自告奮勇，說她其實會的不多，但ＰＰＴ還是會做的，不嫌棄她到底還是個學生，只會紙上談兵就行。

行就上，咱也就是跟他們盡力拼一拼。油蔥說。

地下店鋪的電壓有些不穩，燈泡閃爍起來，玻璃發出劈啪的聲音。小菲扶了下眼鏡，看見暗處有影子浮動，發出吱吱聲。小菲忙說，店裡有老鼠了啦，要不要我給你們買隻貓？油蔥卻神祕兮兮地說，做這行，不能養貓哦。人的屍體要是被貓躍過，就會猛站起來，見人就抱，一起倒下去死！我跟你說啊，前幾年有一次……

哎喲晚上不要嚇小孩啦，阿彬狠拍油蔥一記。

小菲才不是小孩了，人家是國外回來的知識分子。好了快回去吧，不然我要被你媽罵了。油蔥笑說。

小菲走出地下商場，慢慢沿著樓梯上行，想起學校裡老師說的西西弗斯。一日又一日，一條龍背負搬不完的屍體。這次回來，油蔥阿公和妙香姑婆都如此明顯地老去了，是不是也別再出來做頭路了？可是休息對他們就是最好的嗎？她也想不明白他人的出路，就像眼前罩烏雲。

小菲爬上山丘。山頂的白色樂園被樹占領，變成葉片的容器，牆皮如外衣剝落，被樹根爬滿如同滿身導管。到了夜裡，樹叢與大海會發出一樣的聲音，都是一隻濃紫巨鳥在振翅，無論是毛茸茸的，還是濕漉漉的。月亮灰色的光澆鑄下來，一寸一寸地延展著裹屍布。然後等夜徹底遮蔽一切，太陽卻刺開口子蹦跳出來，一日降臨。日升月落，月落日升。比人高的大株海芋展開了葉子，有一隊隊戴著黃帽子白帽子的旅行團走過去，有一個個商販用擔子挑著綠葉包裹的發光漿果和粉紅蓮霧，數隻麻雀、鴿子和相思鳥從天空劃過。

然後，就是兩周後的兩根黑影，漸漸經過橙黃的路燈。

是小菲和油蔥。

他倆像走得很慢的兩根毛筆，於是影子被拖得又濃又長。小菲在想自己早先都聽到了些什麼。用戶畫像。標準化流程。庫存管理。服務承諾。套餐設計。大約是那些詞對吧。然後輔以資料和計畫。她想這些都是一群聰明人設計出來的趁手工具，揮舞起來可以肢解世間大部分難題。她好像在書本上都學過，但卻未曾真切地在實際中用過。她當時偷偷看著在提案的那些人，那些「上市公司」的人，然後緊緊攥住自己手頭那方銀色優盤*，知道這根本不需比較，比不過的。說些什麼呢，說油蔥有時候遇到困難戶不僅不收錢還會自己掏錢出來？可是對方有宏偉的慈善計畫呢，而且已經在三家敬老院實施了，拿到了資料和充滿笑臉的照片作為呈堂證供。說點別的，說妙香姑婆對喪家很體貼，跟許多人都成為朋友？可是對方有客戶管理計畫，不僅要負責一位客戶，而是做好了送走對方世世代代的準備。再說什麼呢，說阿彬叔力氣很大，身板很硬，經常吹噓自己可以再幹上三十年？可是對方是一家公司，只要願意出價，他們可以每年為自己吸納新人，永生不死。或者或者，讓油蔥上來，說那個貓與屍體的精彩故事，讓每個人都求著他講完？還有用嗎，油蔥的故事在此已經不吸引人了。對方還有「人生後花園」、「心靈棲息地」、「子孫蔭福鐔」各樣了不起的詞語，把死亡生意做得如同房地產一樣誘人。

但小菲最後還是豁出去了，她想自己有盡力在裝鎮定，她不知道自己說了什麼，但是就用妙香姑婆曾經教她的，就放膽講，讓他們覺得沒聽明白是他們自己的問題。可最後，還是沒能講完一半，就被硬打斷。「這家根本沒資質來講，連預先提交材料都沒有的。」然後小菲和油蔥就被趕出去了。

大門是兩扇巨大的鐵柵欄，死死關上。油蔥被推了一把，沒站穩，身上那件最好的襯衫滾了塵土，手上的資料也散落一地。小菲趕緊衝過去，把他扶起來，幸好沒摔傷，頭也沒有磕出一顆夜明珠。小菲氣得對著門內大罵，蹲下把資料撿起，整好遞給油蔥，說，真不公平，也沒有事先通知要提交什麼材料啊？

一直沒說話的油蔥突然叫一聲，小菲你轉過去！小菲看見油蔥解褲帶，趕緊閉上眼睛轉身。然後就聽到水聲傾瀉而下，噗滋噗滋打著地面。油蔥對著門撒了泡尿，然後把隨手的材料沿尿河扔了進去。

油蔥說，好！咱就來提交材料！

小菲也把手頭列印的那沓紙往門內揚，忍不住也高喊一句，我是你阿嬤！然後就跟油蔥一起走了，強裝著鎮定的腳步，心裡卻很怕有人追上來叫他們把地板清理乾淨再走。

但小菲也知道，就算這樣，他們也一點都沒贏。或許他們就像個笑話。

兩人一直無話，坐車去輪渡。車上座椅對面坐著一位阿叔，綠色的雙人塑膠椅上，他

---

*USB flash drive，即隨身碟。

占了一座，另一座給了他請來的朱紅佛龕，他安心地靠在上面睡著了，隨著車子搖搖晃晃。何等的神佛，卻也拘在一只小籠子裡。

21

這幾個月，也不是沒有好消息。

第一是小菲工作有了結果，兩個同樣好的職位，都有外派機會。一個就在對面大島的瓶裝飲料工廠，負責對接瑞士。另一個在上海，兩年後通過考核就去英國總部工作。

另一件好事，是趙保羅在小島商鋪組織的中秋博餅大會上，擲出一個頭獎——狀元插金花。獎品是高級酒店別墅一晚，位於對面大島新開發的白色海岸。整棟酒店別墅，共有兩大一小三間房間。惠琴和趙保羅這兩年來都沒休息過一日，最近終於請了幫工，就想帶著油蔥、妙香還有小菲一起去，給眾人歡喜一下。

小菲覺得好笑，為什麼大家都生活在靠近海灘的小島，結果難得出來，又是去對面大島的海灘。而且那幾天兩個職位都在催她儘快確定，她本想自己好好安靜規畫、比對一下，再做選擇。但媽媽惠琴就這樣直接定下行程，似乎完全沒有問小菲意願的必要。小菲知道，自己只要還沒正式去工作，又沒在讀書，時間就不會真正屬於自己，永遠要被家人們好意切割安排。現在的她自覺已經成年，可在家人眼裡還只是過去的孩子，是一瓶液體，用以灌注大人們認定的空隙。或許要過些日子，他們才能真正看見她。而她，也需要時間去凝成一塊有自己形狀的固體。現在沒必要多起爭執，於是她順從。

那天，到了白色海岸，大家都說這是片彆扭的海灘。本該平滑的沙灘出現了古怪的溝壑，一道道大地的妊娠紋。油蔥一瞥，說這裡是人工造的，準是從外地運來的白沙，往灘塗上倒，硬是把泥地變沙灘。但是海不習慣，它三推兩推，假沙灘就會現原形。

但是天空不能作假。小菲看見天的左邊堆積著薄粉紅的雲，右邊則是芋泥紫。海的遠處，飛機低飛，白橋上橙金的燈亮起來。有海風先滑過棕櫚再從她的頭面拂過，再高一點的木棉和鳳凰木千千萬萬的葉片發出敲擊的鈍響，低處的夜來香穩穩不動，發出香氣。這樣的雙色天空在以後的時日也會再度出現，那時候，小菲就會再度陷進一團透明溫暖的霧氣中去，感覺靈魂飄出去一些，感覺每一棵樹都在歡迎她，等著擁抱她，似是故人來。她還會想伸出手去撫摸它們，每一棵，就像現在一樣。

此刻的海岸上，有許多廢墟，很多低矮的瓦房正在被推倒，遠處已建起密集的高樓。

小菲看見高樓的縫隙好像色彩導管，底部是藍紫色，然後慢慢紅上去。

小菲蹲在這假沙灘，想著，如果選大島工廠的機會，離家不過是十分鐘的船和一小時的車。但如果選上海，就要去那麼遠那麼遠，會下雪的上海。小菲覺得選上海的工作機會更對口，薪資和晉升條件也更誘人。更隱祕的，是她總想獨自遠走，不知道是不是做海員的父親在她血脈中埋下的密碼。她想去完全陌生的城市，靠自己站立住，養活自己，那麼家人就能真的尊她為一個成年人了。而且去更遠的地方，媽和趙叔也不必有什麼掛礙，兩人把自己的日子過好，她也可以多賺錢為他們分擔壓力。可是跟油蔥提案失敗的經歷，卻讓她開始有點猶豫，自己紙上談兵學習了多年，究竟有沒有能力靠自己在上海賺吃？

菲啊，緊來，來看大別墅咯！小菲的思緒被惠琴打斷。

他們走進別墅酒店，趙叔有點懊惱，什麼高級酒店啦，都是鼻涕糊的，牆皮一碰就掉。媽媽惠琴卻很開心，不停讓小菲給她拍照，但過一會兒又緊張兮兮地掏出手機，看有沒有店裡幫工的未接電話。油蔥笑著安慰，免驚啦，沒我們，世界也照樣轉。

晚餐是酒店送的燒烤大餐，天黑之後，別墅庭院的燈泡悉數亮起，一顆一顆巨型的暖光珠寶，把身處晦暗地帶的這座房子映成了光明的避難所。小菲看見油蔥捧著一大籃百合，花朵有人臉那麼大，噴射著濃烈的香氣。油蔥說今天早上他們送去布置葬禮的花，被全數退回。殯儀館宣布，今後只能使用合作商的鮮花布置服務。油蔥還真是不浪費，把所有百合都單獨拔出，帶來布置餐桌。

趙叔包攬了烤肉重任，媽媽在旁邊給大家泡茶攪咖啡。本來大家最討厭小島上那些密密麻麻新開起來的燒烤店，油煙亂噴，汙水猛排，地上也弄得濕滑黏膩，但現在看來，人家也難做得很，單單要烤熟就不容易。各種烤魷魚扇貝大蝦五花肉饅頭片之外，妙香帶來一大盒獨門煎春捲、麵線糊和蚵仔煎。她難得今天狀態很好，身上穿著那唯一一件沒被淋壞的舊旗袍，呈現玉的質地。媽媽和趙叔也讓小菲把滷料和餡餅擺上桌子，還有整整一桶的肉燕湯。小菲把芒果鳳梨切成細塊再撒上像繽紛紅寶石的石榴粒，擺在酒店送來的焦糖蛋糕旁邊。油蔥竟然也拔了毛，讓人騎摩托送來了兩大包土筍凍和白灼章魚，真是天上下紅雨。眾人才不管什麼鹹甜中西，硬是讓所有的菜肴擠滿了原木桌子，拼湊一場繁盛的筵席。

大家正準備開吃，油蔥突然站起來，手中單薄的塑膠茶杯因為水太燙而變得有點軟。他說我來給大家宣布，今天要和妙香補辦一下。大家應聲起哄，妙香姑婆輕輕拍他說，哎喲別三八啦。油蔥的灰西裝裡，穿著競標那天的襯衫，彼時沾上的泥點已經洗得一乾二淨，衣服比雪更白。他隨手拿了桌上開得最大的一朵百合塞給她，又彎下腰把衣服給她披上，說這是送你愛情花，送你鴛鴦被。妙香姑婆嘴上說你這是在起瘋，可是臉皮燒燒，笑得波紋蕩漾。

油蔥舉杯對著惠琴說，少年時不會想，第一怪沒緣，第二怪我浪流連。誤了你母也誤你。如今重新來做起，先感謝你支持。惠琴說，哎喲，我母瀟灑去了幾十年，你以為她還顧念你呀？把日子過好就好！油蔥點點頭，然後對妙香說，這次我不會再跑掉，一步也不退。一直到老，心肝只為你撲撲跳。來，水某，陪你老公跳舞。結果妙香姑婆一把抱上來，油蔥又逗趣，說別抱了別抱了，抱得我血壓躥上來，腦筋差點斷掉。

小菲笑得嘴都僵了，還是忍不住笑，掏出手機一邊放音樂，一邊為他們猛拍照：「初戀愛情酸甘甜，五種氣味喲……」妙香最近似乎忘掉了許多事，但年少時跟她阿母學的舞步卻沒有惰怠分毫。她摟著油蔥轉圈，兩人的手坦然搭在一起。「若聽一句我愛你，滿面是紅吱吱。」他們旋轉，像兩股輕盈的煙霧。小菲把媽媽和趙叔也推出去，向來害羞的趙叔一跳舞卻像個兇猛的鬥牛士，而媽媽正像跳舞的牛，滿地亂下蹄，搖擺著晃得面紅。短小的草都被四人踏在腳下，巨大的黃金樹葉清脆地掉在草坪上，推進海裡就能變成船，向更遠處航行。小菲趴在桌子上，瞥見遠方跨海大橋上的車流，正向大島東面的城市中心輸送著亮晶晶的血。

吃完飯，油蔥想去海邊走走。趙叔和媽不想動，留在庭院裡泡茶。這一區是新開發的，其實除了沙灘並沒有什麼。背後成排的高樓也沒人住，燈光暗淡。小菲扶著飯後有些迷糊的妙香姑婆跟她一起慢慢行。有細足水鳥飛到他們面前的沙地，翻找蛤蜊吃。小菲想起當年油蔥說的故事，笑問阿公，你還記不記得，那被鳥叼走老婆的少年人怎麼樣了。油蔥說，故事裡，他就每日傻坐海邊啊，憨呆。要是我，上天入海都跟著追。

繼續走著，油蔥問起小菲找工作的事，她就如實說了。油蔥說競標的事，你不要往心裡去。其實不是外地人的問題，是我們自己沒路用。不是你的問題，是我們這輩人沒路用。但我們能搞成這樣，已經很可以了，所以沒人好怪。你就去，到時候殺到上海去，去上海去北京，去倫敦去紐約，外面才是學東西的地方。咱們祖輩不也都是下南洋做生意嗎？他們都沒在怕的，倒是我們這些老的，總縮在原地。妙香姑婆突然搭腔，阿母，我支持你，上海才是跳舞的好所在。把事業做大！油蔥哈哈大笑，把妙香姑婆摟在懷裡，哎喲老番癲啦，如今全力照顧你就是我的新事業。

他們還沒走到海邊，小菲就聽到海浪的聲音。這片巨大水域坦然地傳遞著它的心跳。東面的小島是它的心臟嗎？小菲看到海，第一反應就是去尋找他們的小島。可她突然一驚，看見遠處黑暗海洋中漂浮的一顆顆人頭。原來是一些夜游者。無燈照耀的海是灰色的，就像水泥沼澤，那些人順從地在裡面浮沉。近處，紅樹林長在亂石海灘上，被海水淹了大半。紅樹林邊上，有人在揮舞魚竿，姿勢像在揮小提琴。沙灘上，還有人拿著金光熠熠的手電筒在照。憨人，是要在沙子裡找金子嗎？除了零星的人，還有灰老鼠在沙灘邊緣的垃圾桶之間穿行。

小菲找到一塊平整的石頭，扶著妙香姑婆坐下。油蔥卻獨自前行，把身上背著的袋子取下來，掏出一支小號，他練了這些年，已經能吹奏曲子了。沙灘上那些不自然的裂溝，在漲潮的時候，就倒灌進一條條河。天空是磨砂黑紫，水流中映著月亮的清輝。河流末端，油蔥赤足，吹一支金光凜冽的小號。此時發出的樂音，會永遠伴隨那股清涼的空氣和海潮聲，封藏在小菲腦海深處。

小菲不知為何，突然不忍看這片發出微光的沙灘，也不忍看海對面霓虹耀眼的城市，只覺得一切都太美，一切都隔著距離，一切都已失去。安靜端坐在礁石上的妙香，眼睛像閃爍的星，下垂的裙擺連接著大海散開的波紋。海風撥弄她鬢邊的白髮，她也變成了一條河流。她在流淌。小號的聲音是播撒在她身上的白金絲線，妙香散發出月亮一般的光輝。

小菲在當時嗅聞到一股氣息，無言無語也無動作，卻與她將來感受的憂鬱類似。她後來回想，當時遠處的小島，是不是已經知道了未來要發生的一切。她想，自然中的造物能看見的東西，遠比人多。島可以看見那些人眼所不能見的對象，它們來去往復，充滿空氣，傳遞著信息。因此，島嶼當時自動選擇了能解讀它信息的先知，彌漫出一股微涼的傷感，讓此刻的小菲，在怔忪中提前體會過未來。

22

小菲臨去上海前，妙香走丟了。

眾人一通找尋，都沒消息。最怕是海邊，油蔥驚得腳發顫，在各個海灘來回徘徊。小菲在商業街掃了一圈後，又跑回福壽殯葬一條龍，還是沒有妙香的蹤跡。店鋪依然打掃得乾淨，但空氣裡的臭味卻越發濃烈了。小菲想著是不是鳥屎沒清理，走到鳥籠邊，八哥突然開始叫著，出山，上山，出山，上山！用的是妙香姑婆的嗓音。油蔥跟小菲說過，妙香開始迷糊的時候，八哥卻突然能說她的語言。或許這隻鳥咬住了她飄出的半個靈魂。小菲猛地想起，沒去山頂迷宮裡找過。她年輕，手腳快，一口氣衝上山頂。山頂的空樂園已植物滿溢，低矮的石榴叢結出的果子厚亮，在枝葉間發出耀目的光芒。汁液飽滿的蓮霧掉落在厚青苔上，有些被麻雀啄去，有些安靜地腐爛，空氣中彌散著果子清新的香氣。沒有人。

小菲正要走，聽見乾燥的葉子傳出微聲。小菲循聲而去，在樂園白色迷宮的中心，看到了坐在枯葉上的妙香姑婆，陽光照在她的臉上，她的眼眸凝霧。準是其他人來找的時候太著急了，才忽略了這個角落。妙香姑婆的靈魂困在坡頂的白色迷宮裡，她肉身到達迷宮時，她的意識又回到地下洞裡，念叨著：洞下黑。洞下黑。兩個人總比一個人好。一個人總比兩個人好。小菲知道這後兩句話都對。後兩句話都是愛。小菲想拉妙香姑婆起來，但她反抗著拒絕了。都是小老太了，力氣還那麼大。妙香姑婆，我是小菲呀。妙香姑婆一臉不悅，叫我妙香，誰是姑婆？好吧妙香，小菲也坐下來，讓她靠著自己的肩膀。鳳尾蕨長得亂糟糟，貓爪藤纏著蓮霧樹。赤紅的鳳凰花碎裂飄落，鑲嵌在冷水花叢裡。白色的迷宮牆上，畫了一個巨大的紅色「拆」字。

本來這天油蔥和妙香姑婆應該出發去旅行的。

油蔥說，攢了一輩子的錢，現在也沒那麼忙了，該出去玩了，跟妙香去鄰近的城市走走，在省內走走，以後再走遠一些。所有的行程，在小菲的幫助下，都訂好了，油蔥也學會了用手機查地圖和酒店。他說這些學一學就會了，他有幾個朋友快九十歲，還能去自助遊呢。

可是就在去機場之前，妙香不見了。如今找著了，卻也錯過了飛機。小菲肩頭的妙香，臉上斑紋越來越多，像一張異世界的地圖，眼睛露出天真的神色，身體輕輕地左右顫動，就是個脆弱的孩童。

小菲心裡有許多話想對她說，卻不用說出口。如今妙香有一半成了植物，發出的香氣越加清晰，身體輕微的震顫裡，她似乎已經吸收了小菲腦中的念頭，並緩緩地點著頭，把身體裡封存的智慧再從互相貼著的皮膚分泌出來，膏抹在小菲身上。無須多言。小菲在此刻，覺得兩人無比靠近，於是憐惜地握著妙香的手。油蔥接到小菲電話後就帶著眾人趕了過來，看到賴在地上的妙香，從袋子裡拔出一瓶可樂，喝不喝？來，起來。妙香就乖乖地站起來，跟著走。油蔥摟著她，愛憐地叮囑著，別跟我玩捉迷藏，你知道我自小就玩不過你，不能再亂躲了知道嗎？

把妙香送回去後，小菲單獨找油蔥，想把自己攢的一些錢給他，可他拒得手快脫臼，就是不肯要。小菲之前想給他們出機票錢，油蔥也是差點發火。憨孩子自己還沒開始工作，把錢都存好收好！自己身邊要有錢，才不會讓人隨便夾起來配！知道嗎？小菲只好點頭，坐著看油蔥把行李箱打開，惠琴幫著他把東西一件件取出來，再放回原位。他連熱水壺和瓷茶杯都打包了，還有兩條騷氣的鳳梨泳褲以及那支擦得發亮的金色小號。小菲想起油蔥神氣地跟她吹牛說，以後去外面旅遊，就靠表演這個小號還能賺點零花。惠琴一邊整理一邊說，希望油蔥妙香跟他們搬到一起住，這樣大家一塊照顧妙香也方便。但油蔥總是全力推託，說各有生活，他還有氣力，就各自過，才自由。惠琴再堅持說她要出錢把這房子再裝修舒適一點，油蔥就突然嚴肅，說琴啊，我沒為你做過多少，但我稍微做一點，你就給自己背上負擔。沒必要沒必要，父女倆不講這個。有餘錢就把餅店好好經營，生意還不穩呢！

機場離別時，小菲對油蔥說，阿公，你要多休息！等妙香姑婆身體好點，我再帶你們去旅遊。油蔥說，顧好你自己啦，放心啦，你阿公是一尾活龍！進安檢的最後一刻，媽媽惠琴喊，小菲要早點睡，不要做暗光鳥！趙叔和阿彬沒話，就是用力揮手。

小菲過了安檢就趕緊走，不敢回頭。那天在迷宮裡，妙香倚著她，突然冒出一句：別回頭，會變鹹。小菲懂得，先回頭的人，就變成鹽柱，意識都被鹽醃漬了脫水了，人就再難前行了。她要狠著心，開始自己的日子。

23

大城市嘛，生活也未必更好。工作，百分之八十的時間都在吃屎，但有百分之二十或者更少的閃光時刻，就能讓小菲感覺滿足，感覺自己踏實地賺錢。雖然加班很多，有時候也在心裡痛罵公司，但工作，讓小菲得到了在這個城市坦然生活的方式。時間，在各種流程表格甘特圖的切分下，一塊一塊地被碾碎，換成KPI的數字。小菲慢慢悟到了妙香教的方法，把過往的好日子儲藏在罐頭裡，需要的時候就拿出來飽餐一頓。越是光芒四射的記憶，越耐嚼，但不能只反覆嚼那麼一段，也會變淡。是的，整座島嶼都被她放入罐頭裡，長久保存，易於品嘗，以不容僭越的銅牆鐵壁包裹住。

媽媽惠琴開始不能免俗地催她考慮結婚。幸好離得遠，小菲掛了電話就能輕易斬斷這些從島嶼上綿延而來纏繞她的絲線。媽媽忍不住嘮叨的時候，小菲乖乖地說嗯，嗯，但心裡不知為何，總響起妙香姑婆跳舞時愛播的那首歌：搖搖搖落去，愛情算啥米？偶爾休年假，需要謹慎數算時日，有多少日用於回家，有多少日用於未知的異地。小菲還有太多的地方沒去，日本，泰國，或者去雲南走一走。她試過邀請媽媽和趙叔，但心裡知道，他們是不會離開島嶼的，哪怕現在經濟有所好轉。油蔥也不再提出去旅遊的打算，畢竟現在妙香姑婆的身體難以支撐旅途勞頓。只是小菲每去一個城市，就會給他買一件當地的紀念衫。這是油蔥要求的，就要那種，很大很大的字，寫著我愛曼谷。我愛東京。我愛麗江。我愛上海。我愛台北。每次給他，他都迫不及待地套到身上，問小菲，有帥沒？小菲也總是會說，足帥的。

小菲每次春節回島的時候，會去陪油蔥和妙香走一走。他們若累了，小菲就自己走上通往山頂的路。冬日霧氣如帳幕，籠罩著石路。她不再覺得這島嶼窄小，反而因為距離與平時的勞苦，讓她感覺這島南風輕，花香濃。她小心翼翼地踏著長滿青苔的石塊，看見山腰的古早墓園。小菲靠近。百年前的墓地，如今被當作文物保存著，她從未進去過。如今那鐵柵欄朽壞了，輕輕一推就開。她在墓園裡坐了一會兒，最中心處有個顯眼的石碑。小菲走過去，看見油蔥說過的，那個剛到島上就去世了的外國人，短促的生卒年分。他的墓碑旁邊還有幾個與他同姓氏的人，生得比他晚，在島上建築醫院和學堂，直到年老才離世。或許是之後追尋他而來，同樣葬入這座島嶼的家人吧。

小菲繼續閱讀其他墓碑。那些墓碑群裡的人。他們曾經勞碌，他們現在靜止。一代又一代如同潮水撲來，但都獲得安靜的結局，封鎖在石頭裡。她開始想，圍著世界繞一個大圈走進墳墓，還是守在島上繞一個小圈走進墳墓，步數會有不同嗎？

但是決定好了要走出去，她就不回頭，不逃跑了。如今事業一路向上衝，外派出國的考核已經過了，下個月小菲就要去愛丁堡工作。媽媽沒有多說什麼，只是給小菲整理了一個棺材那麼大的托運行李箱，不管她帶不帶得動。趙叔會偷偷跟小菲說，你媽已經把你的工作成績宣揚得整座島都知道了，都有點討人嫌了哈哈哈。

這次回來，油蔥的店已經幾乎關停了，只有一些壽衣和金紙還凌亂地堆在櫥窗裡。門口鮮花倒是開得越加繁盛，色彩熱鬧鬧地延燒一大片，像個私人花園。每年外地的老朋友還會給油蔥寄來一箱水仙，但他的手因為風濕疼痛，不再能握著雕刀細細雕刻，而是直接種進土裡，讓水仙直愣愣地恣意生長。花盆旁還有一箱空可樂瓶，在角落裡被陽光灌滿。

阿彬如今轉去幫忙兒子的生意，但還經常來找油蔥泡茶話仙。惠琴和趙保羅每天忙完了都過來，帶點茶配小吃。島上的餐廳越開越多，有時候他們也會買來新鮮的菜式一起嘗嘗，然後一致同意還是妙香做的菜最好吃。

油蔥興致很高，興奮地給小菲看他朋友送的一張明信片。說實話，小菲覺得那朋友並沒有什麼誠意。明信片上是座哥特式的教堂，一看就是免費的卡片，上面也沒寫任何文字，沒有郵戳，就直接帶回來了這麼一張卡片送給油蔥，好摳門。只是那暗色高聳的建築，確實有攝魂的力量，讓人忍不住一直盯著看，好像那插入天際的尖頂，變成了一道連接天地的梯子。小菲抬頭說，阿公，我認得上面印的地名，當年那家德國老夫婦，就住在這附近。明年我有機會去，就幫你把這張明信片從那裡寄出來給你，會帶著那裡出發的郵戳。油蔥說，那當然好，這張就給你保管。

小菲順勢把兩塊帶追蹤功能的電子錶遞給油蔥，年終獎金買的，這次不能不收了，有了這錶，就不怕妙香姑婆走丟了。油蔥笑笑說，伊近來很乖，根本不會亂跑。她再辛苦都跟著我，我也會跟著她，一步都不退。小菲幫著油蔥把躺在床上的妙香姑婆架起來，吃一點東西。粗手粗腳的油蔥，現在也會煲出一鍋軟爛好入喉的湯。小菲輕輕撫摸妙香姑婆的臉，她的髮型整齊，衣服乾淨，被很好地照顧著。她蒙昧的時間似乎越來越長，但有時候也神采奕奕地坐起來，打開餅乾盒拿出一塊肚臍餅，正是小菲媽媽每周送過來的。小菲接過剪子，幫著給妙香剪指甲，腳趾上發黃的厚指甲，就像化石一樣，每一顆都要用盡力氣才能修剪乾淨。油蔥也會如往常一樣，問問小菲工作的事。小菲揀輕鬆愉快的內容說了些，他卻開始露出遲緩吃力的表情，不再如過去那樣多做應和，只是把頭垂下去。最後說，好，我們小菲真正出色，不像你阿公就是個俗仔。看到你這樣，我放心了。

小菲說，阿公黑白講，你是我見過最勇敢最聰明的人。我要去歐洲工作了，你們把身體養好，這次讓我來安排，你們就跟媽和趙叔一起來。油蔥說，以後再說吧。廚房裡傳來短脆的吱吱叫，小菲說，如果店不開了，我給你們買隻貓怎麼樣。油蔥說，誰說不開了，總也還有人找你阿公幫忙呢。小菲說，這店鋪多找找買家，後面可以換個陽光好點的房子，怕你們在這裡會濕冷，遇到南風天，牆壁都狂吐水。還有這下水道的味道，真是越來越濃了。油蔥說，要換的要換的，以後再說。小菲還要多說，油蔥就嚷，哎喲碎碎念，現在你真的很像我阿嬤。小菲說，對啊，我是你阿嬤啊。

油蔥伸出松枝一樣的手指，輕敲了小菲的額頭，死小孩，沒大沒小！

好啦阿公，你等我，我很快給你寄明信片。到時候還會給你買很多很多T恤，讓你全島第一帥。等我賺夠錢，買個大房子一起住。你們一定要照顧好身體。

天色漸晚，黃昏拖著長長的頭紗莊重地步入地下洞，油蔥送小菲走到商場樓梯邊。小菲聞到樟腦丸的氣味，從店鋪裡向外流淌。鞋子踩過時，地上的碎磚像一隻隻眼睛，嘎巴發出眨眼的聲音。

小菲不讓他送了。她抓住油蔥的手掌，低下頭說，對不起阿公，我沒有一直在島上陪著你們。

油蔥說，陪個頭啦，陪什麼陪。你有你這年紀該做的事。我們這些老的，遲早要走進那個火窯裡面的。倒是你，不要被限制被捆綁，跟你說，青春日子過很快的，跟飛一樣。好了，快走吧，下一班船還有十分鐘就到了，你快去。

小菲走上樓梯，扭頭看見油蔥正走回店鋪，他變得如此矮小貼地，頭皮露出來，像一座正在浮游的溫暖孤島。小菲把手浸入橙黃濃稠的陽光裡，繼續向上走。只是寥寥幾步，她突然對這一時刻感到無限留戀，如果可以，她想拿兒時的小勺子，把此刻的氛圍一點一點舀進玻璃瓶裡。

阿公等我，我遲早要回來的。

24

小菲一到歐洲，工作就自動刮起旋風。她像在夏日曬燙的石板上跳舞，從愛丁堡到倫敦，又從倫敦到巴黎，再從巴黎到柏林，項目一個接一個。

幸好她都扛住了，終於等來了聖誕假期。放假頭幾天，小菲還是窩在住處繼續沒日沒夜地辦公，最後一刻才趕著去了那對德國老夫婦那裡，那對在小島上失去孩子的老夫婦，這些年一直堅持邀請小菲，這次終於成行。他們告訴小菲，彼時那個倒在地上哭泣，失去雙親的小孩子，已經長得比她高些，而那對老夫婦也蒼老許多。這孩子繼承了他爸爸的名字，如今生活在親叔叔家裡，融入新的家庭，被長得像自己的哥哥妹妹們包圍著，他重新感覺安全，不再咬人了。

本是快樂的假期，但小菲心裡總泛起些不安。這些天跟媽媽打電話，她總推說在忙。

給趙叔發信息，也回得特別遲緩。她趕緊把出國前強逼著這群中老年人們做的體檢報告拿出來又讀了一遍，再猛翻一遍油蔥那花花綠綠的朋友圈，才稍微能安心一點。老一輩人總是諱疾忌醫，又頑固透頂，讓她有些惱火。但假期是個奇怪的東西，不管工作的時候如何計畫假期要大玩特玩，人一旦鬆下來，身體反倒累得什麼都不想幹，連腦子也不想動，只想睡覺。於是，她也沒有力氣多追問了。

小菲到德國的第二天，在夢裡看到了無頭雞的舞蹈。醒的時候，她想起來是小學那個暑假，在油蔥的山上看到的那隻。那時候的雞群裡有一隻雞，颱風天被雞棚掉落的鋼板削掉了腦袋，但奇怪的是，牠的身體還活著，還能到處奔走。油蔥看牠可憐，常常用一個針筒往牠食道裡餵吃的。那無頭雞也活了一陣，小菲開始看牠還挺害怕，後來習慣了，也會幫著餵牠。直到有一天，那雞跳到小菲面前，在劈啪落葉的楊梅樹下，旋轉著，起伏著，跳著沒頭沒腦的舞。在那之後，那隻雞慢慢地屈身，在地上安靜地死去了。小菲記得，她的阿公油蔥領著她，把雞埋在山上最高處那棵樹下。十幾年過去了，她從未如此清晰地，在夢裡重新見過無頭雞跳舞。

小菲醒的時候，還是夜裡，外面還在綿密落雪，窗戶都被厚雪封住。室內暖氣充足，她朝外望去，黑白世界。天地都被安放在雪的墓穴裡，一片靜寂。她的心有些陰沉，像被石塊壓住的蚯蚓。

後來她知道，這或許就是預感。遙遠的島嶼，傳遞信息給她。

第二天，小菲與德國老奶奶去杉樹林挑了一棵聖誕樹，用網打包拖回家，擺上了點火的蠟燭。德國這裡聖誕節用的是真蠟燭而不是彩燈串，小菲有些提心吊膽，害怕任何一根蠟燭掉下來，就把滿樹的彩球糖果拐杖和樹下的禮物都燒掉了。她準備的禮物裡，有個「煙人」木偶很有趣，把他的身體打開，放進去點火的香料，煙霧就會從木偶人的嘴巴裡噴出來。他們說，這是紀念數千年前，東方三智者獻上的香膏。她多買了好幾個，打算下次帶回去送給家人。

百年不遇的大雪還在繼續，封藏了所有交通。

25……………

在島上，從幼稚園時孩子就會說：「啊你要知死。」惹了什麼麻煩，也會被罵「你得知死」。知死，是時間的開始。人類先祖吃下果子，眼目被死亡刺得明亮，於是時間開始了。但給人足夠長的安穩時間，人就以為死亡永不來臨似的。一旦意外、疾病、災難、戰爭降臨，人又猛然驚醒，知道時間根本不歸自己管。

接到電話的時候，是平安夜前一天。

那時，小菲搭上了小鎮好不容易恢復通行的班車，到市內轉轉，想著這幾天雪太大，都待在小鎮裡沒出來，今天無論如何要進城，找到明信片上的教堂。而媽媽給她打了視頻電話。

視頻電話剛接通時，媽媽說不出話，她在哭，她老了太多。小菲心跳加速，怎麼了怎麼了，快告訴我怎麼了。

媽媽說，小菲你好好聽我說，你阿公和姑婆前些天過身了。今天出山。

小菲感覺頭殼被一棒子打得凹陷進去，整個人悶在一隻鍋子裡，聽什麼都隔著遙遠距離。

媽媽說，我們看到你發的消息，知道大雪封住了交通。人已經走了，你也不要急著要衝回來，我們也擔心你。

小菲腳下一軟，過了一會兒有路人來攙她，她才意識到自己一屁股坐在雪上，整個人化成一攤流質。

騙人。媽你知道，這類瘋話不應該黑白講。小菲狠狠掐自己。

媽媽一聽，眼淚和鼻水一併滾落下來，菲啊你不要急。

趙叔說，小菲，小菲，我們就是怕你不能接受。你聽我說，事情發生得很突然，你媽在醫院裡哭求了好久，但兩人真的都沒氣息，心跳都停了。醫生說是煙霧造成的窒息。

到底怎麼了？小菲慌亂中掉了手機，又撿起來，螢幕邊角被冰封的路面砸出雪花的紋路。

媽媽說，菲啊，是阿彬在路上先發現焦味，聽見那隻八哥飛出來大聲叫。他跑下去，發現一條龍店鋪噴黑煙。火燃得很快，阿彬試著衝進去卻被火攔住了，大喊大叫都沒有人應。消防很快就到了，可是兩個人都已經去了。妙香總是躺在床上的，而你阿公竟也沒能跑出來……

為什麼啊？怎麼會啊？小菲固執地問，是因為蠟燭嗎？妙香姑婆有一陣子記憶退回到小時候，總是端著蠟燭到處走。是不是老鼠打翻了蠟燭？或者是因為那只用了太久的燒水壺和電路板？

媽媽說，甲烷爆炸，同一天，島上第三起事故了。調查的人說的。媽媽知道，如果等你回國再告訴你，你會怨我們。今天是他們出山，我和趙叔商量了幾日，還是覺得該連視頻給你。

小菲說不出話，她還在拼命地想，甚至沒想到要哭。她拼命要去咬住每個線頭，證明媽媽說的一切都不合理，這一切都沒有發生。如果能用自己的思慮，讓人生命多加一刻多好。可她看見惠琴的雙眼全塌陷了，在螢幕對面像個幽靈。小菲恨自己，為什麼沒有強迫油蔥阿公和妙香姑婆搬出來，為什麼不早點帶他們出來旅行，或許就不會出事。這些年島上餐廳暴漲，原來頂多就三家，現在開了上百家，島上下水道還是百年前的，根本撐不住。

惠琴看見小菲眼神茫茫，說菲啊，這事怪不了人，都是注定好的。媽媽還是一副堅強的樣子，卻根本站不穩，全靠趙叔在她身後撐著。

阿彬眼睛全紅，粗聲說，該怪我，我怎麼沒有早點去找他，那天跑去釣魚一無所獲，就多在海邊流連了一陣。都怪我。前些日子油蔥開玩笑地說過，以後要給自己做帶詩班的葬禮，不要搞一堆香啊金紙啊五牲什麼的。這個老傢伙啊，怎麼好像能料到似的……小菲已經聽不見螢幕那端說什麼，她掩面在大街上痛哭，內臟輪番抽痛。

許久，她才又舉起手機，葬禮上來的人很多，小菲看到一張張熟悉的臉。從島嶼搬遷出去的人們，所有失散的人，此刻似乎都聚集在靈堂裡，圍繞著中心兩座鮮花裝點的棺材。棺材裡，油蔥和妙香穿著當初海邊宴席上的西裝和旗袍。油蔥的口張開了，無法閉上，小菲想，他依然還有很多話正在說。妙香卻閉著嘴巴，她總是更懂得聽。

生命。死亡。平安。未來。這些詞語，原先組成內在世界的柱石，都被暴風雨捲進海裡來回地刷洗。小菲不知道，這些柱石會一直崩塌下去，直至令她放棄再使用這些詞語，還是說，它們會露出真容，換一層光澤回來。

告別式之後，阿彬叔接過了手機。

媽媽和趙叔分別捧著油蔥和妙香的照片，一路走向火葬場。遺照正是那天小菲在別墅酒店為二人拍的照片，倉促轉換成黑白色調。一切都太過慌亂、太過匆忙。棺材經過傳送帶。棺材在死亡的河上漂浮。焚屍爐是肉體烈火的窯。他們在火中經過一次，這是第二次。棺材形狀的小船在紅亮的火光中飛行，生命之海上，被金光繫住的風箏。他們的靈魂飛走了，就像那隻從火中掙脫的八哥一樣。

火窯裡出來的骨灰，大小不一的灰白碎塊，卻依稀能分辨出腳、手、身體和頭的形狀。皮肉已經消失散去，這是他們最後存留的形影。火葬場的工作人員出來，分揀入骨灰盒中。腳骨先放下去，然後身體和手的骨頭再下去，最後是頭顱部分放在最上面。不過十分鐘，所有骨灰就這樣進入了骨灰甕。

隨後，是漫長的黑屏。小菲手機因為天冷而自動關機了。

小菲盯著螢幕許久，才慢慢回神，覺得有種不真實感。火是熱的。面對親愛的人離去，小菲會忍不住一遍遍思想，當時他們究竟經歷了什麼。在全年無冬的小島，洞穴本該是溫暖的，卻變得灼熱。火是熱的。生老病樂苦。生老病樂苦。

在異國在異鄉的人，最怕接到這樣的電話。接下來幾天，小菲不肯受安慰，瘋了似的到街上找旅行社或者是航空公司代理，她想立刻飛回去，可聖誕假期，所有店鋪都關門了。她向最後一家店鋪裡張望，裡面空無一人，一棵單薄的聖誕樹站在中心，只有一枚銀光閃爍的星冰涼地立在頂端。樹下乾草堆裡有個木雕嬰孩，曾在眾人的歡喜中降生，可他降生的任務就是承受死亡。

小菲也不是不知道，因為普降的大雪，到處根本沒有剩餘的機票可買。即使買到了機票，回到那座島嶼上，卻再也不能遇見油蔥和妙香姑婆。他們的故事，算是結束了吧。

她很抱歉，接下來的幾日讓德國老夫婦的聖誕重新籠上了許多陰影，可是他們沒有多說什麼，只是每一次都安靜地陪伴在側。

26

假期的最後一天，小菲還是決定自己進城。

在城市的街頭亂走，小菲突然想到，島上方言裡「煩惱」這個詞，聽起來像普通話裡的「歡樂」。怎麼說了這麼多年，從來沒有意識到過。原來世上萬物都在哀哭，哪怕在歡樂中都有哀哭。愛可以暫時遮蔽哭聲。可只要死還存在，生命就真是一樁悲劇。愛也是。結局只能是離別。

那場葬禮，視頻那端阿彬叔他們手忙腳亂，真應該讓油蔥阿公和妙香姑婆親自料理。他們一定懶得哭哭啼啼，而是一項一項地推進著流程，然後說，免驚，人生海海，日子照樣要過。

小菲凍得腳趾發僵，可所有的店鋪都關門了，她在路上一圈一圈地徘徊，只遇到一位沒有下班還在賣氣球的小丑，除此之外幾乎沒有行人。穿過巷子，店鋪門緊鎖，但櫥窗都亮著。有家店鋪賣紙燈，是卡紙做的巨大的伯利恆之星，裡面藏著油桃大小的暖燈泡。明燈照耀，將她吸引。小菲看了一會兒，聽見縹緲歌聲，循聲望去，她突然呆立原地。

這應該，這應該就是……

她仰頭，看見了油蔥明信片裡的教堂。這家教堂還開著門，正在進行一場彌撒。席位上只有小菲。神父和修女十幾個人站在台上，每句話都像在念，每句話都像在唱。清麗女生在男低嗓之上，飄浮，再飄浮，一路上升到破舊教堂的穹頂，那裡有遠年落漆的浮雕，有天窗，有光。穹頂之外，有風，展開翅膀如鴿子。

小菲突然想到，故事還沒有完，她忘掉了油蔥阿公的梯子。那是最重要的部分。在烈火的時刻，有梯子在霧中降下。煙霧彌漫的窯裡，人就被熬煉成金子。

小菲閉上眼睛，看見黃金的男子，站在梯子的末端。然後蒼綠的煙霧裡，走出一位周身璀璨的白金做的女人，莊重地卸下脖頸和手腕發光的珠寶，輕盈地伸出手搭在他的手上。他們嘴對著嘴，眼對著眼，手貼著手。

那是油蔥與妙香。他們拾級而上。向上，再向上。動作輕快，如同交纏的兩股青煙。地下洞穴商城裡，只剩兩具黑黢黢的影子，一具影子慢慢攀上來，黏住另一具影子的腳，在絢爛明亮的火光裡，開始相互依偎。而黃金男子和白金女人，當他們一路沿著天梯向上，就會看到浮在海上的發光島嶼，彼此黏連的鬆軟大地，也能看到地上掉落的每一顆新雪、松針和沙粒。一切在他們眼前，都無所遮攔了，近與遠不再分隔。死亡成了爬出子宮、躍出產道的新生契機。

他們會看見小菲嗎？他們離去的時候，小菲或許正踏在冰涼的雪上，百年不遇的大雪，油蔥和妙香此前從未見過的大雪。小菲身上裹著當年妙香姑婆送的羽絨服，像他們遺留下來的皮膚。洞穴中的老羊羔，端端正正地把自己活的皮毛褪下，覆蓋到小羊羔的身上，再把死披掛在自己身上當作壽衣。

小菲睜開眼睛，自己還坐在長條木椅上。她小聲擤鼻涕，卻在空曠的室內發出迴響。台上的歌者們倒沒受影響，本來他們的歌唱，就不是為她。坐了許久，小菲掏出懷裡溫熱的明信片，發現圖中教堂尖端所指的天空，在下雪。那雪細碎晶亮，像白色沙子。她從未發現這點。或者說，明信片中的雪，是剛剛才開始下的。

白色庭園

阿聰說：「光彩街上有山丘。」

妙香說：「山丘頂上是白色庭園。」

管家說：「我是白色庭園的管家。」

阿聰說：「我是管家之子。」

妙香說：「我是園主女兒。」

管家說：「阿聰是我的兒子。而妙香卻並非園主女兒。」

妙香說：「園主早年在呂宋買下了整片珍珠岩礦場。有一日，突然飛來一隻通體潔白的鳥，形似鷺鶴卻毫無斑點，懸停在礦場邊那棵百年條紋烏木上。原本那一帶是密密匝匝的烏木林，後來都被砍盡做成黑檀木傢俱，這是餘留的最後一棵樹。這鳥鑽入枝頭，兩隻細腳靈巧搖擺，翅膀像細卷波浪，在慘白日光下，牠竟逐漸變得全身紅黑斑點交加。隨後是一段嘶叫，聲如雨夜海豚，既有水聲又帶高音嗚啼。所有礦場工人都忍不住停工，三三兩兩聚攏過來，諦聽之間，有人看見幻象，有冰河雪女乘坐薄薄蓮花舟。可鳴唱猝然停下，怪鳥繞樹三圈，直擊地面，鳥頭如蓮霧爆開，血點四濺。礦工中有當地土著，報告監工後眾人大喜，在鳥血噴濺的範圍連日下挖，得一處清涼潔白的冰晶礦藏，日間吸吮陽光調節涼熱，夜晚依舊閃亮發光，摸上去溫潤細滑。」

阿聰說：「正逢葉太太四十大壽，葉先生歡喜地將石料運到島上，在山丘上建了一座白色庭園，當作壽禮慶祝。葉先生和太太雖然恩愛，可惜園子建成三年後，葉太太就病逝了。葉先生悲痛，停棺於白園不肯下葬，每月初一和十五，令我管家父親拿白瓷碎末與清漆混合，一層層漆棺。葉太太棺材密實，毫無異味，反倒因為停棺的亭子四周繁密的桂花和緬梔子而顯得清香宜人。」

管家說：「太太死後，葉家離開園子前的最後一秋，葉先生買來千盆巨型白菊。就在白色庭園的中心，瘦石疏苔之上，花朵堆積如雪山，每一朵菊花都大如面龐，每片花瓣都是蒼白靈巧的手指，在海風裡一刻不停地朝天空抓撓。老爺讓每位來賓作詩，小詩可換盆花，我亦得花兩盆。所有花散盡之後，老爺連燒了三天書稿，帶著所有子女乘船離去了。臨走前，老爺告訴我，繼續照看人去樓空的家裡和庭園，他們會從國外寄錢回來，等局勢穩定就回島上。記得務必照管好太太的棺木，其餘隨勢而行。隨後主僕碼頭話別。頭七年還有錢輾轉從海外流入，後面時間越拖越久，逐漸也就沒了。豐年積攢的，被瘦年吞吃了。但我還是守著園子，直到死前最後一天。」

妙香說：「太太的棺，竟然就這樣停了十二年。管家的妻子常在棺材邊躺臥行走，撿拾落花。有一日，睡去後，感覺有人輕撫面龐。睜眼，是一位慈秀的太太，囑咐她秋季天涼，海風日盛，還是找有遮蓋處早早入眠，莫再流連。醒來，跟我們眾人說夢。管家沉默多時，覺得其妻所說的夢中人，正是太太模樣。可她此前從未見過太太。管家猶豫三天，最終在園裡找了花木掩映之處，讓太太入土為安。這地點管家誰都不講，哪怕在十幾年後，他在街心公園裡被吊起抽打，都沒有說過一句。多年後風波平穩，園子也早就收歸國有，阿聰才在上面豎起了一面烏金石碑。這是他父親當年偷偷叫他保守的祕密。」

管家說：「阿聰算是我們老來得子。將太太下葬後第二個月，妻頭腦散亂去，身體發出臭汗酸味，而後才知有孕。那時我已經年逾半百，妻過了四十。孩子眼睛像母，面形隨父，鼻子卻像掛起的古畫中人。那畫是妻子家傳下的，或許是先祖遺像。妻總說當年，先人從西方來。」

妙香說：「我會說，我是園主的女兒。燈籠花和牽牛瘋長，甚至聯合起來吞沒了假山，把庭園擰成了一座荒草和野花的迷宮。就在迷宮裡，我不費力氣地長大。一日，我坐在花園的海灘邊玩沙子，捏出父親的樣子。我認定自己的父親就是葉先生，我知道時間完全對不上，我是在葉先生離開兩年後出生的。但我認父的動作，不應被這小小差異影響。我手頭有足夠的照片，供我足夠的幻夢纖維編織到故事裡，跟捏造出來的父親紐結在一起。父親坐在白色庭園的中心，目光炯炯，他身下的那只凳子我常坐。父親站在南洋的街頭，戴怪模怪樣的帽子。父親參加英國人的化裝舞會，臉上遮著俠盜一樣的眼罩。還有園中那座青銅雕像，我常常爬上去倚靠他。這就是我熟悉的親人，是我的父。我的母親美蓮，不願意承認我，好像我不在她面前晃，她就依然可以是個無憂放縱的女人。」

阿聰說：「無子女的這些年，我父母把妙香姐當作契女兒。妙香姐的母親不愛照顧孩子，都是我父母在照應。如今他們有了我，妙香姐也常幫忙照看，與我相疼相愛護，我們之間有十歲距離。我阿母總說妙香姐太愛眠夢，以後總要吃苦。無論如何，她在這個逐漸荒棄的庭園裡長大，整個人如同從草木裡剝落而出的一隻白玉蟬。」

妙香說：「我仰面躺在草地上，閉眼想像父親的腳步。他如何走過濕軟的草地，如何看見我然後笑著皺眉。我撒嬌似的不肯起來，他就陪我一起躺臥，與我一起在熱天裡回憶冰涼日子。那時候父親府中人滿，我母親連妾都不是，只能搬到山丘上的庭園。葉氏府，那是父親的住所，我從未到過，但我薄薄的眼皮如同帳幕，輕易就幫我進入那個靠海的府邸中。用人們端著閃耀光輝的白瓷瓶，裡面裝著微波蕩漾的熱牛奶，長長的庭廊掛滿帶流蘇的燈籠，大宅深處有南音琵琶、拍板與洞簫。我突然睜開了眼睛，阿聰在向我靠近。」

阿聰說：「妙香姐的頭髮黑濃，像某種金屬，從富裕的礦藏慷慨地生髮出來。每一根都亮閃閃，連帶著睫毛和眉毛，有種水涔涔的潮光。現在，她正倒在草坪蔭涼處，大葉樟為她篩去烈陽。鵝黃雛菊穿過耳際，在她面龐撐開一把傘。她閉上的眼睛是兩隻薄陷阱，裡面懷藏深淵。她總愛躺著造夢，當作耳後軟枕。她的頭髮被無限的長草延伸，風吹過來時就是海上的卷浪。蚯蚓成了海鰻，柔軟狡猾地鑽來鑽去。白蝶是海面上幼小的白翅浮鷗。她的笑聲是整片海域的粼粼波光。我的拖鞋，拖成兩隻小小的船。我走路飄搖，我的心也飄啊飄。我在她浸泡的綠海上航行，卻遲遲不敢靠近最中心的她。我踏住草，甚至輕輕踩住她被拉長的影子。她是所有風的來源，所有的風都帶著她的香氣。我就這樣站著，她的好看讓我害羞，我紅著臉張望。我想叫陽光輕一點，不，不要叫醒我的妙香姐，等她自己情願。突然，她睜開眼睛。妙香姐招手呼喚我，她說阿聰啊，我們來玩捉迷藏。」

「而此時，妙香姐的母親美蓮正在湖邊踱步，她揚手將整把瓜子皮抖入園心的湖中，手腕處的胎記露出蛇皮質地。她穿的濃豔旗袍上一朵花壓著另一朵花，滿滿當當地潑出來。她走到哪裡，湖中滑溜溜的鯉魚和烏龜就跟到哪裡，像色彩斑斕的水影。自學會走路開始，我就忍不住冒冒失失地每日掐給她一蕊花，她便欣然收下，放在掌心揉捏成芬芳的香泥，然後向遠處擲去。她會伸出細長鮮豔的指甲輕輕搔勾我的臉，然後說這胖小子從小就知道討女人歡喜。只是後來，我不再追著她，而成了妙香姐的跟屁蟲。」

妙香說：「我母親本在上海唱歌為生，被人帶回島上，當作物件贈給老爺。饋贈者並非出於友情，更多出於權勢和面子，他說如遭拒絕，他就將這件禮品砸碎。老爺的仁厚讓他接納了我母親。這個家裡，老爺是商人，太太是官家小姐，商人聽官家的。母親見了太太，美蓮這名字就是太太賜的。名字定了，一切也就塵埃落定。在島上，花名都是賤名，就算叫牡丹，一聽也是丫鬟。太太沒有為難母親，雖然不讓她進門做妾，但允許她在遠離宅邸的山丘庭園裡住。那已經是太太的最後一年，把我母親美蓮安置好後沒幾個月，太太就離世了。」

「風聲變了的時候，老爺其實也問過我母親，要不要一起走。可她偏要驕縱，太喜愛這花園，不願意去別的地方了。她說沒在怕，選擇了留下。我母親美蓮無拘無束地享樂過一陣子。在沙灘上租來馬駒沿著波浪騎，去荷花舞廳亮晶晶的舞池中心跳幾支舞，到外國人開的紅磚飯店頂樓喝茶，她要一遍遍強調那時候的紅茶，加的都是島上牛奶場運過來的當日鮮奶。這段日子極其短暫，瞬間如飛而去。在飛翔的日子裡，她的身體鼓脹起來，意外結出一個孩子。初見我時，她哭了，心裡憤恨。但隨後，她恢復了身段，就把我當作一個夢中來的朋友，不太在意，也不再記恨。」

管家說：「哀哉，園子往昔的榮光，靠我們夫妻二人是護持不了的。家僕都已散去，我們需要用雙手去勞苦，用滴落的汗去換糧食。一日，那金頭顱的土匪來了。那個殺人焚村，廣種罌粟，卻又慈手興辦學校和醫院的悍匪。我們有禍了！土匪來了，說要租下園子。我要拒絕，美蓮按住我，自己出來擋他，說勿要亂想。他說那我就搶下來。美蓮曾對我們說，她依稀認出，這人是荷花舞廳早年的落魄漢，被她贈過一盞茶。他粗硬地握住美蓮的手，讓她跟著他在園裡胡亂開槍。土匪說，只要美蓮喜歡，就可以在一切物件上面轟出一個洞，以彈孔重新發明世界。他高聲說你趴下，伏在我下面，我就把世界給你。美蓮最終順從了。他住了進來，身後跟著遭他刀殺的浩蕩靈魂，拖出長長的血跡，義人與罪人的血混在一起。我們無力反抗，只能繼續照顧園子，那是我們的本分。」

妙香說：「那土匪的腦袋像顆番荔枝。人都說他槍戰裡被削掉半個頭顱，而後就用純金給自己造了半個腦殼。我母親美蓮與他徹夜飲酒，以致赤身露體，大叫著吃吧喝吧，反正明天就要死了。我不願意見到他倆，這白色庭園是起伏的帳幕，我在裡面躲藏。土匪不在的時候，母親成了園子的王，在中心的小湖泊搭台讓人來唱歌仔戲。也就是在那段時間，園子湖裡冒出了許多煙灰色的蟾蜍，跟唱戲的人比嗓門大，還有的跳到演員頭頂。母親的笑聲總會灌滿園子，像一隻最聒噪的蛙。比起聽戲，她更願意看人出醜。我有時去找她，希望她不要與那金腦袋再來往，最終總忍不住爭吵。她卻不惱，只是說，我倒是希望，你往後比我強。那陣子，管家伯出來治理蛙災，死掉的蟾蜍堆成一座座濕答答的山巒，它們黏膩地融化在一起。隨後埋它們的地方竟冒出一株株肉粉色的曼陀羅，花朵倒掛下來搖曳如鐘擺。」

阿聰說：「有些林中種子，剛出天日時，就明白體內沒有成為挺拔大樹的材料，於是就以自身的孱弱放射網羅，纏絆、攀援、綿延。那是自然裡另一種緩慢流淌的巨蟒。我每日都需清理園中的爬山虎，那些附著在紅磚牆上的細爪，常以令我驚奇的力量反抗。美蓮的手臂，就是有力的藤蔓，只要給她一截樹幹，她的身體就會變得綿軟卻不可掙脫，像浸水的布匹。這是精心設計的結果，她坦然決定如此過一生。一株蜿蜒卻堅硬的藤，一種結冰的火。一旦失去可倚仗的外在，她果斷地決定不再活。母親的身分也不足以攔阻她，她的懦弱過於強悍。」

管家說：「哀哉，美蓮是如此的女人，連罪和死都戀慕她。土匪頭子被槍斃的消息傳來後，有許多人闖進了我們的園子，想扒他皮吃他肉的人太多了。哀哉，先前居首位的，現在墮地如泥。土匪在這裡曾經造了一座巨型墳墓，每一側尖頂門廊都刻著漆黑的蕨類，本想著百年之後足享風光。如今他屍身卻在他的家鄉被毀，並未入葬。湧入的人們，用炸藥把墳墓炸成碎渣，然後狂歡似的在裡面尋寶，無所獲後便擴散開來，在園中搶掠所剩無幾的物資。妻心疼地抱住阿聰和妙香，讓他們捂住嘴別出聲，別出聲。我看見美蓮在住所二層，一雙冷光瀲灩的眼睛盯著，眼神裡抖落出滾燙的紅幡。」

妙香說：「那個暴風雨之夜，母親美蓮把手腕割破，浸泡在園子中心的蓮池。血的絲線從她身邊蔓延開，她漂浮在刻滿斑紋的血湖上。管家伯發現她後，把她從湖裡撈起。她吃了一肚子花，嘴裡含著沒有嚼盡的花瓣。是園裡致幻的曼陀羅。我才想起，自己在園子的草地上抬頭，看見站在二樓的母親捧著一隻素白瓷盆，在日頭照耀下熠熠生輝。她就那樣稀鬆平常地嚼著。一整盆撕碎的花朵，她嚼得發脆。母親入殮後，我也想摘花嘗嘗，被管家伯攔下了，讓阿聰看著我，然後管家伯自己把園子裡突然冒出來的所有曼陀羅都連根挖出，在園中湖邊燒成灰燼。我說，我不是要死，只是好奇阿母怎麼可以用那樣的眼神看著我，還持續不斷地往嘴裡塞這些脆生生要命的白花。阿母是在幻覺裡尋開心，還是真的想死？是她本來就想死，借著花來壯膽，還是她本不想死，花卻誘她幻夢之中割破手，走入池子？她是一個太美麗的女人。於是旁人總想爭著替她述說。有人說她是為了保住園子。有人說她任性，不想受苦。我想其實她是殉情的土匪婆，吞咽著幻覺，繼續在死亡的陰間追隨她真正的愛侶。母親是一團死地裡的鬼火，下落陰間便會燒得更豔。」

阿聰說：「妙香給美蓮屍體入殮時，忍不住責備她，安怎這樣任性，拋下自己的獨女。但屍體笑吟吟的，不辯解。我幫忙摘來滿園殘餘的玉蘭，放入她的棺材，用風信子和蛇莓遮蓋發白的脖頸，在她手中放入無盡夏的花球。我總想以自然之物來遮掩死的毒鉤。她總是愛漂亮，應該隆重美麗地走。其實我明白，若無美蓮，哪有我們在園中的平安。她這樣萵筍般爽脆的、言行一致的人，到底世間少有。我對她有些懷念，美蓮在的時候，整座園子被攪動沸騰，聲音噗噗躍，而她走了，這片水土就凝住了。」

管家說：「哀哉，美蓮死後的七年，園子越發破敗。我們在園中種植糧食，採摘蔬葉，去海邊撈魚抓貝，所有的樂音中止，我們每日不得安息。靠著過去積攢的錢款，我們省吃儉用，謹慎度日。妙香就在這破敗裡成人。奇怪的是，妙香還真有幾分像離開的園主，或許是因為她每日都要去到園主塑像那裡，似乎在與之交談，有時候只是靜靜地倚靠著那雕像。我本想勸她，可妻子提醒我，她已無父無母，我們不當撤去人最後的梯子。我與妻的力量逐漸衰敗，只盡力在園主的囑託上忠心，卻總是力有不逮。妙香與阿聰尚有漫長年歲，我們只願他們能等到有盼望的日子到來。」

妙香說：「人世的擊打並未止息，彌散在人群之上的波濤漸勇，開始向潔白的園子再度發起襲擊。這幾年，白色庭園進一步荒下去，圍牆和亭台被拆毀了，成了許多人家中的灶台。傢俱和內飾被拆毀了，成為鼎下煮粥的爐火。餘剩的布匹和器皿都被卷走刮盡。所有的樂器被砸成碎片，發出衝動的樂音。最後，園裡唯一的銅像也被拉出去遊街。遠方暗的街上，人群肆意往來。眼見他們拆毀我的夢境，我瘋子般衝上去反抗，被人拖下，受罰連續一個月，每天跪在庭園門口自省。我知道雕像回不來了，跟我母親一樣。」

阿聰說：「妙香是個以幻夢為食的人，如今怎麼辦？我父母疲於面對無盡的審查，白日還需去西邊拖板車修路面，只能叫我看好她。雕像被拖走的夜，我見妙香偷離庭園，走下山丘，經過墓園，一路走到碼頭，從白橋上靈巧攀爬下去，跳到碎石灘。我跟過去，她爬上船。我也跳上船。她驚訝，說本打算獨自這樣一直划一直划，然後到月娘下面，一頭鑽到海發亮的地方去。我說阿姐，那我陪你。她問，身後那花，是你放的？我說對，以後每日摘給你。她每日被罰跪時，我總想辦法往她身邊放些花。她說別放，你危險。我說，免驚，我甘願。喉頭發緊，我倆無聲在海上漂。海色近於深綠。海是一個遠大於我們的存在，搖晃著我們。那晚月亮一直縮在濃雲背後，沒出來。她作罷，把船划回岸邊。」

妙香說：「那時我與阿聰總在夜裡一起偷偷划船出海。經過這些年，我明白他不再是那個滿地滾的小肉球了。他已是位少年人，高出我半個頭，划船的手永不疲憊。我們去燈塔邊、礁石上、橋墩上釣魚。有時候管得嚴，我們不出海，就用手摸船底，那裡結滿彩鸞貝，帶著孔雀翎的藍綠光澤。阿聰有時也會潛入水中，用小刀輕輕撬，一次抓到一大把貝殼。他要是下去太久，我著急輕喚，阿聰就應聲從水裡浮出，靈巧的自然之子。我忍不住把阿聰看作海中精靈，整座海如同他慷慨的府庫，在我們饑餓之時為我們擺設筵席。我們就在亞細亞石油公司碼頭的沙灘上，拿小鍋燒火吃，貝慢慢展開身體，露出裡面柔軟的肉，磚紅、淺橘、乳白皆有，自帶著鹹味汁水。只是這彩鸞貝多賤，一拉一大串，島上的人過去從來不屑吃，覺得不金貴。可我們餓，嘗起來異常鮮甜。」

阿聰說：「妙香總在光中。她水光朦朧的眼睛。她被月光描繪出的及腰長髮。她每一顆指甲發出的晶瑩微光。她轉過臉，說出的每一個詞句，像螢蟲，在空氣裡飄浮。我用耳蝸，去收集那叮咚作響的每一個字，讓它們在我的腦中凝聚成燭火，因此我的面皮發亮。她隨小船輕搖，起伏的身形是一段曲子，我多希望能親口唱出。我望著她，感覺喉嚨乾癢，不可自控地咳嗽起來。後來我才明白，愛上一個人時，心裡會突然彌漫出一種深重嚴肅的寂寞——再解不了的渴。我有些羞慚，我與她有十年追不上的距離，因此我無力對她說愛。但我想我可以知足，在那毫無喜樂的離別之日到來之前，我們倆盡情活著。」

妙香說：「我總在白色庭園的幻夢裡不肯出來，沒想到庭園之外的大海有這麼多珍奇寶貝。一日，我們坐在沙灘上，突然有一支黑色軍隊從海中浮出。阿聰說，這就是『六月鱟，爬上灶』。沙灘上彷彿有數百隻倒扣的鍋在移動。雌鱟像一葉扁船，背上馱著體型較小的雄鱟，從藍黑色的海裡到潮間帶的沙土上打洞產卵。那對我真是件新奇的事，女子護衛男子。阿聰輕易就能抓到一對又一對的鱟，用銀色的刀子剝開牠們，翻過來放在火上烤，香味隨著爆裂聲炸開。後來我常想，是否那一夜我吃下了太多的鱟卵，那些藍色血液的母親，最終在時間的潮水裡，以憤怒的尖刺向我的身體發動報復。因此，餘生的日子裡，我才無法孕育兒女。但那些在火中嗶嗶剝剝烤至金黃的卵，發出難以抵抗的誘惑，催促著我們的口舌。我感覺自己是一匹被唇齒牽引著，奮不顧身向前嚼的瘋馬。我們吃啊吃。海中的兒女被我們吃啊吃。嘴巴好像在放鞭炮。吃到後來，肚子飽脹嘴巴發痠都還停不住。我們縱情地咀嚼埋藏生命的卵，而我們自己的生命又被誰在咀嚼？突然間，我感到驚恐。我想到，就算這樣放縱地吃，第二天還是要再餓的。未來是個無底洞，令我覺得恐怖。」

管家說：「哀哉，將一切都奪去後，人們開始連想像中的也要得到。不知是誰開始傳說，園主夫人的棺材裡滿是財寶，足以將整座島嶼照亮。於是人們來問我棺材的下落，我只覺得荒唐，我為太太拾骨時，陶甕裡能裝下什麼呢？不就是腳趾、腿骨、腰骨、脊椎、手骨、頭骨嗎？這些哪個人身上沒有呢？非要打擾死者的安寧。人們不相信死，也不尊重死。我無言，於是被綁上了古榕。眾人說妙香是園主之女，也被綁上樹。幸好過不久，妙香先被放下去，只留我在樹上。哀哉，妻跪在樹下無助落淚，我看著她，心裡想著有你在，番薯可比山珍海味。我想她能聽懂。阿聰不在是好的，免我多擔心。受縛一天後，所有的理性都從腳尖流走。我開始感覺自己慢慢變成沙子。腳成了沙子，腰成了沙子，頭腦也慢慢從凝聚的固體變成流動的沙子。或許我整個人都變成了一座沙漏。我在一顆顆瓦解，先是下墜，而後上升。疼痛在消失，我感覺溫暖舒適。我始終閉口不言，用沉默得勝，直到最後榮耀的時刻來臨。求你，求你，求你紀念我如茵陳苦膽*的日子。」

妙香說：「阿聰消失了。我剛被綁上樹，就感覺自己斷成了兩截，一截結冰，一截著火。我的白衣在風裡搖晃，好似當年阿母在沙灘騎白馬。我看著每個人的臉，一些熟悉的臉變得陌生，看著我們的苦痛，他們露出笑容。園子裡的生活早就不是天長地久的平安日子。阿母之死是我的第一關。父的消失是第二關。接下來，是我身騎白馬走的第三關。我辨認出那個說話能算數的人，在我下方，我用大顆的眼淚擊中他。我沒有稱手的工具，只是學著阿母的眼神，偏著頭，露出脆弱的脖頸，就那樣帶淚凝視著他，嘴裡喃喃承認，我不是園主的女兒，我只是個無父的婢女的孩子。我如一個被捕的夢，被吊在半空，慢慢蒸發水分，祈求著讓我的雙腳重新踏在現實的泥土上。我也明白過來，阿母她擁有的不多，但她精心使用到最好。那男人果然心軟了，把我放了下來。我正求他勸眾人放下管家伯，卻聽到斷裂脆響。管家伯與一截樹枝共同墜落，我同管家娘撲上去，可他磕到後腦，已然過身了。屍體被強行拖走，被焚化，扔入海裡。三日後，阿聰才出現。」

「日子如何過下去？園子下個月就要被收走，阿聰和管家娘每日愁苦。我卻告訴他們，我收下了定情物，就要結婚了。正是與放我下來的那人結婚。不要害怕，今後不會有人為難你們，他也同意讓你們有地方住，有事做。但那人不希望我再與你們多來往，我們接下來，要各自找好活下去的路。管家娘急切地拉我的手，叫我不要傻，莫將一生的幸福放給水流去。我搖頭，自己是時候結束眠夢，離開白色庭園了。榮光早已離開這裡，殘破的磚牆讓夢境漏風。這裡已經不屬於我，其實從未屬於過，我只是蒙了恩的暫住者。」

阿聰說：「婚姻，是一面旗幟。新郎的白色旗幟，覆蓋在新娘的臉龐和身體上，就像島上的那些黑白照片裡那樣。那須是一個挺拔的男子，有鴿子溫潤的眼、檀香木做的軀幹、磐石雕刻的手掌，他是日頭，是豐盛的果樹，是執掌權杖的人。而我呢，我站在妙香十年的步伐之外，我站在父親出事的街心公園之外，我是一個沒有旗幟的人，我甚至都還不算一個男人。妙香是一顆自足的星，我無力為她添上什麼來加增她的榮美。我無力挽留，我更無力拒絕她用婚姻換來的幫助。或許不僅僅因為我們之間有十年的距離，還因為她一直

*茵陳：有毒苦果。茵陳與苦膽皆為聖經語，形容所受的困苦與害迫。

都是遠遠勝過我的一個珍貴靈魂。愛，讓我又冷又熱，永遠孤獨又永遠有伴。」

妙香說：「於是我走出去，緩步離開園子，心裡生出無限留戀。我終於真心承認，阿母是一位可敬的漂亮女人，我恐怕不能做得比她更好。我也會想念那位遙遠的父親，這情感不因為銅像的墜落，不因我口舌的否認而消失。恰恰是過去的塑像反而限制了他的形象。我忍不住坐在園中那棵大葉樟下，它在園子建成之前就存在了，我們眾人都消失之後，它也依然存在，於是我伸手摸它，希望觸碰到更持久的生命。我想到，時間悠長，天地間有個島嶼。每個人的呼吸只是瞬息，島嶼也不過多存在一陣子，但每個人的靈魂又與某種永恆相連。其中的奧祕，人不能測透。我想，我也如阿聰一樣，愛著這自然中的造物了。」

阿聰說：「我追上了妙香，我想跟她說，等等，不急著走。但我還沒說出口，她已經聽到了，與我並肩坐在樹下，足邊是我培育水仙花球的地方。空氣濕重，我想到如今季節遲延，春天不來了。我才十多歲，正是人們眼裡最矯揉造作、最不負責任的時候。我知道自己沒資格挽留，於是我沒有說出濕乎乎的話。我只是告訴妙香，我消失的三天去了哪裡。去了天上。我循著聲音，爬上天空中降下的梯子。我去尋找父親，一路直達雲間，然後從高空墜落。我跌到沙灘上，沙子釘入我的手掌，但我還活著。她看著，她聽著，她竟依然相信我。她拿過我的手，看掌心裡鑲嵌的金色沙礫，她身上蒸騰的香氣吹拂我，我感覺自己在蛻皮，我即將脫下這身光滑無垢的身體，換上一層幻夢的毛皮。我不敢動，只是聽到內裡傳來的剝落聲。我想，我也如妙香一樣，成了喜愛做夢的人了。」

妙香說：「那少年在樹下顫抖，像只鹿。我望見明日的婚禮，像一枚精緻的白色貝殼，將我封存起來。我不想成為母親那樣的人，我要一段像父親那樣長久穩定的婚姻，我願意守住承諾。可我到底成了母親那樣的人，在危急的高空順著情勢勇敢地衝撞下去，砸出滿地光焰，那已是我能抓到的最好了。我即將步入森嚴的墓穴，那日的男子就是守墓人。我不能攜帶活著的氣息進入墳塚，所以要先把靈魂保存在這裡，埋入樹下，埋入水仙花球中。這滿園冰涼的石頭可以為靈魂保鮮。哪怕軀體死去，靈魂的碎片依然可以發出獨白的聲音。我會一日日拖走自己的遺骸，一步步推著肉體向前走，或許能等來復活的日子。」

阿聰說：「每年春來之時，我要把自己的心雕刻給妙香。我是說，水仙。我決定把自己的心埋入地下的水仙。水仙每年都是新鮮的，從幽深的厚土中探出嫩生的莖蕾，每一年我會默默雕刻它們的身軀，把自己的心意和幻想注入根系，讓水仙在苦痛中淬煉出碧綠蜿蜒的葉子，迸射的花蕊香氣直衝耳後。我歡喜見妙香的生命充滿賞心樂事，哪怕需要把每個日子深埋在密閉之處。明日她要參加婚禮，這讓我們都悲慟不已。她決心替我們受苦，毅然走入苦難中。這讓我感到自己不配愛她。我想在一個吻後，放下對她索求的念頭，只想懂得她，然後向前，走出自己的路，攜帶著她注入的氣息。我俯身向她。」

妙香說：「天空中，太陽和月亮同時出現。天空下，阿聰和我也坐在一起。這是半明半暗、不早不晚的時刻。有風從磚牆那裡吹過來，把阿聰身上軟軟的味道都吹進鼻子裡。他的頭髮、耳朵、脖子、肩膀都繪上了溫柔的金線。磚屑也進了眼睛。太丟臉了，他可不要以為我看落日看哭了。輕輕的，眼皮上有柔軟的觸碰。他的嘴唇。這孩子，竟讓我心臟狂突，眼睛半瞇半睜，感覺金絨絨的落日有一座山那麼大。隨後是慌亂的片段，我失憶了，失聰了，失語了，就記得我倆無聲坐著。天暗了，風有些涼，各人打算回各人的家。可是，突然降下的雨，讓我們有藉口停留。」

阿聰說：「樹蔭之外，世界在雨幕裡分裂成兩條道路。一條路走入婚姻，每日落雨冷霜霜。一條路切斷留戀，每年重複雕刻水仙。但這島嶼的路總會交叉。自然與眠夢常常交纏。我們坐在樹下，暫時還看不到未來數十年的軌跡，但我們都知道，每條路都不會容易，若不是那樣，我們還會以為自己是白色庭園裡無憂的孩子。如今我們說，等雨停就走。」

妙香說：「是的，我們原本是說，等等，等雨停了再走。可雨早停了。幸好，我們頭上這棵巨型茂密的大葉樟，還擁有千萬片潮濕的葉子，掛著千萬顆飽滿的水滴。我們並肩，等它們一粒一粒，閃閃發光地墜落。」

阿聰說：「雨下在肩頭。雨落在眼睫上。」
妙香說：「所以我們等等。再等等。」

後記：島嶼回潮

一九八七年春節，我在鼓浪嶼出生。我的人生從此與島嶼有關。

幼稚園時，老師問我們的夢想是什麼？當同學們在醫生、老師和科學家之間極限三選一的時候，我大喊一聲：「我要當老闆！」當老闆，然後買下整座島。這是四歲的我表達愛的方式，渴望全然擁有這島嶼。小時候，島嶼一直是我最親密的夥伴。我總覺得用手摸老厝或者巨大的榕樹，就能體會到它們傳遞過來的信息。一個孩子跟一座島，是真的可以做朋友，做家人。

大一些，我明白，當年的小屁孩說的只是小屁話。初中時，島上開始一輪輪拆遷，先是工廠，然後是居民區、學校。我對著報紙膽戰心驚，害怕終有一天會被驅逐。與此同時，島上的老房子，在颱風夜裡一幢幢倒塌。它們在離我而去，我沒有辦法。房會塌，樹會倒。

我沒有辦法。那時，我帶著膠片機，噼嚓噼嚓滿島拍照，留下島的圖片標本。在夢裡，我看見島嶼滅沒，反覆驚醒，在棉被裡哭。那時我還不是一個愛裝沒事的大人。

十八歲後我就離開了島嶼，去外地讀書，學的是商科。畢業後，在外企找了對口的職位。二〇一二年起，我在上海、英國、荷蘭多地工作，身邊的同事們，都是一輪又一輪競爭中的寵兒。公司會議中，我經常接觸到精英的意氣風發，但辦公室的廁所裡，也常聽到有人哭泣。市場部的每件事都是火燒眉毛，似乎這一刻不抽鞭子推進，下一秒地球就會爆炸。我就這樣在「市場行銷」的火車上，一路高速向前。但數字和職位，不能給我生命真正的意義。三十歲時，HR跟我商量升職，而我選擇辭職。

我並不是覺得商業不好。正相反，我見過行業裡那些智慧優秀的人們，我欣賞前輩和同事們那樣的身姿。但是，身在其中的我總覺得自己是一隻奮力耕地的梅花鹿。我原先不確認自己的面目，總想像別人一般矯健，於是催逼著蹄子向前，似乎發展得也不錯。直到我遇到了另一群從森林蹦跳而出的梅花鹿，我知道了，那條危險的、無保障的、未必有產出的路，自此無法拒絕了。於是，我奮力一躍，離開了原來的田地，進入了未知的林子。那是二〇一八年。

而與文字的緣分早在生活的暗流中潛伏。十年前，我已明確此生的重點是寫作，於是我一邊在外企工作，一邊學習創作。我在倫敦採訪過十幾個朋友，有盧安達大屠殺中圖西族的倖存者S，參與廢奴運動的劇作家Jo，在街頭向流浪漢布道的亞當等等。我發現，原來他者都比我有趣。可要深深理解他者，又與挖掘自己的靈魂有關。如果說市場行銷研究的是大多數人，文學研究的就是少數人，在共情與自我開掘的路上走得夠遠，也能抵達他者的心靈。

寫這本小說集的兩年裡，我常感覺進入了無邊緣無止盡的黑暗，體會到自我在暗地裡被慢慢溶解的痛苦。如同在魚腹中，我看不見明亮晨星。我只見生命的土地上遍布著荊棘與蒺藜，遍布著孤獨者與喑啞的人。可我並非例外，我也是那孤獨者，我也是那喑啞的人。畢竟人生的擊打苦待，有誰能倖免呢？有些窄路，若不是自己走過，又如何與喜樂的人同喜，與哀哭的人同哭呢？我在他者身上，看見自己的臉、自己的血，於是忍不住想包紮，想纏裹，想送對方出魚腹，哪怕只是在故事裡。

這是我的第一本書，在創作上起身行路的第一站，我想要為島嶼、為閩南而寫。我想描摹的是故鄉，這座有老厝，有教堂，有漁民人，世家仔，豬哥亮，矮巷子，蒜蓉枝，黃翅魚的島嶼。但又不真的是鼓浪嶼。

現在我的故鄉早已改變，它的崩塌從斷成兩半的鄰居開始。那是兒時的一個颱風夜，我看見潮濕的空氣裡竟然彌漫黃煙，女孩的叫聲如同尖刀劃破夜空也刻進我大腦內壁——她的房子倒塌了，她的阿爸被壓在深處。然後大雨開始滂沱，我還記得橘色的街燈傾瀉在膠黑雨衣上，厝邊鄰居們烏沉沉地聚在一起，低語。舊故鄉開始崩落的碎片，連同那聲暗夜尖叫，劈中幼年的我。那時的我突然意識到，那個似乎永在的故鄉，其實是會消失的。

島嶼受潮了。

多年後的我，再一次嗅吸到那樣微涼的氣味，是從我的長輩身上。衰敗、悲哀、病痛、死亡、苦難、絕望，我曾經風聞卻從未真正意識到它們的存在。我突然明白，似乎永遠都會在的家人，也是會離去的。長輩們就在不遠處，說著閩南語，像一條條河流，好像永遠不變，叫我眷戀。但生活的故事要繼續，孩子就不能只是孩子。小孩會變成大人。大人會變成老人。老人會慢慢離去。管你是不是勇敢，時間都要向前。從腦子的理解，到心靈的感知，常有多年的路要走。選擇了愛，就要面對失去，這是在世為人的悲哀。

生命受潮了。

死亡的毒鉤一直在垂釣我們，這是日頭之下一件堅韌的舊事。嶄新而脆弱的，只是我們。原來不長久的，是我和我所愛的人，不是這座島。一個速朽的生命，試圖去愛一座長存的島。這算不算一種妄想？但如果加上文字呢？如今我將那些碎片和河流從體內拔出，卻希望給它們更好的歸宿。面對失去，並不是只有哭泣和絕望吧。身體總是一天天毀壞的。老厝、植物、獸與人，這些眼所能見的，在世間不過是須臾。可是愛，希望，勇氣，溫柔良善，那些所不見的，卻能存到永遠。

必須說的是，作為寫小說的人，我自然是一個虛構者。《島嶼的厝》*這本書中的地點、人物、情節都經過編織創造，並非對現實的機械復刻，而是在腦海中重新創造一座島嶼。這本書是南方島嶼上互相交織的九個故事，像交錯的窄巷，故事縱橫關聯著。虛構的島嶼之上，麥子和稗子一併生長。島嶼若船。有人鑽入海底，有人爬上天梯，愛與死亡交戰，悼亡的迷霧與希望的微光常同時降臨。

我又想，或許從第一本書開始，就不僅僅是為了保住島嶼，而是為了放生這座島嶼。島從不應該只屬於我，我不該用自私去妄圖占有。能在自己的腦海中搭建出一方水土，一生攜帶，這是島嶼給我的禮物，我該知足。我在鼓浪嶼上出生長大，就永遠會是島嶼的孩子。島嶼的孩子，就該明白海潮永動，生命也當像船一樣在起伏裡前行。島嶼必須向後退，人才能向前走。

十八歲離家，三十六歲出版這本書。想來有些心痛，如今不在島的日子與在島的日子等長了。無論如何，島嶼都在，被命運挪移的是我。

幸好虛構是一種憐憫，讓我可以喘息。以心靈血肉建造島嶼，必然痛苦。但若是這至輕至暫的苦楚，微塵般的心思，得以映照出一絲天光，讓人得著安慰，便是榮幸。島嶼連通海心，旅客仍需向深處跋涉。海潮砰訇，它在說——

「時間悠長，天地間有座島嶼。」

*本書原書名。二〇二四年一月出版，中信出版社發行。

台灣版後記——島與島之間

作為一個鼓浪嶼小孩，我是被整座島養育出來的。

兒時的島，那個彈丸之地，每個人都對每個人的祖宗十八代一清二楚，哪個人去龍頭路上買了一袋餡餅或是兩根油條都暴露無遺。整座島嶼上的人，曾以淳樸親密的情感凝結成一種共同體，卻逐漸被時間衝得渙散。

島嶼本身就很怪。它是一片小小陸地，自我隔絕，一切不屬於島的人事物都被顯明出來。包裹島嶼的海洋，卻那麼包容莫測，島的邊緣也因此常在變化中。年復一年，海孕育生命又吞咽屍體，它是活的，動的，與這世上所有的水連接在一起，可以通到很遠。島上的人，即偏安一隅，又面向世界。

鼓浪嶼就是這樣一座閩南小島，我在上面出生長大，卻也不斷地乘船離開它，離開這座島上的鄉親序大，厝邊頭尾。少年時，面對著一座座老厝的倒塌，我忍不住發怨言，怎麼人和島都抵不過旅遊浪潮，抵不過颱風與暴雨，更抵不過時間，一切都被撲濕了。可奇怪的是，當我越是被生活的水流沖到遙遠之地，血脈裡的記憶、語言和細節就越明晰地翻湧出來。那些芒果與萍婆，窄巷與菜市，蒜蓉枝與皇帝魚，漁船與海沙坡，還有島上的人們，逐漸交錯生長成一座虛構的島嶼，在腦海裡漂浮，無人可奪走。如今回想，我們顧念的，豈是那可朽壞的？那所不見的，不可朽壞的，豈不是在沖刷和搖撼中越發堅固？

編輯告訴我，《島嶼的厝》版權賣到台灣，我很開心。台灣本是我們這些閩南小孩記憶中的一道亮影。兒時素淨的島上，總會竄出一些鮮豔的背帶褲阿伯，自稱台商。島嶼上有些特定方位的厝，在電視天線上掛易開罐，再隨手撥弄兩下，可以接收到帶輕微雪花的台灣娛樂節目。那時候我呆呆看，覺得連廣告都好看，包括那支琅琅上口「達美樂，打了沒」的披薩廣告。

有一陣，台灣綜藝錄影帶在我們島上很是火紅，肯定要花錢租過來闔家猛看，尤其是豬哥亮的歌廳秀，親像好酒沉甕底。如今想來，裡面很多笑話實在不適合小孩，所幸我們有聽沒有懂，只是跟著笑。還有那些節奏強烈的閩南語歌曲：「打扮得妖嬌的模樣，跟人客搖來搖去」「台灣的厝價淹下頦」「吃得太好驚血壓高，水某跟人跑」。對，這些歌詞我根本不用查，如今依然能整首唱出，以至於在寫作時不經意流露。我在《島嶼的厝》新書發布會上，甚至想唱一首《舞女》活躍現場氣氛（但被編輯慌不迭制止了，作者形象還是不要太失控）。

總而言之，這些言語，那些故人、樂音，總暗暗站在我們成長的背景中。當然，再往時間的遠處望，台灣林家花園與鼓浪嶼上的菽莊花園，或許也是一座島與另一座島的鏡像——板橋林家長子林爾嘉，到閩南娶翰林世家的龔雲環做太太，在鼓浪嶼建起類似的花園，這些背景也是一道清淺的影子，隱在小說背後的。

我當然知道，島嶼與島嶼之間，很近也很遠，連接著也彼此區隔著。所幸，我們的家鄉都浸泡在鹹暖的海水中，潮濕是共通的。現今世代乾燥，滿是烈火的窯，叫人心變硬。潮濕卻讓心柔軟。以潮濕擁抱堅硬，或許會讓石心化為肉心，而肉心才能在重壓之下，不至崩裂。

這本書裡有提到，普通話的「歡樂」與閩南語的「煩惱」發音竟如此相像。正如C．S．路易斯（C. S. Lewis）所說，喜樂從不是簡單的快樂，喜樂中含有切膚之痛。就像品嘗一枚受潮的曲奇餅，是甜的香的，也是潮的軟的，現實滋味總是複雜，苦的眼淚也可能成為甜的泉源。書中，島嶼是這一切複雜的容器，是空間與時間交匯之處。那麼，以島嶼為船，能否逆時間的海潮而上？借著倒塌的老厝，飛翔的果樹，黑暗的魚腹，燃燒的王船，連通天國的梯子，能否窺見一星半點的，那些勞苦中的喜悅，煩惱中的歡樂，平凡人世的奇蹟？

寫這篇後記時，正是初夏。新的雨水又要來臨，它射擊島嶼，卻又潤濕土地，把海面戳爛，卻又滋養海水，讓老厝變得酥脆傾倒，也讓植物拔節升高。島嶼上的人，在一個個雨暝裡，被時間洗亮、抻長。

或許現在的我已能坦然承認，潮濕，亦可是一種恩典的饋贈。那麼，就願清涼雨水，滲透記憶的磚牆。願濕氣入侵，無可抵擋。

鯨路回潮

〔blink〕001

作　者—龔萬瑩
副總編輯—洪源鴻
責任編輯—洪源鴻
行銷企劃—二十張出版
封面設計—虎稿．薛偉成
內頁排版—虎稿．薛偉成

出　版—二十張出版／左岸文化事業有限公司
發　行—遠足文化事業股份有限公司（讀書共和國出版集團）
地　址—新北市新店區民權路108-3號3樓
電　話—02-22181417
傳　真—02-22180727
客服專線—0800-221029
信　箱—akker2022@gmail.com
Facebook—facebook.com/akker.fans
法律顧問—華洋法律事務所／蘇文生律師

印　刷—呈靖彩藝有限公司
出　版—二〇二四年十月（初版1刷）
定　價—四二〇元

ISBN｜9786267445433（平裝）9786267445419（ePub）9786267445426（PDF）

國家圖書館出版品預行編目（CIP）資料

鯨路回潮／龔萬瑩著／初版／新北市／二十張出版／
左岸文化事業有限公司出版／遠足文化事業股份有限公司發行／2024.10
336面／14x21公分
ISBN：978-626-7445-43-3（平裝）
857.63　　　　113010061